新潮文庫

# 卵を産めない郭公

ジョン・ニコルズ
村上春樹訳



新潮社版

10751

# 卵を産めない郭公《かっこう》

*The Sterile Cuckoo*

アランに

スカッシュボール、デッド・バグズ、
ジェスト・ノー、その他すべての
僕らがとても心を込めて耐えた
素晴らしきフラストレーションを想って。

# 第一章




何年か前のことだが、大学三年生の春学期に僕は、一人の女の子を棄《す》てるか、それとも彼女と結婚するかという選択をするかわりに、彼女とのあいだの自殺協定に署名することになった。この歴史的出来事はある朝に起こったのだが、その前の夜、僕らはティキ・プカ・プカをさんざん飲んで、おかげでバンドエイドを身体《からだ》に貼《は》りまくることになった。そしてガーデニアの花と古い煙草《たばこ》の吸い殻に囲まれるようにして、奇妙なほど行き先のない口論をした。

女の子の名前はプーキー・アダムズ。僕は大学に入る前の夏に彼女とバスで出会った。彼女は僕を一目見て身も世もなく恋に落ちた。そして僕は？　僕は「そんなものどこ吹く風」とかまえていた。それが意味するのは、当時の僕がとてもシャイであったばかりか、それに劣らずごまかし屋でもあったということだ。

オクラホマ州フライアーズバーグで、夕食の休憩のためにバスが停車したとき、僕は停留所のレストランの正面にあるコンクリート製の何かに腰掛けていた。時刻は夕方の六時頃だったと思う。空は半時間ばかりはっきりしない色に染まっていたのだが、それから突然真っ暗になった。僕は前屈《まえかが》みになって座り、煙草をぎりぎり吸い口まで吸った。まさにそこにプーキーが現れたのだ。彼女はレストランからふらふらと出てきた。痩《や》せて、髪はぼさぼさで、瞳《ひとみ》が黒く、青白い顔色の娘だった。唇が薄く、口もとには皮肉っぽい笑みに近いものが浮かんでいた。そして舌の上に爪楊枝《つまようじ》を危なっかしく載せていた。彼女は僕に向かって「ハイホー」という大げさな挨拶《あいさつ》をし、数フィート離れたもうひとつのコンクリート製の何かに腰掛けた。そして僕に息つく暇も与えず、僕がそれまでの人生で耳にした変てこなことを全部合わせたよりも、もっと多くの変てこなことを立て続けにしゃべり出した。

「君って、なんかもしゃもしゃで、ぼそぼそで、がりがりのやせっぽちで、ばっちりカウボーイっぽいよね」と彼女は語り始めた。「そしてそのきっぱり思い詰めた、信じられないくらい少年っぽい顔つきからすると、ゴージャスな裸の女子の広くて白いおなかにパンチを一発食らわせたいと思っているか、それとも飼い慣らされたカナリアの群れがミシシッピ川に落下する直前に網で救いたいと思っているか、そのどちらかよね。でもどちらにしても、えーと、君ってなかなか悪くなく見えるよ。なんかチャーリー・チャップリンの『キッド』の男の子がそのまま大きくなったみたいな感じだよね。ねえ、あの映画見たことある？　チャーリー・チャップリンの映画って、私の胸にぐっとくるのよ。とくに『キッド』。とりわけ、みんなが紙の翼をつけた天使になって、見えるか見えないかくらいの針金にぶらさがって、あっちこっちばたばたするところなんかね。『黄金狂時代』を見たあと、私はロールパンを何本か買ってきたの。そして食堂の食器戸棚からフォークを二本ばかりかっぱらって、二階の自分の部屋に持っていって、枕《まくら》の上でなんとか彼のあのダンスの真似《まね》をしてみようとしたのよ。あんまりうまくいかなかったけどね。私、チャーリー・チャップリンってものすごい好きだな……君は？」

まるで気の触れた人を見るような目で、相手をしげしげと眺めていると、彼女は言った。「私はドリトル先生に出てくる双頭の動物でもないし、甲状腺腫《こうじょうせんしゅ》も抱えていないし、洗脳されまくった筋金入りのコミュニストでもない。私は一人の女の子なのよ。うちに帰る途中」、そう言って彼女はふくれっ面《つら》をした。彼女の両手はグレーのセーターのほつれた袖《そで》に引っ込んで隠れた。

僕はいったい何をすればよかったんだろう？　何を言えばよかったんだろう？　僕

は身をかがめて、砂利を手にたっぷりすくい上げ、何ヤードか先に停まっているグレイハウンド・バスの方に向けてそれを一粒一粒投げ始めた。

「君はどこから来たの？」と彼女は生意気そうな口調で尋ねた。静かに沈み込むことはどうやら彼女の得意とするところではなさそうだった。僕がすぐさまそれに答えられないでいると、彼女はすかさず話し続けた。「ああ、ごめんなさいね。君の背中にネジがついているとは知らなかったの。それをきりきり回してあげたら、君はきっとすぐに口をきいたり、踊ったり、腕立て伏せをしたり、いろんなことがばりばりできちゃうんでしょうね」

「ニューヨークから来たんだ」

「市内？」

「そうだよ」

「考えてもみてよ。私って、タッドポール池より東に行ったことないのよ。私がニューヨークのことをどう思っているか知りたい？　まず正面にはかっこいい素敵な男の子が一人がいるわけ。すごくフォーマルに夜会服を着て、淡いブルーのきらきらしたサテンのドレスをゆるりと身にまとった、丸顔のきれいな女の子と腕を組んでいるの。どちらもフィルターつきの煙草を吸っている。もちろん黒い象牙《ぞうげ》のフォルダーでね。

彼らの背後には馬車のシルエットが見える。なんていったっけ……いわゆる辻馬車《ハック》よ。そして馬車の前のところにはトップ・ハットをかぶって正装したドライバーが乗っているの。御者《コーチマン》っていうのかな。正面に垂直に鞭《むち》を立ててね。そのずっとずっと後ろには、ビルの美しいスカイラインがきっぱりと浮かび上がっている。なんてったってクールな街なんだ、これが。色つきの大理石がいっぱいあって、ビルディングはすごく高くて、雲が見下ろせちゃうくらい」

僕はとても簡潔に、生まれてからずっとニューヨークに住んでいるものとして、僕が考えるニューヨークとはこういうものだという見解を述べたが、それを聞いても彼女はほとんどたじろぎもしなかった。というのは彼女はそのときには既に、自分の育った街の話にとりかかっていたからだ。それはインディアナ州のどこかにあるメリットという小さな田舎町だった。そしてその話は現在に至るまでの彼女の人生の、臆《おく》するところのない高速度の要約へと繋《つな》がっていった。

その話によると、彼女はどうやらかなり孤独な少女であったらしい。かつては裏庭の常緑樹に巣を作った一匹の蜘蛛《くも》を友だちにしていた。そしてある日、その巣から一匹のカマキリを取り除き、そいつを開いた汚水槽に投げ込んでやった。そこではちょうどゴムの上下を着たゾンビみたいな連中が、ロト・ルーター（あるいはその前身）

を使って、清浄作業をしているところだった。地下の洗濯室の隣で、便所の水があふれ出してしまっていたからだ。というのも何あろう、彼女が汚れた下着をトイレに流そうと試みたためなのだ。しかしその温かい友情を語る彼女は、暗い調子で話を終えることになった。彼女はその友人の蜘蛛くんを巣から芝生の上に払い落とし、汚いスニーカーの底でぐしゃりと踏みつぶしてしまったのだ。しかしあとになって不憫《ふびん》に思い、かつては蜘蛛であった黄色い小さなぐしゃぐしゃのまわりに指で魔法の円を描いた。目をしっかりと閉じると、彼女は空中にたしかに「しゅうっ」という音を聞いた。蜘蛛の魂が上っていく音だ。それからすべては静まりかえった。空気はそよとも動かず、草は揺れず、微《かす》かなハム音も聞こえなかった。

やせっぽちで(「私って、なにしろめちゃめちゃやつれまくっていたわけ……」)、杖《つえ》みたいにごつごつしていて、彼女は常にハッピー、かつとことん惨《みじ》めにアブノーマルだった。一人っ子だったということもあり、よくある孤独な早熟女子だった。リューマチ性の熱、心臓疾患、運動禁止。そして彼女はそういう自分の役回りをとことんしっかりと果たし、タッドポール池(それは町の郊外にある彼女の家から丘をひとつ越えたところにあった)を中心に生活を繰り広げた。そこは蒲《がま》に覆《おお》われ、イトトンボやオニヤンマが飛び交い、オタマジャクシがいて、自動車のラジエーターが二つ棄てられ、緑色の浮き滓《かす》がたくさん浮かび、古いタイヤが四つか五つ転がっているような場所だった。彼女は気が向くと弓と、先端に鉄をつけた矢を使って、この惨めな泥の縁で暮らしている哀れな蛙《かえる》たちを射殺した。そして常緑樹の根元に彼らのお墓をこしらえた。アイス・キャンデーのスティックを墓標代わりにした。この世界に彼女くらいたくさん「トースティッド・アーモンド・グッド・ヒューマア」を食べまくったものはいないはずだ。それもただスティックがほしいというだけのために。その墓地はだんだん混み合ってきた（「私はとても熱心な小さな殺し屋だったわけ。六十から七十くらいのお葬式をあげたと思う。そしてすべてのスティックには名前が書いてあるの。辞書の巻末にある人名表から名前を順番につけていって、「セオフィラス（Theophilus）」と「サーザ（Thirza）」あたりまでいったはずよ……」）。でもやがてそういう何もかもに彼女は飽いて、色あせたアイス・キャンデーのスティックをすべて引っこ抜き、地面をきれいに均《なら》し、死者への讃歌《さんか》を読んだ。カール・サンドバーグの詩だ。一部を引用すると、

彼らを地中に埋め、私に仕事をさせてくれ
二年後、十年後、旅客たちは車掌に

尋ねることだろう。

ここはどういう場所なんだね？

私たちは今どこにいるんだね？

私は草だ。

私に仕事をさせてくれ。

八歳か九歳の女の子が、常緑樹の下にあぐらをかいて座り、たくさんの朽ち果てた蛙たちの骨のために、カール・サンドバーグの『草』を朗読している姿なんて（蛙たちにしてみればどうでもいいことだ）、かなり奇妙なものではないか？　いや、ちっとも奇妙なんかじゃない。彼女は最初からずっとそういう具合に生きてきたのだから。彼女は三歳か四歳で本を読み始め、すぐに布団《ふとん》にもぐって懐中電灯の明かりで本を読むような立派な読書中毒になり、おかげで十一歳のときには既に眼鏡をかけるようになっていた。それは大きなフクロウ眼鏡で、彼女がそれを傾けると、世界が横向けにスライドした。それがすごく楽しかったので、彼女はいつもちょっとずらせて眼鏡をかけるようになった。そういうことを長く続けているうちに、彼女はいつしか分裂症的な一対の眼球を有するようになった。どうしてそんなことになったのか、医者たちにはまったくわからなかった。彼女にもまたわからなかった。彼女はしばしば考えたものだ。彼らは（医者たちは）そこに何を見ることができるのだろうと。一滴の光をそこに落とし、内側の微妙なカーブを巡らせ、網を通り抜けることができず、思念になりきれずそこに釘《くぎ》づけになっている画像をしっかり照らし出すことによって。それらはあたかも、くぼんだ壁に強固にしがみついている、けばけばしいなりをした小型の囚人のようだ。彼らはそこで射殺されるのを待っているか、あるいは時間を稼いで、彼女の意識の整然たる騒乱の中に押し入る機会を狙《ねら》っているのだ。とはいえ、彼女が自分の目について実際に思っていることといえば、「何だっていいや、糞《くそ》くらえ」というくらいだ。

重要なのは彼女が本を愛したということだった。『ジャングル・ブック』や『ドリトル博士』やナッティー・バンポーものや『オズ』シリーズ全作品や、『ハーディー・ボーイズ』（『少女探偵ナンシー・ドルー』ではなく）なんかは軽く通り抜けてしまった。本の趣味は彼女を反女子的な方向に導いていった。もともと男っぽくなる要素はあったのだが、それがいっそう誇張されることになった。彼女はその人生を通じて、ディック・トレイシーやスティーブ・キャニオンや「テリーと海賊」やリル・アブナーやリップ・カービーといった、日刊紙の漫画を夢中に追い求め続けた。しかしブレンダ・スター（げえっ！）やメアリ・ワース（げえげえっ！）やウィニー・ウィンクル（ウルトラげえっ！）なんかにはまったく目もくれなかった。ヴォキャブラリーを築き上げるために彼女はデイモン・ラニヤンの著作を残らず読んだ。記憶力を高めるために、『サム・マギーの火葬』と『ダン・マグルーの射殺』と『ユーコン・ジェイクのバラード』と『ローン・トレイル』を暗記した。

　読書以外の領域では、彼女は終始一貫して彩《いろど》りに富んだ少女時代を送った。一度七匹のミミズと、一匹の地虫を食べることで二十七セントを稼いだ。トップスの野球カードを、ソリー・ヒーマスだけを別にして残らずコレクションしたことがあった。でもそれはジェイ・ファレルという「小生意気なガキ」に、バッグ一杯のキャンディーと引き替えに売ってしまった。彼女はまた、とうとう最後にシュレッディッド・ホイートの上に吐いてしまわなければ、一年分の「ストレート・アロウ」のカードボードをそっくり全部手にしていたはずだった（訳注・「ストレート・アロウ」は少年向けの冒険ラジオ・ドラマで、ナビスコ社のシュレッディッド・ホイートの仕切りの紙にその豆知識カードが印刷されていた）。小学校四年生のときに彼女は短編小説コンテストで優勝した。彼女くらいの小さな女の子がロケットで月に向かって打ち上げられ、着陸したときに不幸にも流星で頭をちょん切られてしまうという話を、三ページにわたってありありと描写した作品だった。そして脳味噌《のうみそ》の出来はどこまでも正常であったにもかかわらず、彼女は自分が危ういところで、児童精神分析医の手をうまくくぐり抜けてきたように感じていた。ある日彼女はバスルームに入って、椅子《いす》の上に赤い靴箱を置き、そこに上がり、下着を脱ぎ、前屈みになり、鏡に自分のお尻《しり》を映してしげしげと点検していたのだが、ちょうどその最中に彼女の母親が中に入ってきた。「あら、ごめんなさい」と母親は言って出て行こうとしたが、それから信じられないという顔で振り返り、どもりながら言った。「あなた……いったい何をしているのよ、まったく！」と。しかし精神科医のところまでは連れて行かれなかった。そしてお尻に関していえば、もう二度とそれを見たいとは思わなかった。一回見ればけっこう十分よね、ということだった。すごく太るとか、おできができるとかしない限り（そのどちらとも、今のところ彼女は無縁だった）。

しかしもし、彼女が凧《たこ》を扱う様子を両親が目にしていたら、彼女は拘禁衣を着せられて少女時代を送ることになっていたかもしれない。全部合わせて百万くらいの凧を彼女は作ったはずだ。新聞紙と糊《のり》、段ボール箱の一部か細い枝を使ってこしらえ、古いぼろ切れを尻尾《しっぽ》にした。高性能と呼べるような代物《しろもの》ではなかったが、たまにはちゃんと空に上がることもあった。問題は、それがうまく空に上がると、彼女が必ずその糸を切ってしまうことだった。そして凧はそのままどこかに見えなくなってしまった。そうすることで彼女はとても気分良くなれた。まるでそれらの凧たちが二度と地上に落ちることなく、そのまま飛び続けるような気がして。生涯空を飛び続ける、孤独な海鳥みたいなのがいなかったっけ？（彼女はもちろん軍艦鳥のことを言っているのだ。その鳥は生涯の大半を海上を飛んで過ごす。）

あるときなんか、彼女は一ダースの卵と、瓶半分のマヨネーズを台所の壁に投げつけて、両親にあやうくひきつけを起こさせるところだった。その夜彼女は、ダンス教室の二人の優等生のうちの一人に選ばれていたにもかかわらず、ダンス・パーティーで男の子たちの誘いを受けることなく、終始じっとそこに座っていたのだ。彼女がそのときの自分のことを、しみのついた白い手袋をはめて、くたっとしたタフタのドレスを着て、大きすぎる眼鏡をかけて、シンデレラの微笑《ほほえ》みを浮かべ、来るあてもないガラスの靴を試そうと待ち受けるちっぽけなはかない希望のかたまりとして描写するとき、僕は彼女の目の中に溢《あふ》れる涙を見たような気さえした。その同じ夜、彼女はガラス瓶いっぱいの蛍をつかまえ、その明かりで本を読もうとした。しかしパラグラフをいくつか読んだだけで、蛍はみんな死んでしまった。

ついに彼女がみんなの注目を浴びたのは、学校のクリスマスのページェントのために、リコーダーで『聖《きよ》しこの夜』を吹くことを志願したときだった。唯一《ゆいいつ》の問題は、彼女にはリコーダーなんてまったく演奏できないということにあった。彼女は人に隠れて何とか演奏法を身につけようと努力はした。しかしその大きな演《だ》し物の夜、彼女は取り返しのつかない赤っ恥をかいてしまった。度胸だけを頼りにステージに立ってみたのだが、結局は高いひとつの音を二分間にわたって延々と吹き続けただけに終わった。笛の穴にあたふたと指を走らせてみたが、どうしようもなかった。その曲が終わったあと、彼女は舞台裏でジョー・グラブナー（彼女はその男の子に夢中になっていたのだが）にそうなるに至った事情を説明しようとしたのだが、彼は彼女に向かって「おまえ、くたばっちまえ」と言った。ジョーはワイヤに吊《つる》されて天井から降りてくる、ろくでもない天使の役だった。そのワイヤが切れて、彼が四フィート下に落下したときにも、プーキーの気は晴れなかった。というのは、彼はその頃からもう運動神経抜群だったので、ほとんど音も立てずに床に足からふわりと降り立ったからだ。

ワイヤが切れたのは前もって意図されていたことだったとでも言わんばかりに。

クラスメートからは馬鹿《ばか》にされ、ジョー・グラブナーからは無視され、彼女はペンバートン家のリンゴの木に登った。そしてそこに一晩中（あるいはおおむね一晩中）留まっていた。彼女はそこで十億個くらいの青いリンゴを食べ、夜露に濡《ぬ》れまくった。そして真夜中少し過ぎに木から落ちた。足がぽっきり折れてしまったので、「根性悪」のペンバートン爺《じい》さんが彼女を車で病院に連れて行った。そこで彼女は肺炎を患《わずら》って、あやうく命を落とすところだった。三歳のときに扁桃炎《へんとうえん》にかかったときを別にすれば、それが彼女にとっての唯一の入院生活だった。

すっかり元気になって家に戻って、彼女は最初のブラを買い、すけすけの白いブラウスを着た。それを見てジョニー・ビアンキが丸見えだぞと言った。彼女はいずれにせよ、そのブラウスをそれから二週間続けて着た。けばだらけの大きな茶色のシェトランド・セーターの下に。

高校の一年生の秋に、彼女はチアリーダーに応募した。しかしその翌日、母親が校長にあてて「プーキーには心臓に問題があります」という愛想のない短い手紙を送った。それで校長はプーキーに「君は心臓に問題がある」と通達した。彼女は校長のことを面と向かって「たれ込み野郎」と呼んで、おかげで一週間の停学処分をくらうことになった。がっかりはしたが、めげることなく、彼女は煙草を吸い、酒を飲むようになり、胸に詰め物《フォルジーズ》をするようになった。それというのも彼女は、永劫《えいごう》の時が終わりに至るまでジョー・グラブナーとばっちり恋に落ちていたからだ。ジョーはとうとう彼女を五号線にある「サマセット・ドライブ・イン」に誘った。オーディー・マーフィーの『地獄の戦線』を見ようと言って。映画を見ている最中にジョーは彼女のブラウスの中に手を突っ込んできた。そしてあとになって彼女は「無二の親友（訳注・bosom pal、字義的には乳の友人となる）だと思っていた友だちが偽物《フォルジーズ》だったっていうこともあるのよ」と冗談を言うことになるのだが、彼はその一時間前に彼女に与えたリングを取り返し、それで二人はもうステディーの仲ではなくなってしまった。そのあと彼女は毎日少しずつ、まわりにできるだけ気づかれないように「空気袋」の空気を抜いていって、最後には自前の本物の胸だけになった。それはどう見てもたいしたものではなかったし、その後もたいしたものに育つことはなかった。僕はその事実を、たとえだぶだぶのセーターの上からでも、見てとることができた。

グラブナーとの一騒ぎのあとしばらくのあいだ、彼女はやたら胸のことを気にするようになった。ある夜、ロマンス雑誌のページをぱらぱらとめくっているとき、彼女は「非の打ち所のない、魅惑的で誘惑的なバスト」を保証しますという広告に巡り会った。「ボリヴィア漿液《しょうえき》（濃縮処方されたラマのミルクを使用することで、乳腺の分《ぶん》泌《ぴつ》が促進され、三週間のうちに若い女性の乳房は、スーパーマンでさえ思わず振り返ってしまうような見事なものになります）」と呼ばれるクリームを定期的に塗り込むだけでいいのだ。彼女はそのクーポンを切り抜き、乳房の状態を六段階の中からひとつ選んで丸をつけ（「貧弱、とても小さい、変形している、洋梨型《ようなし》、垂れている、大きすぎる……」）、五ドルの為替を同封した。「ボリヴィア漿液」の効果のほどを見れば、彼女は五ドルをどぶに棄てたも同然だった。

時が過ぎ去り、ほかのみんなと同じように、自分の子供時代が既に過ぎ去ってしまったことに、彼女ははっと気づいた。ある冬の午後、学校がひけたあと、屋根裏部屋でそれは起こった。屋根裏は乾燥して、古い匂《にお》いがして、なにしろ興味深いところだった。静かな忘れがたい幽霊たちが、萎《しな》びた心臓の上で大昔のバラードを奏《かな》で、さらさらと音を立てて空中を抜け、見えない足をひからびたトランクの上にとんと置き、百万本もの釘の鋭い先に、その実体のない頭を傷つきもせずごしごしとこすりつけていた。彼らがあちこち行き来するのを彼女は感じとることができた。空中には心地よいしゅうっという音が聞こえた。あちこち漁《あさ》っているうちに、彼女は古い鉛の兵隊の人形を見つけた。彼らのおおかたは英国兵で、彼らは常緑樹の根元で長時間にわたって、蛙たちの古い骸骨《がいこつ》をめぐって戦闘を繰り広げたものだった。そして彼女は彼らをトランクの上に並べ、椅子の脚の陰に隠し、反ってしまった十三ドルのギターのわきに身をかがめさせ、造花の花束の中に潜ませ（それは彼女の父親がある年の結婚記念日に彼女の母親に贈ったものだった）、彼らが戦術的に陣取りそうなありとあらゆる場所に置いた。それから彼女はトランクの上に腰を下ろし、自分の労作を二時間にわたってしげしげと眺めた。そこには銃撃もなく、兵隊たちは誰ひとり倒されることもなく、ただ気まぐれに粗い床板に叩きつけられてばらばらになることもなかった。

　その同じ日の午後、彼女は母親が一度習得しようと試みて、結局は投げ出した古いハープに巡り会った。その木製の部分には木の葉とか、何人かの天使の頭部とか、そういうよくある模様が彫り込んであったが、その楽器をいやに古っぽく、うらぶれて見せているのは、まともに張られている弦が一本しか残ってないということだった。ほかの弦はみんな切れてしまって、今ではまるで電気を通された髪みたいに、フレームの両側に飛び出してそのまま凍りついていた。プーキーはまだ小さな子供の頃、夜中に目覚めたままベッドに横になっているとき、自分が何かの音を耳にしたような気がすることがあった。頭上の暗闇《くらやみ》に、押し殺したようなぷつんという音が聞こえたような。そしてその冬の午後に、彼女ははっと思い当たった。彼女が遥《はる》か昔に耳にしたのは、そのハープが緩慢に息を引き取っていく音だったのだ。そしてその弦が一本切れるごとに、母親の若き日のささやかな希望は——そしておそらくはプーキー自身のそれもまた同じように——息を引き取っていったのだ。

　同じ年の冬の別のとき、あるいはもっとあとの冬だったか、彼女は金槌《かなづち》をもってきて、屋根裏の小さな窓に打ち付けられていた釘を抜いた。そしてそこから外を眺めた。ちょうど雪が降り始めたところだった。大きなプーキー・アダムズが空に浮かんでいるのだと彼女は想像した。雪のひらは彼女の涙なのだ。そう思うと、自分のことがとめどもなく不憫になった。というのは彼女はその人生を通して、美しいクリスタルの涙を流し続けながら、その涙はみんな温かい地上に落ちて溶けてしまうことになるのだから。そしてその日彼女は知ったのだ。自分はこれからも常に変わることなく不幸であるだろうと。

　彼女の両親は今も、そしてこれまでもずっと一貫して、（1）煮えきらない（2）クソみたいな（3）愚鈍きわまりない人々だった。でもどちらもがその長い歳月のあいだに、彼女が知る限りただ一度ずつ、その生命の片鱗《へんりん》のようなものを外に示したことがあった。父親は第二次世界大戦の記念品のピストルを、冷蔵庫に向けてぶっ放し、弾倉をひとつ空っぽにしたことがあった。それはある口論の直接の結果だった（それは彼らがおこなった唯一の口論だった）。口論の原因は朝食の卵の調理方法についてだった。それが起こったのはプーキーがまだ四歳か五歳の頃、ある日曜日の朝のことだった。その前日には信じられないくらいどっと雨が降ったのだが（まるで大きな洗面器をひっくり返したみたいに）、その日曜日は見事なまでに晴れ上がり、光り輝いていた。だからこそ、彼女は少し遅い時刻にチーリオを食べに階下に降りてきて、父親（まだ三十五歳だというのに既にリューマチを患っていて、あるいは本人がそう思い込んでいて、雨を憎み、晴天を愛していた）が怖い顔で台所のテーブルを——もっと具体的に言えば堂々として見える卵料理の皿を——じっと睨《にら》んでいるのを見て、ちょっとびっくりした。ふわっとしてパセリがまぶされたスクランブル・エッグだ。その皿は分厚い「ファニー・ファーマー料理ブック」の上に置かれていた。そしてプーキーは、父親が朝食の席で母親に対する、しつこい非難の言葉を並べ立て始めるのを見て、もっと驚いた。父親はこともあろうに、おれはさっさと荷物をまとめてこんなところを出て行って、ホテルか下宿屋で暮らすことにすると言い出した。あんな女房に朝から晩までがみがみがみがみ文句を言われたりすることなく、静かに平和に暮らせるところでな。いや、それよりはあのクソ女を、おまえの母さんをベッドに縛り付けて、その口の中にこのあほらしい卵を詰め込んでやる方がまともかもな。

そこで彼はピストルを手に席から立ち上がり、眉《まゆ》をあげて瞬《まばた》きをするよりも速く、五つの爆発音を響かせた。ばん・ばん・ばん・ばん・ばん。そして部屋はあっという間に硝煙の匂いでいっぱいになった。冷凍モーターはふうっという甲高い呻《うめ》きを漏らした。頭上の蛍光灯が神経質にまたたいた。冷蔵庫のアルミニウムの白い扉には今では四つの穴がぽっかりとあいて(一発は的を外したのだ)、それは大きく開き、牛乳とオレンジ・ジュースと、かつてはピッチャーに入ったライムのクールエイドであったものが、滝のように床にこぼれていた。「これでおまえの母さんにも、卵のことがよくわかるだろう!」と彼は、死にかけている冷蔵庫に向かって拳銃《けんじゅう》を投げつけながら怒鳴った。その拳銃は唯一まだ無傷だった牛乳のカートンの脇腹《わきばら》に銃身から突き刺さって、そこで震えていた。

ミスタ・アダムズ(頭がはげかけて太った不動産業者)は毎週日曜日の朝には、ミセス・アダムズ(頭がはげかけて太った不動産業者の妻)のために朝食を作って、ベッドまで運んでいくことにしていた。もう何年もの間、彼は自動的にスクランブル・エッグを作っていたが、妻からはひとことの苦情もなかった。ところがこの朝に限って、ミセス・アダムズは急に権利意識に目覚め、朝食の好みを自分は一度として尋ねられたことがないと言い出した。いつものスクランブル・エッグの代わりに(私はもうそれにうんざりした)ゆで卵を一個だけもらいたい。この苦情が、朝食が念入りに(しかし自動的に)用意されたあとに持ち出されたということも、おそらくそのような反応を促進させたと見なしていいだろう。その結婚生活を通して、二人は間違いなくずっとお互いを嫌いあってきたのだろうと、プーキーは推測した。でも二人とも人間としての力量をほとんど持ち合わせていなかったから、夫婦別れをしてその結果もたらされる面倒な状況が怖かったので、だからこそ互いにもたれ合うように生きてきたのだ。二人にとっては自由というものがいわば核抑止力として機能していた。自由に対する恐怖が二人をひとつに繋ぎ止めていたわけだ。

そんなわけで、機会があるごとにプーキーは家から離れようとした。そしてそのもっとも良き口実は、ロサンジェルスに住むマリアン叔母さんとボブ叔父さんだった。彼女は二人の家から帰ってくるところだった。ボブ叔父さんは父親の弟だったが、彼がその人生で自慢できることといえば、雷雨の中、ニューヨークからロサンジェルスに戻る飛行機の中で、ウィリアム・ブラウンという映画俳優と――なんたることだろう――座席が隣り合わせたことだった。二人はあれこれと世間話をすることになったのだが、会話の途中で叔父はなんとかうまく話題をもっていって、そのウィリアム・ブラウンがどのような映画に出演していたかを聞きだした。そして叔父はその恐怖に青ざめた顔をした隣の席の男が、第二次世界大戦を舞台にしたB級戦争映画で、爆撃機B17のナビゲーター役をつとめていた（それが彼が経験した最大の役だった）ことを知った。その夏、二度か三度、プーキーはカクテル・パーティーに同席して、ボブ叔父さんが巧妙に有名人の話題を持ち出すのを耳にした。「ぼくの良き友人、ビル・ブラウン」の話を開陳するために。その名前を耳にして誰も卒倒しないことで、彼はいつも呆然《ぼうぜん》としたものだ。「誰だって？ ウィリアム・ブラウン？ それってウィリーのことかい？ あのウィリー？」。それでもなお、彼は毎年のクリスマスにウィリアム・ブラウンにカードを送った。もしウィリアム・ブラウンが、彼の毎年送るニューイヤーズ・カードがボブ叔父さんの家の中で引き起こす歓喜を目撃したなら、その心は疑いの余地なく温められたはずだ。ボブ叔父さんは小学校五学年の先生をしていて、そろそろ五十歳になろうとしていた。マリアン叔母さんは知恵の遅れた子供たちを相手にする仕事をしていた。二人のあいだには子供はなかった。でも二人は性格の良い人々だったし、そしていささかいたましくも、それなりに落ち着いただらしなさをもって、共に死に向かいつつあった。とはいえ、ロサンジェルスのボブ叔父さんは、メリットの彼女自身の家族よりは数段ましだった。そして彼女はまた学校に戻るのがいやでたまらなかった。まったく、ちくしょうめ！

「君の話は終わった？」と僕は尋ねた。

「どうだろう？」と彼女は考え込むように言った。「まだ何か言ってないことをあなたは思いつく？」

僕にそう言われても困る。今ここに僕が記したことを、彼女はたった五分のあいだに残らずべらべらとまくしたてたのだ。嘘偽りなく。彼女にこれ以上また話を開始させたくはなかった。

だから僕は何も言わなかった。ただ小石を放っていた。

「年はいくつなの？」

十八歳と僕は言った。

「ふうん、そんなには見えないわね。十六くらいかと思っていた。それともせいぜい十七歳になったばかりとか。ささやきのこちら側ってところね」

「何だって？」

「ささやきのこちら側……ぎりぎり滑り込みセーフってこと。私は十七なの。ついでに、今年で高校三年生になるの。で、どこのカレッジに行くわけ？」

「君はＦＢＩか何かなの？」

「そうなのよ。私はじつは偽装した機関銃なの」、彼女は眉をひそめ、頭を低くし、頬を膨らませ、ばばばばばっという機関銃の銃声を、息が切れるまで二十秒にわたって見事に轟《とどろ》かせた。

もうこれ以上そんなものは聞かされたくなかったので、この秋に大学一年生になるのだと僕は説明した。そしてニューイングランドによくある「丘のてっぺんに白いチャペルが建っている」小さなカレッジを描写した。学生数は八百、男ばかりの学校。そこに足を踏み入れたことはまだ一度しかない。面接のときに訪れただけだ。

彼女は言った。「君のスニーカーが足下の砂利をごそごそかきたてている様子を見るに、きっと汗をかいた小さな足の指をぐいぐい曲げまくって、『乗客のみなさんは車内にお戻りください』とスピーカーが案内を始め、一刻も早く安全なバスの中に逃げ込めることを願っているんでしょうね。私がこれまでの人生で出会ったほとんどの人々は、私と仲良くなることに対して終始後ろ向きだった。でも君の場合、もうそんな生やさしいものじゃないもんね。冗談抜きで。ねえ、君って金釘とタバスコ・ソースとユダヤ人の赤ん坊を食べて育ってきたんじゃないの？」

「そうだよ」。とても面白い冗談だ。

「ああ、もう。君と話しているとね、まるで飛んでいる蝶々《ちょうちょう》の羽をピンセットで捕まえようとしているみたいな気がしてくる。この夏のあいだ君はいったいどこにいて、何をしていたの？」

僕は肩をすくめただけで、何も答えず、もっと砂利を拾った。そしてこのまま無視し続けていたら、彼女はどこかに消えてしまってくれるだろうと考えていた。

「だんだん調子が出てきたみたいじゃない。リズムも摑《つか》んできたし。より統制のとれたものになっているし、より美的に楽しめるものになっている。私の言ってることはわかるかな?」

「なんだって?」

「君の石の投げ方だよ。目を閉じてごらんよ。そうすれば、その砂利が規則的にぴたっぴたっと当たる音は、蛇口から水が落ちる音に似てくるから。ほらね、そうでしょ? だから、そのへんひとつ超人的な努力をふるって、この夏に君が何をしていたかを教えてくれないかな?」

僕は教えてやった。アリゾナ州レッド・ブリックにある科学研究所で働いていたのだと。

「それは興味深いな。何をしていたか話してよ」

そう言われたら逃げようがない。僕はその内容を細かいところまで説明した。というのは、それは僕にとっても大きな意味を持つことだったからだ。僕は政府の森林局のために二度の遠征をした。落雷を受けた樹木の枝を伐採したり、夜になって道路に出てくる蛇をかり集めたり(蛇たちは温かい場所を求めて道路に出てくる)、狩猟局の人たちと馬に乗って緑の渓谷に入って鹿《しか》の数を数えたり、鳥たちを撃ち、その死骸を解剖してフィラリアに感染していないか調べたり、トカゲのコロニー作りを手伝って、そのあとで彼らの習性を写真に撮ったり記録をしたり……僕はグロリオーサ甲虫と、カルペッパー博士のことで頭がいっぱいになっていた。僕が生きた雌の甲虫を持ってくるたびに、博士はジグを踊り、二五セントをくれた。僕はブルージーンのジャケットのポケットからマッチ箱を取り出して、その中に入れた美しい金色の縞《しま》がついた緑色の甲虫を見せまでした。彼女はその虫の上に指を走らせ、その縞の部分がかすかに盛り上がっていることを知った。まるですごく細い絵筆でエナメルを塗ったみたいだわというのが彼女の感想だった。僕がそれをポケットに戻すと、「それって、なんていう名前だっけ？」と彼女は尋ねた。

「グロリオーサ甲虫」

「どうやってそれを見つけるわけ？」

「ときどき明かりのともった窓にぶつかってくるんだ。でもそれよりは、夕方に木の下なんか歩いていると、目の前にぽとんと落ちてくることが多いね。とても面白いんだ」

「どこからともなくぽとんと……」、彼女はそういうのが気に入ったみたいだった。

「まあ、どこかから来るわけだけど」

「きっと濡れた葉っぱを滑り台がわりにしているのよ。あくまでお楽しみのためにね。そしてビュン、宙に飛び出すの。サイコーじゃない」、彼女はぱちんと指を鳴らした。「こんな具合にさ」

僕は更に彼女に、有名な昆虫学者であるジェイコブソン博士のためにハンミョウ《タイガー・ビートル》をつかまえた話をした。彼は雄と雌のハンミョウを小さなガラス瓶に入れ、それから彼らが交尾をしているそのまさに最中に、二匹を煮えた鍋《なべ》の中に放り込むのだ。そうする以外に、研究用の雄のペニスの無傷の標本を手に入れる方法はなかったから。

「それって、すごい」とプーキーは言った。「誰か人間でそれを試した人っていないのかしら。私としては、ジョー・グラブナーとか〈たれこみ屋校長〉なんかを実験用動物として送り込みたいけれどね。もし私を助けてくれると約束さえしてくれたら、そのためにあいつらと進んで交尾したってかまわないくらいよ」

僕はその発言をしっかりと無視して、できるだけ素早く話題を変えた。砂漠でダニのコロニーを探し当てる方法について。ポケットナイフを使って地面を掘り、砂をそれこそ一粒一粒取り除いていくのだ。うっかりそこに踏み込んで、巣を損なってしまわないように。もうひとつ大変なのはバッタだ。僕は砂漠で捕虫網を振り回しながら何時間も過ごしたものだ。なぜならダニの幼虫はバッタのえらの裏側に数多く棲息《せいそく》しているからだ。そしてそのステーションの二人の科学者はダニの研究に関わっていた。

「私が昔知っていた女の子は喉《のど》からえらが生えていたな」とプーキーは言った。「彼女の名前はシーラ・キャラザーズだった」

「なんだって？」

「とにかく、喉からえらが生えていたわけよ。だから手術をしたんだけど、そのあとが小さな穴になって残った。そしてときどきそこから出血があったもので、彼女はスカーフを巻いて学校に来なくちゃならなかった。ものすごっくワイルドな紫と黄色のスカーフをね。それは百万人に一人っていう珍しい病気だという話だった。頭に来ちゃうわ。なにしろ『ガゼット』の一面にその子の写真が載ったりしたんだから」

どうしてそんな話を持ち出したのかと僕は彼女に尋ねた。

「そうね……どうしてかしら。だって君はえらについて話していて、それでシーラのことをはっと思い出したのよ……だって、そうよね、君はえらのことを話していた」

「僕はえらのことを話していたんじゃない。ダニの話をしていたんだ。ダニの幼虫はバッタのえらの裏側でしばしば発見されるっていう話にたまたまなったんだ。何もそこで話の題目をかえたわけじゃない」

「それで……？」

「何だって？」

「幼虫とえらとの間にどれだけの違いがあるわけ？　どうしてひとつが君の会話には受け入れられて、もうひとつは受け入れてもらえないわけ？　その理由が私は知りたいわね」

「ねえ、君が科学的なものごとに興味を持っていないってことはわかるよ。だからといって……」

「興味を持っていないですって！　じゃあ、私が常緑樹の隣に植えたクサフジウツギ（訳注・蝶々がよく集まることで知られる植物）のことはどうなるわけ？　私がうちにコレクションしている十七匹のオオカバマダラと、六匹の黄色オオトラフアゲハと、九匹の黒アゲハと、四匹のモーニング・グローリーと、二匹のスズメガと、一匹のアメリカオオミズアオと、九百七十億匹のモンシロチョウはどうなるわけ。トンボやらオオツノカブトムシやキリギリスやコフキコガネや、ボブ叔父さんがツーソンに休暇旅行したときに送ってくれたビネガロンさそりは言うに及ばず。そういうのってどうなのよ？　君はビネガロンを持っているの？　ふん、偉そうになによ」

僕はビネガロン（それはとても大きなムチサソリで、つかまえると酢《ビネガー》のような匂いを発する）を一匹持っていると言うだけではなく、彼女の鼻を挫《くじ》くために、そして彼女がどんな人物を相手にしているかを教えるために、その正式なラテン語名（マステイゴプロクトゥス・ギガンテウス）を持ち出さなくてはならなかった。そして僕は口を閉ざした。どうしてそこで立ち上がり、何も言わずにそのまま立ち去ってしまわなかったのか、その理由は永遠にわからない。

「ねえ……ちょっと待ってくれる」と彼女は、僕の方に身を傾けるようにして、静かな声で言った。「たしかにちょっと言い過ぎたかもね。ほんとに。怒鳴りつけて君を黙り込ませようというようなつもりはなかったのよ。こうなるとわかっていたら、まさかそんなことしようなんて……」、彼女は身を引いて、肩をすくめた。「私って、いつもこれをやっちゃうんだ。自分で自分の首を絞めちゃう傾向があるの。自分が何をしでかしたかわかったときには、すごい自己嫌悪《けんお》になる。でもそのときはもう遅すぎるわけ。こんなことを言っても仕方ないんだけど、でもとびっきり惨めな気持ちなんだよ。とことんへこんじゃうわけ」

僕はあえて意見を述べた。「ねえ、君はちょっとどうかしているんじゃないか」

「これが面白いんだ」と彼女は言った。「今から一分前のことを覚えてる？　君はそこで夏のあいだどんなことをしていたのって私が尋ねると、君の顔はさっと明るくなった。そして舌もだんぜんよく回るようになった。そうよね？　遅かれ早かれ、私には人をそんな風に変えちゃうことができるの。相手としばらく話をしていると、その人の落としどころみたいなのが見えてくるわけ。そしてそういうことが起こるたびに、私は思うわけ。よし、こいつはアフリカの満天の星くらいの価値があるぞって。そういう風に話をうまく持っていって……でも、それから私はすべてを台無しにしちゃうんだな。どかん、と」。

　彼女は膝《ひざ》の上で両手を合わせ、空を見上げた。

「そして君は知っている？　私たちが今これから何をするかを？」。彼女は僕に話しかけているのではなかった。誰に話しかけているのでもなかった。彼女は宙に向かって、暗闇に向かって話しかけていた。「私たちはここに並んで座って、とことん黙り込んでいるの。最初のうち、それはとても気まずい沈黙であることでしょうね。会話を始めたからには、なんとかそれを続けなくちゃなと、私たちは負担に感じるだろうから。でもやがてその沈黙はより普通のことに、より漠然としたものになっていく。そして最後にはあれこれ格闘することもやめてしまう。二人ともほとんど同時にね。そして私たちの上に平和が訪れるの。それは心地よい平和なのよ。君は前にもそういうのを経験したことがあるかもしれない。たっぷりとお湯を張ったお風呂《ふろ》にするっと滑り込んで、横になっているような気分。身体《からだ》に生えた毛から小さな泡がぷかぷか浮かんできて――みたいなこと」

このあと訪れるはずのその沈黙の中で、自分が考えるであろうことについて彼女は語った。彼女はアダムズおじいちゃんのことを考えるだろう。すごく背が高くて瘦《や》せた人で、驚くほどごわごわの眉毛を持っていて、耳たぶからは蕪《かぶ》の根っこみたいな白くて長い毛の房が飛び出している。彼女がぼんやりと記憶している歳月、彼はずっと仕事から引退していたし（彼女が九歳の時に祖父は亡《な》くなった）、その前に彼がどんな仕事をしていたのか、そういうことは何も知らない。

プーキーはその祖父をとても愛していたし、愛するだけの理由が彼女にはあった。一度、シカゴにいる祖父の元を訪れていたとき、彼女は『ケイシー・ラッグルズ』という連載コミックに夢中になった（ウォーレン・タフツの描く西部劇漫画だ）。彼女は毎日その漫画を切り抜いて、スクラップ・ブックに貼《は》り付けた。家に帰って、「メリット・ガゼット」紙は週刊なので『ケイシー・ラッグルズ』を連載していないことを知ったときの彼女のショックは、それはすさまじいものだった。そこで彼女は祖父に手紙を書き、自分が置かれている窮状を訴えた。それ以来、彼が亡くなるまで、毎月末に彼女は祖父から細長く分厚い封筒を受け取ることになった。封筒には『ケイシー・ラッグルズ』の漫画の切り抜きがぎっしりと詰まっていた。

しかし来《きた》るべき沈黙の中で彼女が集中して思い浮かべようとしていたのは、彼女が祖父と共に過ごしたある特定の朝のことだった。毎朝五時半と六時のあいだに起きるのが祖父の習慣だった。ぱたぱたと音を立てて台所に行き、そこで自分のために卵料理とトーストとコーヒーの用意をした。プーキーはよく彼と一緒に目覚めたものだ。大きな足をもっと大きなスリッパに突っ込んで歩き、そのぱたぱたという足音がいつも彼女の目を覚ました。二人は温《ぬく》もりつつある薄暗いキッチンで、よく一緒に朝食を食べたものだ。プーキーはプードルの柄がついたピンクのキルトのバスローブを着ていた。祖父は第一次大戦の前から一度もクリーニングに出したことのないとおぼしき、ほとんど着たっきりの青いスーツを着ていた。そしてそれは二人が一日のうちで手にすることのできる唯一の平和な時間だった。というのは祖母のアダムズが起きてくるやいなや、大騒ぎが始まったからだ。彼女はとにかく、その相手がへたってしまうまで、とことん人に忙しい思いをさせた。あれをして、これをしてと、彼女は人を静かに放っておくということができない人だった。

さて、プーキーとおじいさんはある朝、二人でキッチンにいた。ストーブの上ではお湯がぐつぐつと音を立て、コーヒーとベーコンの匂いはとてもまったりとして、まるで薬か何かのようだった。そのときに祖父がネクタイの上に卵の黄身をこぼした。彼は自分の指でそれをぬぐい取った。そして（どのような経緯を経てか、そんなことはプーキーに尋ねても無駄なだけだ）話題は胃のことになっていった。とりわけ牛の胃のことについて。

そして祖父は彼女にこう言ったのだ。「牛は十一個の胃を持っているのだよ」と。生物学の講義を受けたことのある人なら、彼が——おそらくはプーキーを喜ばせるためだろう——作り話をしていたことがわかるはずだ。でも彼女がその真偽のほどを気にするだろうか？　彼女はその話をずっと覚えていたし、これから先もずっと覚えているはずだ。そして彼女はそのときのことを思い出すたびに、夜明け前、祖母が起き出して大騒ぎが始まる前の時刻に、祖父と二人きりでひっそりした台所で朝食の世界に浸りながら、十一個の胃を持つ牛の話をしたことを思い出すたびに、胸が詰まって、目に涙が浮かびそうになるのだ。もし人生の中でもっとも思い出に残る瞬間を、もっとも意味深い瞬間をいくつか選ばなくてはならないとしたら、そのひとつとして彼女はその朝を選ぶことだろう。

ここで、スピーカーから我々の乗っているバスの案内が放送された。その結果、僕らが沈黙の中で考え事をすることもなくなってしまった。僕はそれまでに座っていた座席に戻り、プーキーは新しい座席に座った。僕の真後ろの席に。バスがまだ町をほとんど出ないうちに（彼女の表現では「ささやき程度しか進まないうちに」ということになるのかもしれないが）、彼女はシートの背中から身を乗り出して、僕の肩の上で指のダンスのようなことを始めた。

「後ろに来て、私の隣に座りなさいよ」と彼女は言った。「もう知り合いになったわけだし、こんな風に離れて座っているのって変じゃない。そう思わない？」

ここでちょっと説明をしておいた方がいいだろう。僕はプーキーと同じように一人っ子だった。そして僕はそれまでの人生を、リヴァーデイルの居心地のよい小さな家で過ごしてきた。しかしながら僕は両親のことをとても尊敬していた。実のところ愛してもいた。二人はとても厳格な人々であり、銀行家である父親はとくにそうだった。子供の頃、僕はピアノとギターのレッスンを受けていた。ギターが残り、プーキーと出会った頃にはかなり腕の良いミュージシャンになっていた。ただ正直に打ち明ければ、僕の演奏はどこまでもメカニカルなものであり、即興演奏なんてまったく話の他だった。加えて言えば、僕はかなりの運動音痴だった。高校時代（僕はプレップ・スクールに行った）を通して友だちというものがあまりいなかった。学校の授業ではどちらかというと理科系を好んだが、その中でも僕がとても深く興味を持っていたのは

（そして今でも持っているのは）、もうお察しかもしれないが自然科学だった。僕の趣味はそのときどきで変わったが、模型の鉄道であり、エレクター・セット（建築玩具）であり、化学実験キットであり、昆虫や羽や卵やその他何やかやの標本であり、電気器具を使った実験装置だった。僕は漫画というものをほとんど読まなかった。面白くなかったからだ。とくに何かに夢中になったということはなかったが、何かを退屈でつまらないと感じることもほとんどなかった。

　そしてまったくのところ、女性に関して言えば、僕はとても控えめな人間だった。僕は年若い頃からずっと、一人でやっていく人間だった（それは「ひとりぼっち」というのとは違う）。なぜなら僕はひとりでいるときがいちばん幸福だったからだ。僕の人生は比較的わかりやすいものだったし、できればそのままでいたいと思っていた。プレップ・スクールにいた四年間でさえ、僕という人間を変化させることはなかった。そしてその僧院に籠《こ》もっていたような歳月は、女性をどのように扱えばいいのかについて、あるいはまたどうやって彼女たちと人並みに調子を合わせていけばいいかということについてさえ、ほとんど何ひとつ実地的な知識を与えてはくれなかった。でもべつに女性を怖がっていたのではない。ただ自分の世界にずかずかと侵入されることを嫌ったのだ。そしてうまいことを言われて連れて行かれた（としか思えない）学校交流のダンスパーティーなんかで出会う、プレップ・スクールの女の子たちは、まさにその「ずかずか侵入」の好例だった。そんなわけで、新入生の秋に一度行ったきり、あとはもうダンス・パーティーには顔を出さないようになってしまった。繰り返すようだけど、僕はぜんぜん不幸なわけではなかった。僕はアブノーマルでもなかったし、頭を混乱させてもいなかった。僕はただタキシードを借りたり、コサージュを買ったり、ダンス・パーティーやらプロムやら女性やらに関連したあれこれに関わり合うのは時間の無駄だと思っただけだ。女の子たちは人生のもっとあとの段階になったら、現れるべくして現れるだろう。だからそのときが来るまでは、自分一人で好きなことを好きにやっていこうと思っていた。最初にプーキーに出会ったとき、その「もっとあとの段階」が自分を訪れたのかもしれないなんて、考えもしなかった。だから僕はいまだに、図々《ずうずう》しい女性たちに対してはお高く構えて、堅苦しく、疑り深く、気むずかしい態度を保ち続けていた。そのような僕にとってプーキーの第一印象がどのようなものであったかは、想像にかたくないと思う。

オーケー、話を元に戻そう。僕は彼女に後ろの席に来いと誘われていた。しつこい攻撃に耐えかねて、不承不承肩を落としながら、彼女の隣の席にぎこちなく腰を下ろした。狭苦しい席だったが、できる限り彼女から遠く離れようとした。

「通路でチャールストンを踊り出すんじゃないかと思ったわ。それくらい嬉《うれ》しそうな顔をしていたもの」と彼女は言った。

我々はおしゃべりをした。というのはつまり、彼女が一人でしゃべりまくったということだ。相づちが必要だと思えるときには、僕はただうなった。ある時点で彼女は僕の手を取り、僕はパニックに陥り、座席の上をのたうち回った。

「いいこと」と彼女は説明した。「私はなにも青髭《あおひげ》じゃないし、あなたをうちのタンスに閉じこめようとしているわけでもないのよ」

でも僕の頭に浮かぶのはただ、なんとか彼女を振り払わなくてはならないということだけだった。だからなんとか僕は気の利《き》いたことを口にしようと、懸命に頭を巡らせた。「おい、君はいったい何をしようってい、い、い、いうんだ」。誓って言うけど、僕はそれまでどもったことなんて、ただの一度もなかったというのに。

彼女が怒ったことと言ったら！　たしかに彼女には怒る権利があったと思う。でもそれはいくらなんでも怒り過ぎだった。ねえ、なによ、君ってひょっとしてキンタマでも落っことしちゃったわけ、と彼女は言った。女の子が「キンタマ」という言葉を口にするのを聞いて、感電させられたみたいに身体が麻痺《まひ》してしまった。僕にできることといえば、彼女が僕に激しい攻撃の手を加えているあいだ、ただそこに座ってぼけっとそれに耳を澄ませているだけだった。

「ふん、どういうことだか、ちゃんと教えてあげるわよ」と彼女は言った、「まず第一に、君が生まれてこの方それを一回も経験していないとして、あるいは第二にもし経験していたとしても、君は自分の頭がどうかしているに違いないと思って、二回くらい夢精しちゃったり、サディスティックな夢を見たりしたあとで、あるいは目が覚めたらマスターベーションをしている自分を発見したあとで、自分はセックス・モンスターみたいなものじゃないかと考えて、それに打ち勝つには自分は生殖不適なんだと思い込み、女からは遠ざかっているしかないと決心したのだとして、もしそうなんだとしたら、うん、君にはまだ救われる道が残されているわけよ！」

僕が救われる道というのは、彼女がどのようにして思春期と取っ組み合いをして、比較的正気を保ったままそこから出てくることができたか、あるいは薬局にそっと入っていって、コーテックスだかタンパックスだかそんなものを、顔色ひとつ変えずに買えるようになったかを説き明かすことだった。彼女はかつて自分が、いろんな男たちを相手にポルノグラフィックな白日夢に耽《ふけ》りまくった経緯を説明してくれた。彼女は彼らにキスされ、愛撫《あいぶ》され、何度も何度もレイプされた。彼らはクラーク・ゲーブルのような、エロール・フリンのような、ケイリー・グラントのような男たちだった。

ジミー・スチュアートのような男までいた（今までのところ、男たちの中では彼が最もシャイだった。彼はいつも彼女をりんご園の中で抱くか、ワイオミングだかニュー・メキシコだかコロラドだかの農園のバック・ポーチの天井から下がったブランコ式カウチの上で抱くかだった）。さすがに自分で買うのは憚《はばか》られたので、彼女は雑誌売り場から『マッスル』誌を万引きした。そして夜になると、部屋の鍵《かぎ》を閉めて閉じこもり、ミスター・アメリカの姿に一ページ一ページ真剣に目を凝らした。ただそのビキニ・パンツの背後にあるものは、いつまでたっても「ピクニックに持っていくには手頃な一物」（それは彼女が昔耳にしたことのあるジョークだった）程度のものに留まっていた。そしてそのうちに、自分は色情狂に違いないと思い込むときがやってきた。そしてそのことがとても気になった。彼女はいろんな話を耳にしていた。そして彼女は戦々恐々としながらその日が来るのを待ち受けていた。寄宿学校で自分が「ソーセージを分け合う」ような女の子たちの一人になってしまう日を。でもそんなのはすべてただの与太話であることがやがて判明した。びっくりするような異様なことは何ひとつ起こらなかった。そしていろいろと話を聞き回った末に、自分は清潔な社会を汚す「孤独で大それた変質者」なんかじゃないという結論に達した。そしてそれがわかると、もうそんなことはまったく気にならなくなった。

もちろん僕はそんなことを彼女の前で認めるつもりはなかったが、でも彼女の話には、僕自身にも思い当たるところが多々あった。通常眠り込んでいる僕の想像力は、よくわからないうちに僕を絡《から》め取り、十三歳と十五歳とのあいだの期間、身の毛もよだつような大暴れを繰り広げた。この自分にそんなすさまじいことが思いつけるなんて、僕としては実に恥ずべきことであり、また驚嘆すべきことだった。僕はその時期の記憶を、できるだけ過去まで遡《さかのぼ》って押さえつけようとした。というのは、僕は学校でいろんなおぞましい話を耳にしたけれど、僕がそれまでくぐり抜けてきたような事態を自分も経験したと告白する人間には、一度として巡り会わなかったからだ。実を言えば、プーキーが映画俳優を相手に耽ったのと同じような白日夢を、僕は女優相手に耽ったものだ。僕はハリウッドのベッドルームのクローゼットに留守中に忍び込み、彼女たちが夜に一人で帰宅して、透き通った短いナイティーのようなものに着替えたとき、隠れていた場所から飛び出して素早くレイプしたものだ。そしてそのあとで——ああ、なんということだ！——彼女たちの乳房を切り取って、それを僕の独身者用アパートメントの地下室にある急速冷凍庫に入れておくのだ。もうひとつ僕がやったのは（僕は勃起《ぼっき》を得ることを目的としてそうしたのだが）、様々な性的な拷問《ごうもん》を思いつくことだった。地面に立てた杭《くい》に縛られた裸の娘のお腹《なか》の上に、スパイクのついた車輪をぐるぐる回して、そのあとには火かき棒とか箒《ほうき》の柄とかを手にとって……だいたい想像がつくだろう。僕は自分のことを、そんなことを実際に行うような救いがたくおぞましい変質者だとは思わなかったけれど、前にも述べたように、話を聞く限りでは、僕が脳裏に描くようなむかつく妄想を思いつける人間は、僕のほかには一人もいないみたいだった。ところがまさに同じような体験を、僕は女の子の口から耳にしたのだ。それも半時間か四十五分前に知り合ったばかりの女の子の口から……！

どうしてそんなことになったのか、今でもよくわけがわからない。きっと僕は不意をつかれたのだろう。気がついたら、僕は出し抜けに彼女とキスをしていた。彼女は僕の口の中に舌を入れようとしていた。そして僕はそれを避けようと、ほとんど後ろにひっくり返りそうになった。僕は断固としてつっぱったので、彼女はほどなくうんざりしたようにあきらめた。

「何なのよ？」と彼女は言った。「私には何か、私のいちばんの親友でさえ遠慮して教えてくれないような欠陥でもあるわけ？　それじゃまったく死人にキスしてるみたいじゃないの！　さあ、もう震えるのをやめていいわよ。あとしばらくは出過ぎた蛸《たこ》みたいな真似《まね》は控えるから。しかし君も相当しつこく逃げ腰なひとだよね」、彼女はまるまる一分間、その大きな両目で、僕のことをまじまじと調べ上げた。そして引用でもするみたいに、機械的な口調で言った。「もし君が孤独であるのなら、誰か愛せる人を持つというのはきっと役に立つよ。独りぼっちじゃ、どこに行ったところで幸福にはなれない。世に言うところの、人は島嶼《とうしょ》にあらずして……」、それからその口調の仕上げをするように言った。「『トゥルー・ロマンス』七月号、六五ページより」

僕は言った。「僕は孤独じゃない」

「ふん、孤独もいいとこだよ」と彼女は歯をむくように言って腕組みをし、座席に深く沈み込んでそのまま眠ってしまった。

僕は少しだけ窓を開けた。風がしっかり入ってきて、彼女の髪を乱した。見えるか見えないくらいの早朝の光が、山の端《は》に差そうとしていた。自分が彼女に対してだんだん優しい気持ちを持つようになっていたことを、僕は認めないわけにはいかないだろう。それから一時間ほどが経過して、彼女はとてもはっきりとした声で言った。目はまだ閉じられていたが、彼女はまったく眠ってはいなかった。「アダムズ博士、我らノーベル委員会は誇りを持って、グロリアス甲虫の傑出した研究に対して、貴殿に本年度のノーベル生物学賞を……」

「グロリオーサ」と僕は眠たそうな声で訂正した。旅行のあとの部分に関しては特筆すべきことはない。竜の息みたいな悪臭を感じて目を覚ますと、バスはセントルイスに着いていた。

汚らしいテーブルについて、コーヒーとイングリッシュ・マフィンの朝食を一緒に食べた。前夜のやりとりに疲れ果てて、僕らはほとんど何も話さなかった。ようやくバスが出発するという放送があり、二人は立ち上がった。プーキーはそこで手を差し出した。僕はただそれを見ていた。

「私はここで乗り換えるのよ」と彼女は言った。その声には苦いものが微《かす》かに混じっていた。「ここでお別れってこと」

「え、どうやってうちに帰るんだい?」

「テラホートまで行くの。そこで小さな双発機に乗って、限りのない沼沢地の上を五百マイルほど、凍ったツンドラの上を二百マイルほど飛んで、そうやって故郷のメリットの町の、居心地の良いこぢんまりしたおうちに戻るわけ。見事なほど空っぽのパパとママ。パパとママは格納庫で私を出迎え、ひっさらうみたいにひゅうっとファミレスに連れて行って、そこでシェイクとポテトフライをご馳走《ちそう》してくれるわけ。楽しかったわ。じゃあね」

僕はバスの自分の席に戻り、それが出発するまで、窓を開けて彼女とあと数分間話をした。彼女はとても悲しそうに見えた。くすくす笑いも気が乗らないものだった。

「ねえ、自分が今どんな顔をしているかちゃんとわかっているよ。きっとダリの時計みたいに、テーブルの縁からちょっとはみ出して置けそうな顔してるわよね。そう思わない?」、彼女が何を言いたいのか、そのときの僕にはまったくつかめなかった。

その言葉を最後に、バスは出発した。それは頭から先に出られるように、バックで回り込んだ。彼女はそのとき唐突に叫んだ。「ねえ! ちょっと待って! 君の名前はなんていうの? だってさ、まったく、君の名前をまだ聞いてなかったよ。こんなに長く話したのに、名前を訊《き》くことを忘れちゃった。まったくもう! 死んだときには、静かになるように、誰かに唇を縫い合わせてもらわなくっちゃね」

僕は名前を教えた。

「ジェリーなんだって?」

僕はラストネームも教えた。ペイン。でも彼女はそれだけでは満足しなかった。住所も訊いてきた。僕は既に曲がりかけたバスの窓から大声で住所を叫んだ。そして彼女の姿は視界から消えた。

そのまま後ろを向いていると、彼女が走って角を曲がってくるのが見えた。よろけるようにしてそこではっと止まり、身体のバランスを崩し、確かな地面を探すように片足を荒っぽく揺らせ、手を振って別れを告げた。

# 第二章

僕と別れたあと、彼女はすぐにその住所を書き留めたのだろう。僕は九月から翌年のヴァレンタイン・デーまでのあいだに、全部で十七通の手紙を彼女から受け取った。それらはすべて、リヴァーデイルから大学に転送されてきた。父親からは「私は手紙の回送を仕事にしているわけじゃない」と何度か苦情を言われた。だからこの娘さんに、おまえの大学の住所を教えてはくれまいかと。でも僕はぐずぐずして長いあいだそれを実行しなかった。そしてようやくそれをやったとき、僕はどじを踏んでしまった。ものの見事に。

彼女の手紙はどこまでも調子外れだった。彼女は自分の高校三年生の日々がどのように進行しているか、そしてどのように進行していないかを綴《つづ》ってきた。申し添えるなら、おおかたがうまく進行していっていなかった。彼女はひるむことなく、いろんな出来事を誇張した。僕のような遠く離れたところにいる人間とやりとりしていれば、誇張するのはいとも簡単なことだ。実際のところ、彼女は恥も外聞もなく、まったくの嘘《うそ》をついた。いくつか例を挙げてみよう。

高校のフットボール・チームは無敵であり、インディアナ州のチャンピオンシップを手にした（あとになって彼女の口から、そのチームが全敗していたことを聞いた）。

十一月の評議会が開かれているあいだに、学校の東棟が火事にあってほとんど全焼した。市役所に勤める放火犯が火をつけたのだ。評議会では学校税が大きな議題になっていた（実際には用務員が自分の掃除用具置き場のゴミ箱に、間違えて火のついたままのマッチを捨てただけのことで、そのぼやは誰の助けも借りずに五分後に消し止められた）。

積年の宿敵であるシーラ・キャラザーズが叔父の運転するトラクターから刈り取り刃の上に落ちて、片足を切断してしまった（この話は、シーラが足裏のいぼを焼き取るために医者に通っていたというところから発展したものであることが、後日判明した）。

ジョー・グラブナーは賭《かけ》をして国旗掲揚台のてっぺんまで上ったのだが、そこで風が吹いてバランスを崩した。もし足がロープに絡《から》まらなかったら、そのまま落下して死んでいたことだろう。そのあと消防隊が駆けつけて、梯子車《はしご》で彼を救助した（たしかにジョーは五分でてっぺんまで上がったが、十五秒で下に降りてきた。賭け金を手に入れ、意気揚々と引き上げていった）。

そういう話が次から次へ書き綴られていた。

でも彼女自身の身に起こったたくさんのことについては、彼女は実際にあったとおりに、正直にそのままを語っていた。十二月初めの夕暮れに、彼女は古い白いフィギュア・スケート靴とシャベルを持って、タッドポール池に行った。そして一時間ばかりかけて氷をきれいにし、十五分ほどスケートをした。それから両足の土踏まずが痛くなってきたので、堤に寝転び、空から落ちてくる雪が身を包むのにまかせた。空には星が見え、雪が舞い降りた。同じ手紙の中で彼女は『雪の降る夕刻、森のそばで立ち止まって』（訳注・ロバート・フロストの有名な詩）を引用した。実際のところ、何らかの冒険や感情を彩《いろど》る引用なしに手紙が届くことは希《まれ》だった。

そのあいだ僕の方からは一通の手紙も出さなかったと言うと、それはかなり奇異に響くはずだ。でもどうだろう。僕は彼女の手紙を受け取ることに馴《な》れてしまっていたし、彼女の方は僕が返事を書かないことについてただの一度も苦情を言わなかった。だから僕は彼女が手紙を書いてくるのが当たり前だと思うようになった。そして合理化をおこなった。僕らはどのような意味合いにおいても、お互いのことを何ひとつ知らないようなものなのだから、返事を書く責務なんてないのだと。でもひとつのことだけは言っておきたい。僕はただの一度も、彼女の頭のいかれ具合を笑いとばすことを目的として、誰かにその手紙を見せたりはしなかった、ということだ。つまり僕はその頃から既に、自分では気がつかないまま、彼女の変てこさに心を惹《ひ》かれていたということなのだろう。

彼女のクリスマス・カードは絶品だった。それは実際にはカードというよりは、羊皮紙みたいな立派な洒落《しゃれ》た紙に、とてもきれいな手書き文字で書かれた短いお話のようなものだった。それにはこんな題がつけられていた。

「寓話《ぐうわ》のようなもの」

そしてこんな文章が続いていた。

昔々、あるところに一人の女の子がいました。その子は一人の男の子に恋していたんだけど、相手は彼女が存在していることすら知りませんでした。でもそんなことで彼女はめげたりはしません。というのは、男の子はいつかきっと、彼女が自分の永遠の恋人であることに気づくだろうということが、彼女にはわかっていたからです。彼女にはその男の子について、夜ごとにフロイト的に育《はぐく》んでいるひとつの夢がありました。それはある春の夜に起こったことです。そのとき彼女は自分の部屋にいて、幾何学の教科書に向かってダーツの矢を投げていました。窓は半分開いていて、リンゴの花やライラックの匂《にお》いをいっぱいに含んだ風がそこから入ってきました。ずっと遠くの方から、近所の空き地で簡易野球《ワナキャット》をしている子供たちの叫び声が聞こえてきました。子供たちにはまだボールが見えるんだろうかと、彼女はぼんやりと考えていました。でも子供たちは暗がりに挑戦するのが大好きなのだということを、彼女は知っていました。バットをびゅんと振って、大きな白いソフトボールに当てようとするのが大好きなのです。まるでそれがはじけるのを必要としている、手強《てごわ》いシャボン玉であるかのように。どうしてそうなのかはわからないけれど。そうこうするうちに突然、彼女は自分の名前がそっと呼ばれるのを耳にしました。それで彼女はダーツを投げるのをやめ、窓のところに行きました。

そこに立っていたのはまさに、彼女が恋している男の子でした。その乱れた髪いました。

の間から波打つようにこぼれる月の光は髪を銀色に染め、プラムのようにつぶらな瞳《ひとみ》は上に向けられ、彼の手にしたギターはまさにセレナーデを奏《かな》でようとしていました。

「いとしい君」と彼は言いました。その声は震えていました。

「なあに？」と少女は答えました。

「ああ、愛《いと》おしい、愛おしい君」と彼は言いました。その声には感情がたっぷりと孕《はら》まれていました。「君なしにはもう一分も生きていけない」、そして彼はギターで情熱的な和音を奏でました。

「もちろん」と少女は答えました。夢見るように目を半ば閉じ、モナリザの微笑が彼女の唇を色づかせ、頬を優美に赤らめました。「でも大学はどうしたの？」

「愛しい君、僕の心の恋人にして、僕の魂の生命《いのち》、僕はもう大学なんて辞めたんだ。僕は三日三晩かけて、広大にして荒々しい荒野をヒッチハイクして横切り、君に会いにやってきたんだ。ああ、祝福された天使、僕は今すぐ君を娶《めと》りたい。君は僕を受け入れてくれる？　僕にはお金もなく、何もない。でもなんとか生活くらいはしていける。二人で南部に行って、夢見るようなまどろむ街路をうろつき歩こう。夜になれば、花咲く綿花畑の甘美なる蛍光の中で愛を交わそう。朝靄《あさもや》の中で小鳥たちを目覚めさせる歌を歌おう。愛だけに包まれて生きていこう……」

「ああ、愛しい人……」と少女は言って窓から外に這《は》い出し、出っ張りにしばしぶら下がってから、彼女の母親の育てているペチュニアの花壇に着地しました。少女が一言も発しないうちに、彼は彼女をしっかりと抱きしめ、その身体《からだ》じゅうに口づけをしました。そして衣服をすべてはぎ取りました。二分きっかりで、二人はきれいに刈り込まれた春の芝生の上でしっかり愛を交わしていました。アダムとイブみたいに、まったくとことんの裸で。それから二人はもうへとへとになって、大きく息をつきながらそこに静かに身を横たえていました。芝生は少女の背中を心地よくちくちくと刺しました。少年は頭を彼女の首にすり寄せ、その両手は夏の小川の流れのように彼女の身体を優しく撫《な》でていました。月光の毛布が空からふわふわと降りてきました。まるで美しい貴婦人が落とした、上品な透き通ったハンカチーフみたいに。それが舞い降りて二人をしっかりと包み込むのを、少女は目にしていました。大きな緑色の月蛾《ルナ・モス》たちがやってきて、二人の上で羽ばたき、コーラスを歌いました。彼らの羽は軽やかな音を立て、エリザベス朝の愛のバラードをハミングしたのです……。

少女はだいたいいつもそこで目を覚ましました。枕《まくら》をしっかりと抱きしめて、すさまじく汗をかいて。頭にリングをつけたテディーベアを彼女は枕元に置いていました。彼女がそのリングを引っ張ると、歌が流れました。そのようにして彼女は自らを慰めていたのです。

でもある日、その少年が実際にやってきました。さて、いったいそこで何が起こったでしょうか？

「愛しい君……」と少年は言いました。その声は震えていました。

「なあに？」と少女は答えました。

「愛しい君。僕は君と結婚するためにここにやって来た。僕がこれから君を連れて行く宮殿では、白い馬たちがガラスの花の咲く庭を歩き回っている。そこでは噴水が虹《にじ》となり、地表に鮮やかな色彩の細流を走らせ、夜には星たちが窓ガラスを眩《まぶ》しく光らせるんだ」

「なんてすてきなところなのかしら」と少女はうっとりとした声で言いました。そして百合《ゆり》の花のように白い指先から、彼に優しく投げキスを送りました。

それから少女はするすると窓を這い出て、出っ張りの向こうに落ちてしまいました。彼女は少年の頭にぶつかって、彼が少女のためにセレナーデを弾こうとしていた美しいギターをばらばらにしてしまいました。おかげで二人は愛を交わすかわりに、芝生のあいだを何時間も這いずり回って、かつてはギターであったラッカーを施された木片をひとつひとつ探し回る羽目になったのです。

(そこに一頭のトナカイがクレヨンで粗っぽく描かれていた。その絵の下にすごく大きな明るい色で、こんな文字が記されていた)

HAVE A COOL YULE
QUENCH YOUR THIRST
ON THE FIRST
Pookie

クールなユールを楽しんで
元旦に渇きを癒《い》やしてね
プーキー
(訳注・ユールはクリスマスのこと)

僕は二月になってようやく彼女に手紙を書いた。僕の手紙は「優しい手紙コンクール」ではおそらく賞を取れなかっただろう。彼女が送ってきたたっぷり分厚い手紙の束に比べれば、僕の出した手紙はまさに侮辱の極みとでもいうべきものだった。それはお馴染《なじ》みの愚かしい言葉で始まっていた。

「ディア・プーキー、もっと早く返事が書けなくて申し訳なかった。しかしご存じのように大学生活というのはやることがいっぱいあって、その一方で時間が足りないものなんだ。最初の数週間はとにかく雑事に追いまくられ、それからここのところは友愛会に入るための〈地獄ウィーク〉（訳注・大学のフラタニティーに入るための一週間のテスト期間）だった。そうそう、僕は新しい電気ギターを買った。グレッチ社製で、最高に美しいんだ。授業はそんなに悪くない。月曜日と水曜日と金曜日に三コマずつクラスをとった。そして……毎日いやになるくらい一日中雪が降り続いて、今ではもう六十センチも積もっている。早く春が来てくれるといいんだが。あまり大したことは起こっていないんで、これくらいしか書くことがない。ほかに言うべきこともとくに思いつけない。それにそろそろ寝る時刻だ。もし気が向いたらまた手紙を書いてくれ。君の手紙はなかなか面白いから。元気で。親愛を込めて《シンシアリー》。ジェリーより」

彼女は最後の手紙を送ってくれた。その手紙は病院から出されており、明らかに相当な手間をかけて書かれていた。彼女はそのとき、交通事故のためにそこに入院して、治療を受けているところだった。彼女はあとになって、その事故をあっさりと「ヴァレンタイン・デーの虐殺《ぎゃくさつ》」と呼んだ。インディアナ中の新聞の第一面にその事故は取り上げられ、友人たちの名前と共に彼女の名前も並んだということだ。ジョー・グラブナー、ジェイ・ファレル、ジョニー・ビアンキ、カレン・ボイジー、シーラ・キャラザーズなんかと一緒に。とにかくひどい事故だったのだ。それは長い手紙だった……

……その夜の出だしはぜんぜん悪くなかったのよ。何か悪いことが起きる夜って、だいたいそういうものだと思うんだけど。体育館で仲間内だけのダンス・パーティーをやったあと、ジョーがみんなを車に乗せ、お父さんの夏別荘に連れて行ったわけ。別荘は苔《こけ》の生えた岩山にあって、松林の中にひっそりと隠された、凍った湖面を見下ろす、絵に描いたような丸太造りのキャビンだった。鹿《しか》の頭やら、熊《くま》の皮でつくった敷物やら、コールマン・ランプやら、べたべた手垢《てあか》のついたトランプ・カードやらも揃《そろ》っていて、何もかもに松ヤニの匂いが染《し》みついていた。私たちは大きな暖炉に火をおこし、みんなで輪になって座り、密造のビールやらウィスキーやらを飲んだ。それはヴァレー・ハイスクールのスター運動選手であるジョーが提供してくれたものだった。そのあとでジョーと私は外に散歩に出た。とても寒かったけれど、空気はくっきり澄んでいた。地面には雪が積もり、湖に張った薄い氷の上にも雪はかぶっていたけれど、空中を舞ってはいなかった。私がジョーに対して好意を持てるかもな、と思ったのはそのときが初めてだった。向こうもたぶん同じだったんじゃないかな。

でもどっちもが心を決める前に、私たちはキャビンに戻ってきてしまって、それから帰宅の途についた。でも私たちはそれほど長くは進めなかった。ジョーは時速百キロ近くで直角のカーブを曲がろうと試みて（小さな木造の橋の手前のカーブ）、言うまでもなくうまくいかなかった。私たちの乗った車は三十回くらいぐるぐる回転しながら、クリークに転がり落ちた。それから逆さになって止まった。タイヤはもう回ってもいなかった。というのは、車は巨人の手でくしゃくしゃに丸められた紙ボールみたいなことになってしまっていたから。

当然ながら私はもう死んでしまったんだと思い込んだわけ。ところがとんでもない。私は雪と落ち葉の積もった地面にとても心地よく横になっていた。ただ身体を動かそうとしても、ぜんぜん動かないの。何フィートか離れたところにジョニー・ビアンキがいた。しっかり車の下敷きになって、頭と片腕だけが見えていた。彼は何かを言おうとしていた。その言葉が彼の口から勢いよく発せられるのが私の目には見えた。私はそれを肌に感じることもできた。ところがこちらの耳にはなんにも届かないわけ。ジョーは半分クリークに浸《つ》かっていて、そこからなんとか這い上がろうとしていた。でも上がってこられなかった。というのは、彼の身体はぐしゃぐしゃになっていたから。まともなのは首から上と、心臓の一部くらいじゃなかったかな。身体全体がまるで折れた犬の脚みたいだった。彼は終始ぜいぜいと激しく喘《あえ》ぎながら、力強い両腕で自分の身体を前に引っ張っていた。「ああ、やっちまった。おれはやっちまった。とうとうやっちまった！」と彼は言っていた。文字通り泣いていた。ショックからなのか、それとも無二の友人であったジョニー・ビアンキを思いやってなのか。苦痛から泣くには彼はあまりにも打ちのめされていた。ほかの連中（ジェイとカレンとシーラ）はまだ車の中にいた。みんなもう死んでしまったに違いない。

私が最初に口にした言葉は、「ジョー、お願いだから黙ってくれない」というものだった。

彼はすべてをやめた。這うのも、喘ぐのも、泣くのも。彼は息が詰まったようなひゅるひゅるという音を出した。それから血だらけの塊のようなものを鼻から出した。彼が常に記念切手の図柄にしたくなるような、美しい運動選手であったことを私は思い出した。クルーカットにした金髪、力強くて気が利《き》かないフレンドリーな顔立ち、完璧《かんぺき》に均整のとれた体つき、心地よく自己満足的な頭脳――彼が写真のためにポーズをとっているところしか思い浮かべられない。目の下のシミの上を汗が脈のようにつたって流れる。彼の背後では熱く昂揚《こうよう》した群衆が、ゴールポストに向けて押し寄せている。

彼はじっと私を見つめ、私は彼を見つめていた。彼の目はその悪《あ》しき日の軌道をそのまま物語っていた。狂気から憎しみを経て、まどろみに至る軌道を。それから私たちのあいだにへんてこな、ぎこちない会話が交わされた。こんな具合に。

「水は冷たいの？」

「わからん。何も感じないんだ」

「助けは来ると思う？」

「たぶんな。わからんけど」

私はそこでひとつ大事なことを思い出した。ずっと訊《き》こうと思っていたことだ。

彼は国旗掲揚台をてっぺんまで上った日、いったいいくら稼いだのか？

「五ドル」

「怖くなかったの？」

「いや、そんなに怖くはなかった」

「てっぺんにいるときも？」

「てっぺんにいるときは全然」

「自分が王様になったみたいな気がした？」、彼に話をさせておけば、彼は助かるんじゃないかという気がした。

「いや」

「じゃあ、どんな気がしたわけ？」

「おれ自身になった気がした」

「降りてきたいと思った？」

「もちろん。当たり前じゃないか」

「私なら、できるだけ長く上にいたいと思うけどな」、実際に私はそうしたと思う。

彼は笑おうとした。苦笑しようとしたのだろう。しかしうまくいかず、鼻からまた血の塊を飛ばしただけに終わった。彼は目を閉じた。

「ひょっとして寝てるの、ジョー?」

「ああ」

「眠っちゃ駄目だと思うな」

彼は返事をしなかった。

「じゃあ、リトル・オードリーのジョークを聞かせてあげるよ」、そして彼が返事をするのも待たずに、私はその話を始めた。それは彼女がボーイフレンドとボートに乗っているときの話だった。二人はあわせて三本の煙草《たばこ》と、一箱のマッチを持っていた。しかしマッチは濡《ぬ》れて、火がつかなくなっていた。リトル・オードリーは彼に煙草を一本ちょうだいと言った。彼がそれを渡すと、彼女はすぐにボートの外に投げ捨てた。彼は頭に来て、なんでそんなことをするんだと言った。でもリトル・オードリーは笑うだけだった。とにかく大笑いした。

「どうしてだか知りたい?」、私は彼に二度か三度そう尋ねたはずだ。でも返事はなかった。だから私は自分でそれに答えた。「そうすればね、ボートが煙草一本分軽く(lighter)なるからよ。軽くなって、ボートがライターになると」、自分が自分に向かってそんなことをしゃべる声を耳にしていると、私は一瞬なんだかぞっとした。

ああ、プーキー・アダムズ、おまえは頭がどうかしている、と私は思った。一晩中、おまえはお芝居をしていたのだ。つま先立ちでダンスをしていた。空砲のピストルを撃っていた。そしておまえの主人公たちは、一人また一人と舞台の上で倒れていった。そして今おまえは降りたカーテンの背後にいて、何かがおかしい。誰もアンコールにこたえて立ち上がったりはしない。おまえと五人の操り人形たち。プラチナ色の小川。ボール紙でできた木立。たくさんのスタイロフォームの雪……

それで結局どうなったか? 長いあいだ誰も救助に来てはくれなかった。一時間後にジョニー・ビアンキが——彼はずっと沈黙を守っていたのだが——突然血を吐いた。彼の頭はがくがくと前後に振られ、その手は意味もなく車体の脇《わき》を叩《たた》いていた。それから頭はもう振られなくなったが、手は断続的にではあるけれど、まだ車体を叩き続けていた。そしてそれが私の耳に届く唯一《ゆいいつ》の音だった。その時折のどんどんという音が、彼が息を引き取るまで続いた。それから私はひとりぼっちになった。夜明け前だったから、風はそよとも吹かなかった。小川は虚《うつ》ろなぶくぶくという、小さな泡の音を立てていた。私は何度も何度も身体を動かそうとしたのだが、どうやら身体は麻痺《まひ》してしまっているようだった。私は頭の中である曲をハミングし始めた。その曲は君もたぶんラジオで耳にしたことがあると思う。それはすごく人気の出ている曲だから。

輸血、輸血
ああ、ドクター、おれは今
とんでもない痙攣《けいれん》に見舞われて
もう二度と二度と二度と
スピードなんて出さないよ
だから血を入れてくれよ、なあ！
（訳注・「Transfusion（輸血）」はNervous Norvusが１９５６年にヒットさせたノヴェルティー・ソング。交通事故を扱っている）

いったんハミングを始めると、やめることができなくなってしまったの。それはちょうど夜にベッドに入っていて、唾液腺《だえきせん》が口の中で唾液の分泌《ぶんぴつ》をしていることを突然意識するようになったみたいなもので、そうなるともう駄目。十秒ごとに唾《つば》を飲み込まなくちゃならない。

ローレンス・アンダーソンさんとその甥《おい》のウェインが私たちを発見した。彼らはどこからともなく降って湧《わ》いてきた。敵地に舞い降りた二人のびくびくした、厚い手袋をはめたパラシュート兵みたいに。甥は車の中をちらりと覗《のぞ》くと、そのままフロントタイヤの上にゲロを吐いてしまった。アンダーソンさんはジョーを水の中から引っ張り上げ、その身体の上にかがんで無駄に時間を費やしていた。オーバーコートのボタンをつまみながら、どうすればいいものか頭を悩ませていた。数分のあいだ、彼らの目には私の姿は入らないようだった。私はなんだか、気の利かない二人の銀行強盗が仕事をしている様子を見守っている防犯カメラになったような気がした。ようやく二人が私の姿を目にとめてびっくりしたとき、アンダーソンさんに思いつけたのは、私に自分の手袋を与えることくらいだった。そしてまた、警察を呼んでくるから勇気を失わないようにと私に言い聞かせた。ここは寒過ぎるから、自分たちの車の中に私を運んだ方がいいのではと甥は提案した。いや、それは駄目だとアンダーソンさんは言った。もし私が死ぬようなことがあったら、自分たちがその責任を負わされるかもしれない。そして私の両親が訴訟を起こして、その結果一文無しにされてしまうかもしれない、と。それから二人はよたよたと土手を上がって、安全な場所に戻っていった。二人の姿が見えなくなって、私はちょっとほっとしたかもしれない。

救急車が到着する頃には、私は寒さに凍えながら、アンダーソンさんの手袋から小さな雪のかけらを摘《つま》みとり、車とジョニーとジョーの姿を眺めていることにすっかり馴染んでしまった。実際の話、事故取り扱い専門家たちが大挙して現場に押し寄せてきたとき、私は頭にきちゃったくらいだった。

そう、まるでコールリッジの「老水夫」みたいに、私一人が事の次第を語るために生き残ったわけ。ジョーは病院に担《かつ》ぎ込まれた三時間後に、内出血で死んでしまった。私自身も、脊椎《せきつい》にいくらか損傷があったということで入院している。たぶんでもそれほど大したことじゃないの。身体の麻痺は一時的なものだった。ここでの生活は主にショックによるものね。ここでの生活はそんなに悪くない。というのは……

(ここで彼女は僕の麗《うるわ》しい努力のたまものである書簡を受け取ったに違いない。というのは突然書くのをやめてしまっているから。そして数日後に彼女がその続きを書き始めたとき、その内容は事故の描写とはがらりと趣を変えたものになっていた)

……ジェリー・ペインくん、やぶにらみで、救いがたいお気取り屋で、ピンク色の指骨なんか持ってて、乳腺が五つもあって、握り拳《こぶし》くらいの脳みそしかない、糞詰《ふんづ》まりの、先祖返りのずうずうしいバヴァリア人並みの、キャベツ頭プラス豚肉体のクソたれの、唐変木の素敵ないんちき野郎はそのへんにうようよいるけれど、**君はなんたってもそのぴかいちだよ！**

このあいだ君の手紙を受け取ったけど、それって最高にワンダフルだったよ。どうやってあれほど情報に富んだ、うっとりしちゃうようなお手紙を書くだけの時間を君はみつけることができたのでしょうか？　ふん、外では雪が降っているですって？　じゃあ、これからは外に出るときにはゴルフ・シューズを履くようにすればいいわ。そうしないと道で滑って転んで、その汚らしい首を折って、おかげでみんなで君をグレッチのギター・ケースに詰め込んで、地面に開いた大きな穴に放り込まなくてはならなくなっちゃうかもしれないから。そういうのって面白くないでしょ？　あんまり愉快とは言えないわよね？　そうよね？　そろそろ書くのをやめます。もう寝る時刻だから。まだ九時だけど。ほら、明日の朝は早く起きて、体温を測って、点滴をしなくちゃならないから。

ここしばらく、そんなに急いで手紙をくれる必要はないから。というのは、このあいだ君が書いてくれた才気溢《あふ》れる手紙を読み切るのにまだまだ時間がかかりそうだから。しかし君ってどこまでも饒舌《じょうぜつ》な人だよね！
良い夢を見てください！　お母さんと、週末にやってくるビル叔父さんによろしく伝えてね。

ものすごく深くとてもとても親愛を込めて

プーキー！

追伸　もしグロリアス甲虫を持っていたら、一週間そいつに青酸カリを与えて、それをケーキに焼いて、君に届けちゃうんだけどな。でも持ってないから、それもできないわね。

追追伸　もし誰かが私に突然エジプトコブラを二匹ほど送ってくれたら、私は塔に上っていってさっさと自殺しちゃうんだけどな。

追追追伸　メルド！　君みたいなクソ野郎のことをフランス語でそう呼ぶんだよ。

(それを最後に、彼女からもう手紙はこなかった。僕も手紙を書かなかった)

僕がプーキーへの短い手紙の中で、新入生の年には大したことは何も起こらなかったと書いたのは、これは事実からかけ離れた嘘だった。僕はその年にまさに覚醒《かくせい》したのだ。まず第一に僕は友愛会《フラタニティー》に入ることにした。というのは、学生の九十パーセントはそうしていたからだ。そうすれば諸事万端、気持ちよく進むのだろうと僕は考えたのだ。最低限必要なことを別にすれば、誰も僕の生活に侵入してくるようなことはあるまいと。

ところがそれは間違いだった。とんでもない考え違いだった。

最初の週に新入生勧誘のすさまじいどたばたがあり、それと共に僕のトラブルが始まった。それはあきれるほどの量のトラブルだった。そしてそのトラブルは、僕の二人のルームメイトたちによって更に倍増させられることになった。二人の名前はロー・ビリンズとハリー・スクーノヴァ。この二人を見て、こいつらはとことん獣みたいな粗暴な連中だと一目でわかった。ハリー・スクーノヴァ(通称スクーンズ)は背が低くがっしりとして、ほとんど禿《は》げていて瞳は青く、歯を半分なくした鷲鼻《わしばな》の男で、

（すぐにそうとわかったのだが）飲酒と姦淫《かんいん》とホッケーに、（その順番で）目がなかった。酒好きの部分については、それが判明するまでにほとんど時間はかからなかった。その最初の孤独な日、僕がスーツケースの荷物をほどいてから一時間も経《た》たないうちに、それはしっかり明らかになった。

僕は寄宿舎の二部屋続きの自室の、自分のベッドに横になって、「プレイボーイ」誌の中綴じヌード写真の巨乳女たちをあてもなく誘惑していた。それはスクーンズが学校にやってきてからまだ数時間しか経っていないにもかかわらず、まさに寸暇を惜しんで、天井に一面ところ狭しと貼りまくったものだった。そこにローとスクーンズが鼻息も荒く、部屋に飛び込んできた。二人は冷えた瓶ビールの詰まった箱を抱えていた。そして時を移さずそれをぐいぐい飲み始めた。

「一本飲めよ！」とローが僕に向かって叫んだ。「おごりだぜ」。彼はとても背が高く（一九〇センチ）貧血気味の男で、髪は砂色だった。小さなやぶにらみの目で、両手がとにかくハムみたいに巨大だった。その手に持たれると、鉛筆からビール缶まですべてがミニチュアのように見えた。彼の声には鼻にかかったような独特の嫌みな響きがあって、僕はそれが気に入らなかった。しかしそれから、彼のしゃべり方なんて、スクーンズに比べたらまだぜんぜんまともなものだということが判明した。なにしろスクーンズの口にする言葉の半分くらいは、得体の知れない外国語みたいに聞こえたのだ。しかし聞き馴れるにつれて、それがただの学生俗語に過ぎないことが判明した。

僕はビールはお断りして、天井を眺める作業に戻った。そのあいだに二人はビールを飲み、おしゃべりをし、あっという間に酔っ払ってしまった。

それからスクーンズはベッドルームに駆け込んできて、自分のベッドの下からホッケーのスティックを取り出し、スーツケースからホッケー・パックを取り出した。居間に戻ると、彼は暖炉の正面についた石綿シートを取り外し、四本か五本の空き瓶を炉床に横一列に並べた。

「このどんがらビール野郎どもに、ごついのを食わせてやろうぜ！」と彼は嘲《あざけ》りの声を上げた。ごついのというのは――僕の理解できる範囲においては――何かしら痛みに関係した表現であるようだった。

部屋の反対側から飛ばした最初のパックは、一本の瓶をほとんど粉々に砕いて、ガラスの破片を部屋中にまき散らしたばかりか、その勢いがあまりに激しくて、もう少しで暖炉を突き破ってしまうところだった。跳弾がベッドルームのドアの脇柱に当たって、僕の鼻先をかすった。あと数センチで鼻が削られてしまうところだった。スクーンズは部屋にとび込んできて、パックを回収し、僕ににやにや笑いとも、歯の剝《む》き出しともつかない表情を向けた。あとで思うに、それはたぶん「おれはめいっぱい楽しんでるぜ」という意思表示だったのだろう。それから彼はびっくりするくらいの素早さをもって、またその遊びに復帰した。

実際のところ、スクーンズはすこぶる優秀なホッケー選手だった。その年の後半には、まだ新入生であったにもかかわらず、大学正規チームのディフェンスのレギュラーになってしまった。また彼にはいささかの悪名もつきまとった。そのシーズン最初のゲームで、自分のディフェンス・ポジションに滑って出て行った三十秒後に、パックが彼の上あごに当たって、歯が何本か吹き飛ばされてしまったのだ。コーチのケリーはそのあとパックを嗅《か》いで、アルコールの匂いがするようだと思ったが、それはまったくの事実だった。スクーンズはそのとき自分が酔っ払っていて幸運だと思った。素面《しらふ》だったらその痛みにはとても耐えられなかっただろうから。

その部屋に話を戻すと、一時間かそこらあとに、我々を歓迎する上級生たちの第一波に取り囲まれたとき、ビール瓶の最後の一本がちょうどごついのを食らわされたところだった。椅子《いす》はひっくり返され、ビールが部屋の隅っこまで水たまりのように広がり、割れたガラスがカーペットのように床に敷き詰められていた。上級生たちは、この二人の新入生たちが、まだここに来てかくも短い時間しか経っていないのに、これほどまで大胆に羽目を外して寛《くつろ》いでいることにずいぶん感銘を受けたみたいだった。そして我々は酒浸りの最初の一週間を過ごし、握手攻めにあい、肩を親しげに叩かれ、寮《ハウス》のガイド・ツアーがあり、大きな術策があり小さな術策があり、究極的に信じられないほどの感情的混乱があった。

そもそもの最初から僕は、さあ酒を飲んで、酔っ払って楽しもうぜというような態度で近づいてくる連中に対して、自分がどう感じているか、その気持ちを隠そうとはしなかった。僕は豚の群れの中に、混じりけなしの真っ白な旗印を掲げて入っていったようなものだった。彼らは僕のことを嘲って引きずり下ろそうとしたけれど、僕はそういう目にあうごとに旗を手に立ち上がり、前にも増して超然と構えていた。その結果、初日の夜のあと、僕に対する招待の数は目に見えて少なくなっていった。そして最初の週の終わり頃には、夜になると部屋にはだいたい僕一人きりという状態になった。その頃にはもう、ローとスクーンズをどこかの寮に勧誘するためのコマに僕は使えないということは明らかになっていた。そして僕の別の資質についていえば――高尚な音楽をギターでうまく弾けるというくらいだが――そんなものはほとんど何の価値も持たなかった。手短に言えば、新入生勧誘週間の最初の頃はなんとなく、「三頭政治の重要なメンバー」みたいに目されていたかもしれないが、そのうちにそんな

 こともなくなった。僕が世間から公式に「お呼びでないやつ」というレッテルを貼《は》られるまでには、せいぜい三日くらいしかかからなかった。

そんなもの知ったことかと僕は思った。でも自分の気持ちを納得させるのはけっこう大変だった。勧誘週間の最後の何日かの夜、僕は早くベッドに入り、何時間もキャンパス周辺の物音に耳を澄ませていた。車がスタートしたりストップしたりする音、ドアがばたんと閉まる音、学生たちが明るく悪態をつく声、笑い声、廊下に響く不揃いな足音、押し殺されたくすくす笑い――すべてが楽しそうな音だった。でも僕は何があろうとそんなどんちゃん騒ぎには加わるものかと、決意を固めていた。本当は心の底では、そんな自分に対して一日百回くらい、激しい自己嫌悪《けんお》を感じていたのだけれど。振り返ってみると、そういう時期を通してずっと、ローとスクーンズが僕に対してフレンドリーに接してくれたのは、まったく驚くべきことだったと思う。僕の方は二人に対してずいぶん冷ややかな態度をとっていたのだけど。でも彼らは僕なんかよりずっと先のことが見えていたのかもしれない。彼らは僕の中に潜在的可能性を見《み》出《いだ》していたのかもしれない。

僕は最終日の朝、これはどうしたって「豚のたまり場《ピッグ・プール》」に落ち着くしかないよなと思いながら目を覚ました。「豚のたまり場」というのはどこからも勧誘されなかった学生たちのグループのことで、彼らは定員に達しなかったフラタニティーにばらばらに割り当てられることになる。しかし幸運なことに、僕はひとつだけ勧誘を受け取った。驚くべきことに、そのフラタニティーは人気があって、ローとスクーンズが数日前に入会を内定していたところだった。その後何年か続けて、システムがどのように機能するのか観察した結果、今の僕にはそこにあった光景をありありと思い浮かべることができる。その週のあいだに持たれた秘密の会合みたいな席で、ブラザーたちの前にローとスクーンズが立って僕を弁護し、「あいつはそんなに悪いやつじゃないんです。今のところちょっと頭が混乱しているだけなんです」と主張しているところを。ギターだって弾けるし、ハウスの学業平均点を上げてくれるはずだし、定員割り当てを埋めるにはうってつけのやつですよ。「今にわかりますよ」とスクーンズが言う声が耳元で聞こえそうだ。「ペインは絶対に大変身します。もう時間の問題です」と。

たとえどのような事情があったにせよ、僕はひとつの勧誘を受け取って、それを承諾した。でも、これまで口をきいたこともない上級生が、僕のセーターに友愛会の見習いバッジをつけてくれて、固く握手をしてくれたとき、それは僕にとって栄光の瞬間というわけではなかった。僕はどうにもばつが悪くて、今にも泣き出してしまいそうな気分だった。

それから僕の大変身があった。スクーンズの言ったとおり、そうなるのは時間の問題だった。とはいえそれは長い、苦痛に満ちた時間だった。全部で十四人いた見習い会員の中で、僕は自分がトーテムポールのいちばん下に位置していることを思い知らされた。要するにスケープゴートだった。僕は見習い会員に与えられた責務をやる気なくこなすことによって、立場をますますむずかしいものにした。しごきをにこにことやり過ごす代わりに、僕は反撥《はんぱつ》した。自分に割り当てられた卑《いや》しい仕事をすることを拒否し、見習いの教訓を学ぶことを拒否し、煙草に火をつけろと言われても断った。僕らはそういった数え切れないほどの卑屈なおこないをすることを求められたのだ。

僕の不人気はやがて頂点に達した。それから、ローとスクーンズをずいぶんがっかりさせたと思うが――彼らはバッカス賛歌を歌っていないときには、モルフェウスの神殿で祈りを捧《ささ》げていたのだが（訳注・バッカスは酒の神、モルフェウスは睡眠の神）――僕はしばしば夜中の二時か三時に、大声で怒鳴られてベッドから引きはがされ、キャンパスを抜けてフラタニティー・ハウスまで走らされた。そして地下のじめじめしたテレビ室で、明かりの下に座らされた。百ワットの電灯がひとつ、僕の目に向けられていた。そしてブラザーたちが僕に苛酷《かこく》な取り調べをおこなった。それはなかなかすさまじい、ぞっとする体験だった。

「おまえの名前はなんだ、見習い？」と取調官は切り出した。

「ジェリー・ペイン」

「ジェリー・ペイン、それからなんだ、見習い？」

「ジェリー・ペインです、サー」

「嘘《うそ》をつけ！　おまえの名前はなんだ、見習い？」

「ジェリー・ペインです、サー」

「また嘘をついているぞ、見習い！　おまえは自分が誰なのかちゃんとわかってるのか？」

「ノー」

「ノー、それからなんだ、見習い」

「ノー、サー」

「それでいい。それでおまえの名前はなんだ、見習い？」

「ノー、サー」

「おまえはいったいなんだ、見習い——阿呆《あほう》か？」

「ノー、サー」

「なんだと？」

「じゃなくて、イエス・サーです」

「何がイエスなんだ、見習い？」

「イエス・サー、僕は阿呆です、サー」

「おまえが阿呆だということはまさに正しい、見習い」

「イエス・サー」

「それで、自分の名前はわかったか、見習い？」

「ノー・サー」

「〈鯨のクソ〉だ、見習い」

「イエス・サー」

「よし。おまえの名前はなんだ、見習い？」

「鯨のクソ」

「鯨のクソ、それからなんだ、見習い！」

「鯨のクソです、サー」

「**この嘘つきめ！　おまえの名前はなんだ？**」

このような質問と返答がときとして二時間も続いた。あるいは少なくとも彼らがそのゲームに飽きるか、あるいは僕が神経破壊の寸前に追い詰められているように見えるまで。どれくらいの回数、僕はハウスから汗だくになって、目の見えない人みたいによろけながら新入生寮まで帰ってきたことだろう。電灯の明かりが白い残像となって僕の目の前をちらちら上下していた。夜明け前の何時間かのあいだ、僕はくたくたになってベッドに横たわり、ブラザーたちを皆殺しにしてやる方法を何度頭に思い描いたことだろう。

しかし彼らが僕に押しつけた最も巧妙で、最も憎むべき責め苦は、僕を「猟犬係」に任命したことだった。

猟犬の名前はプープシクだった。それは誰かがバーで拾ってきた雑種の子犬だった。とても可愛《かわい》い小さな犬だった。真っ黒で、胸のところだけが白いダイヤ形になっている。すべてのブラザーたちはその犬を可愛がっていた。僕を除いたすべてのブラザーたちはということだ。僕はとにかくこのプープシクが嫌で嫌でたまらなかった。

というのはこのプープシクはなにしろトイレのしつけができていない上に、よく下痢をしたからだ。この地球上にこんなにひどい下痢をする犬はかつていなかっただろうというくらい壊滅的な下痢をした。猟犬係を命じられるということはつまり、一日に少なくとも六回は新入生寮の僕の暮らしているウィングの電話に呼びつけられ、大急ぎでハウスまで来て、プープシクの最新の汚物の片付けを命じられることを意味した。もし僕がそれを拒否すると、電話は十五分ごとに数時間にわたってかかってきた。そして午後か夜かに（そのときどきによるが）、力の強そうなブラザーたちの一団がやってきて、僕がそのときどこにいようと（ジムであれ、生物学の実験室であれ、図書館であれ、どこだっておかまいなく）僕をむりやりハウスまで引っ張っていって、なすべき責務に直面させるのだった。ある朝、僕は断固として宣言した。もう二度と、僕はシャツの台紙を二つ使ってプープシクの糞を拾い上げるような真似《まね》はしないと。そしてクラスのあとで部屋に戻ってみて、自分の枕の上に排泄物《はいせつぶつ》がこんもりと置かれているのを目にした。それ以来僕は電話がかかってきたら、すぐに足を運ぶことにした。それはもうなにしろしょっちゅうのことだったのだが。

僕は頭に来ていた。頭に来て、こんなことはもうやめにしてやると何千回も心を決めた。そしてそのたびに、いや、最後までがんばり抜いてやると思い直した。連中はおそらく僕を追い出したがっているのだし、もし僕が音を上げたら、向こうの思うつぼというものだ。連中の気に入られようと入られまいと、僕はしっかりここに残ってやる。しかしなんという惨《みじ》めな残り方だろう。

「長いものには巻かれよ」とスクーンズは僕を諭した。

「我慢する木に花が咲く」とローが言った。

「柳に雪折れなし」とスクーンズがアドバイスを与えてくれた。

「あいつらみんな、いつかぶっ殺してやる」というのが僕の答えだった。

「そう、その気合いでがんばらねば」とローは言った。そして二人はランドリーに出かけていった。そのあと「ヴィレッジ・タヴァーン」という酒場で午後を過ごした。

一月の半ばに「地獄ウィーク」がやってくるまで、僕はずっと腹を立てまくっていた。なんでこんなひどい目に遭わされなくちゃならないんだと。しかしその一週間に用意されていたものに比べれば、それまでのしごきなんて子供だましみたいなものだった。まず最初に見習いたちは全員頭を剃《そ》られ、下着はつけずにウールの服を着なくてはならなかった。僕はそんなものは断った。自分の着たいものを着る。その結果、僕はハウスの周りの三十センチくらい雪の積もったところを、マットレスを背中に背負い、それを引きずって走らなくてはならなくなった。そして走りながら大声で叫ぶのだ。「僕はメイドゥンフォームの下着（訳注・女性用）をつけて、マットレスを背負って運ぶことを夢見ていました！」と。僕は倒れるまで走らされた。それから彼らは僕を中に運び込み、居間の真ん中で、氷でいっぱいにした洗い桶の上に座らせた。当然のことながら、僕の感じやすいピンクのお尻《しり》と、氷とのあいだには、何ひとつ遮るものはなかった。おかげでその一日か二日後には、痔疾《じしつ》をこじらせることになった。というかなにしろ……それは筆舌に尽くしがたい痒《かゆ》みだった。世界中の潤滑ゼリーをもってしても治まらないくらいの。

その一週間に起きたことをまるまる話すつもりはない。惨めだったとしか言いようがない。最初の一日が終わったとき、僕はくたくたに疲れていて、もうどうなったってかまうものかと思うようになっていた。そしてその時点から僕は赤ん坊のように従順になっていた。僕は言われるままにボウリングの人間ボウルになり、居間の端から端までごろごろと転がって、十人の人間ピンを倒した。進んで地下の電話ボックスの中に座って、何時間も続けて、声が嗄《か》れるまで聖書の一節を楽しそうに大声で読み上げた。十着のオーバーコートを重ねて着させられ、北のナヌークと呼ばれ、ウールの衣服の中でひたすら汗をかいて、痒くて痒くて死にそうになっても、文句ひとつ言わなかった。何時間も新入生ストレッチをやらされた。両手を正面に伸ばして、ブラザーたちが浴びせかける忌《い》まわしい言葉を黙ってじっと聞いているのだ。そして僕はタマネギと塩の入ったポリッジを食べた。青い野菜着色料を載せた生卵もついていた。そしてそっくりもどしてしまったが、おかげでお代わりまで食べさせられた……そのようにして僕の反抗精神はきれいに叩き壊された。僕はひとつの屈辱から次の屈辱へと、文句ひとつ言わずに移り歩いて行った。もちろんそんな目に遭ったのは僕一人ではなかった。実のところ、僕はまわりの見習い会員たちがそのようなストイックな沈黙をもって堪え忍んでいるのを目にして、ときとして彼らに対して好意を抱くことができた。ここに至ってついに、僕は憤慨することを忘れてしまったのだ。

幾世紀にも及ぶお楽しみとゲームが終了したあとで、借り物競走の夜が——伝統的な最後の催しが——やってきた。我々疲れ果てた見習い会員たちは居間に集められ、真夜中までに持ち帰らなくてはならない品物のリストを読み上げられた。署名入りのパンティー、牛の糞をバケツ一杯、バーに飾ってあるムースの頭、生きた鶏、などなど。僕はマヨネーズのジャーに blatta orientalis（要するにゴキブリのことだ）の生きた標本を、五百匹を下回ることなく集めてくることを命じられた。僕はミトンをはめた両手でジャーを持ち、ローとスクーンズと一緒にブリザードの中に出ていった。

「まったく冗談じゃねえよ」とローが唸《うな》るように言った。彼とスクーンズは牛の糞を集めてくるように申しつけられていた。

「あの馬鹿《ばか》野郎どもにごついのを何発かかましてやりたいぜ」とスクーンズは言って、面白くもなさそうに笑った。

「牛の糞だと？」とローが切ない声を出した。「こんな夜中にいったいどこで牛の糞が手に入るっていうんだ？　雪が降っていないことだけがせめてもの救いだ」

それで三人は大笑いした。そして雪の中を歩いて、キャンパスを横切っていった。文字通り一メートル先も見えないくらいのひどい雪だった。雪混じりの風がびゅうびゅう吹き付け、それに向かって三十秒歩いただけで、我々は頭のてっぺんから足のつま先まで真っ白けになってしまった。

「君たちはどうするつもりなんだ?」と僕は尋ねた。

「バケツとシャベルを手に入れて、それから素敵なこんもりくんを見つけにいくさ」とスクーンズが答えた。

「ほんとに雪が降ってなくてよかったぜ」とローが言った。「そうなってたら、そりゃ寒かっただろうしさ」

「農家の納屋《なや》でも見つけるつもり?」と僕は訊いた。

「そのとおりだ、ブーマガ」、スクーンズは最近僕のことをその名前で呼ぶようになった。なぜだかはわからない。「どっかに可愛らしい農家の納屋をみつけてやるさ。ばっちりとな」

「おまえも一緒にくればいいのに」とローが誘った。「納屋にはそんなにたくさんゴキブリがいるとは思わないけどな。何しろ農家の納屋ときたら、ばっちり清潔なことで有名だからさ」

農家は町の向こう側にあるだろうということで、我々の意見は一致した。バケツとシャベルのことは農家を見つけてから考えればいい。もし農家なんてものが見つかったとしたらだが。

僕らが適当な納屋をひとつ見つけて、そこでバケツもシャベルも、要求される量の牛の糞も手に入れ、僕もまた割り当てられた数のゴキブリも捕獲できるなんていう見込みもたしかにあったかもしれない。しかし運命の導きというべきか、町を抜けていく途中で我々は「ヴィレッジ・タヴァーン」の前を通りかかった。僕らは店とは反対側の歩道を歩いていた。肩を丸め、両手をそれぞれの温かい場所に突っ込み、髪はごわごわの真っ白になり、まつげまで凍らせて。ローはちょうど「まったく冬でよかったぜ。一年を通して、凍死できる可能性があるのは、なんといっても冬だけだものな」と言い終えたところだった。そのときに少しだけ先に立って歩いていたスクーンズが手を上げて「止まれ」と言った。

「なんで止まるわけ?」

「止まれ。あそこに何が見えるかな?」

「あれまあ、なんと素晴らしき眺めよ」、ローはスクーンズの指さす方向を見ながらそう言った。通りの向かい側には、三つの輪のバランタイン・スコッチ・ウィスキーのネオンサインを認めることができた。

「思うに、おれたちどうやら居酒屋に遭遇したみたいだ！」とスクーンズは風の中で叫んだ。

「ビールの一杯か二杯にはありつけそうだ」とローは言った。

「我が友たちよ、諸君はいかように省察するだろうか？」とスクーンズが尋ねた。

「牛の糞を集めたりするには、今宵はいささかおぞましい夜であるぞ」とローは言った。

「ならば突撃だ、諸君、大ジョッキに向かって！」、スクーンズはそう叫ぶと真っ先に道路を横切った。そしてぬくぬくしたタヴァーンの店内に入っていった。

そのあとに何が起こったのか、あまりよく覚えていない。僕はロニーに出会った。見かけは大きな熊のようだが、とてもフレンドリーなバーテンダーだ。こんなひどい天気だというのに、また地獄ウィークの最中だというのに、ローとスクーンズがいつものように金曜日の夜に姿を見せてくれたことを、彼はとても喜んだ。実をいえばその日、僕はロニーと実に何度も引きあわされることになった。というのは、スクーンズが僕を彼に紹介することに、すごく喜びを覚えたらしかったからだ。とくに夜が更《ふ》ければ更けるほどその傾向は強くなった。紹介されるたびにロニーは煙草のヤニだらけの微笑《ほほえ》みを浮かべ、僕の手を握り、「お会いできてなにより。まったく参ったけど、まあとにかく」と怒鳴った。

数え切れないくらいたくさんの乾杯と、肩のたたき合いがあった。それからロニーとローとスクーンズがあっけにとられたような表情を浮かべて僕を見下ろす瞬間がやってきた。でもやがて彼らの手が僕に向けて差し出された。そして今では彼らの大笑いしている顔が、おなじみの場所で、もう一度僕のまわりを取り囲んだ。僕はみんなのことがすっかり好きになってしまった。そして僕らはそれぞれにハグしあった。ロニーまでもがそこに加わった。やがてたくさんのダイム（十セント硬貨）が濡れたカウンターの上で星のように光っていた。スクーンズは鈍くなった指でそのうちの一枚を掴《つか》もうと死力を尽くし、ようやくそうすることに成功した。その次に僕が覚えているのは、ジュークボックスで『スターダスト』がかかっていたことだ。そして僕らは間違いなくふわふわと宙を漂い始め、雲の中にいた。というか雲の上にいた。それとも雲になってしまったか。そしてダイムはカウンターの上からどんどん消えていった。『スターダスト』が何度も何度も何度も繰り返し演奏された。それから更にもっとたくさんのダイムが並べられた。バーの一方の端から向こうの端までずっと。たくさんのグラスもあった。内側に泡がついた空のグラスだ。そして避けがたく、がしゃんとグラスが割れる音があった。でもロニーはただ笑って首を振るだけだった。そして僕らのことを、あんたらはいちばんクレイジーな連中だと宣言した。まったくもう、なんていうか、参っちまうね。それから僕は自分が突然、コートも着ず、なんにも着ず、ドアの外に勢いよく追い立てられているのを発見した。僕はそこでローとスクーンズに支えられて、雪の土手の上にかがみ込んでいた。たぶん吐いていたのだと思う。それから眠りに落ちた。僕はいろんな夢を見た。『スターダスト』、我が友ロニー、そしてとてもとてもぼんやりとではあるけれどゴキブリたち、そしてランプの下にいること。

目が覚めたとき（僕は奇跡的に自分のベッドの中にいた）、自分が死んでいればいいのにと思った。地獄ウィークはもう終わっていた。ローとスクーンズはとても優しく、廊下を抜けて僕をシャワールームまで連れて行ってくれた。そして仕切りの外で親切にもじっと待ってくれていた。僕が転んで、床で頭を打ち割ったりすることがないように。それから僕に服を着せ、コートとマフラーでしっかりと包み込んでくれた。そして一緒に付き添ってキャンパスを横切った。雪の煌《きら》めきが僕の眼球をずたずたにして、僕の脳みそにぴりぴりと稲妻を走らせた。その間に口にされたのは、「どうだ、まるで頭に斧《おの》をぶちこまれたような気分だろう、ブーマガ？」という言葉だけだった。

入会式のセレモニーのあいだも、僕はずっとひどい気分だった。しかしそのあと宴会になって、だんだん元気を取り戻し、頭もずいぶん落ち着いてきた。デザートが出てくる頃には、まわりのみんなと同じように、僕は幸福と愛に文字通り照り輝いていた。昨夜の出来事は、頭の後ろの方にかろうじてひっかかっているだけだった。そして最後に居間でコーヒーを飲んでいるときに、ブラザーの一人が僕のところにやってきて、意味ありげにウィンクして言った。「聞いたところでは、ゆうべ君らはとんでもない大騒ぎをやらかしたんだってな」。僕はそのとき彼をハグしたくなったくらいだった。そう、僕らはなんたってとんでもない大騒ぎをやらかしたんだ、そうだとも！　その瞬間が僕に与えてくれた喜びは、それまで一度も経験したことのないものだったと思う。

それから一週間も経たないうちに、僕のまっさらな新生活が始まった。そしてその生活を表現する方法として、僕は新しいボキャブラリーを導入することになった。「ティニス・サワー」、あるいはスタンプリフターズ」をミルクのジャグでミックスするのも、「ファーバーガー」（女性器）」を探し求めて「フラズオフ」するのも、まったくお話にならないというわけではないことを僕は発見した。最初のうち僕はいっぱい「フレイル」した（へまをやった）。神話的な「それ」を何度も「耳の中に」入れたりして。でもそのうちにだんだんコツがわかってきた。「ティップ・アップ（大酒を飲む）」のにも馴《な》れ、「ブロウ・ランチ（もどす）」することは少なくなった。招集をかけられたら「ラリーする（駆けつける）」ことも覚えた。テレビ室で何時間も過ごし、たらたらテレビを見ていても、授業をまずまずの成績でパスするコツも覚えた。「ベニー・ゴッド」が登場したおかげで、アルミフォイルをつかってまともな「ベニー・マシーン」が作れるようになり、春学期の午後にはバック・ポーチの平らな屋根の上で、それを使ってビールを飲みながら、ちょっとばかり日を浴びられるようになった。僕は公衆の面前で「尻の丸出し」をするところまで落ちてはいなかったが、それでも「キャンパスのお騒がせや」の資質を持つものとして一目置かれるようになっていた。スクーンズがもし僕の大変身を予言していたのだとしたら、それはまさしく実現されたわけだ。

奇跡中の奇跡というべきか、六月になってものごとがなんとか落ち着きを見せた頃、僕は無事に二年生に進級していた。僕はビールがたっぷりと浸《し》みた新品の電気ギターと共に家に帰った。僕はそのギターで――かつては端正なクラシック音楽を弾いていた僕は――もう三ヶ月のあいだ、E―A―B７のロックンロールのコードしか弾いていなかった。

ぐったりと疲れ切っていた。

それでも秋になると、ほかの何人かの新二年生とともに、一週間早く僕は大学に戻った。表向きは入会儀式の準備のためにハウスのペンキ塗りをしなくてはならないという理由で。その週の終わりになっても、僕らはまだ半分しかその仕事を終えていなかった。そして僕らのまわりで大学が正式に開き始めると、僕らは作業を一休みして、アルミ製のビールの空き樽《だる》を六個、ビール瓶と空き缶の詰まった大きなゴミ箱をふたつ、そしてまだ蓋《ふた》の開いていないビールを何ケースか、バーからバック・ポーチの屋根の上に運んだ。そして潜水艦に爆雷を投げ始めた。潜水艦というのは船の形をしたガスタンクで、それはハウスに近い草むらに設置されていた。その作業をより徹底的にやるために、僕らはハウスの中の電球をひとつ残らず外して、それも攻撃手段のひとつとした。僕らがその爆撃のあいだに飲みまくったたくさんの缶ビールの助けと励ましもあって、事態はかなりワイルドなものになった。そして気がついたとき僕は空中に放り出され、最後の華々しい総攻撃の中で爆弾のひとつとして使われていた。僕と一緒に潜水艦を爆沈するべく宙に飛ばされたのは、何組かのトランプと、陶製のスタンドと、真鍮《しんちゅう》の痰壺《たんつぼ》と、ソンブレロの形をした大きな粘土製の灰皿と、三枚のマットレスと、半分入ったいくつかのペンキ缶と、一ブッシェルの腐ったリンゴだった。

僕は直接タンクのてっぺんに背中からぶつかった。そして跳ねて草むらに落ちた。草むらにはガラスの破片やら、その他屋根から放り投げられたいろんな先の尖《とが》ったものが散らばっていた。見ていた連中は、僕はてっきり死んだに違いないと思った。ところが実際には、僕は起き上がって大笑いしたのだが。僕は屋根の上で驚愕《きょうがく》している見物人たちに向かってそれらしいジェスチャーを見せ、ハウスの裏側の野原の真ん中まで歩いて行って、去年からそこに置かれたストックカーの脇で気持ちよく意識を失ってしまった。その自動車はちょうどその一画で最後の走行を終えて、今では車輪をすべて失ったまま、ゆっくりとその土地に沈み込みつつあった。僕の身体《からだ》は傷ひとつ負わなかった。骨もまったく無傷だった。

大変身？　ああ、僕はまさに王様だった！　僕は自分の人生を百パーセント、出鱈《でたら》目《め》な騒ぎに捧げた。僕は自分自身を際限なく、気前よく、自己破壊に向けて解き放ったのだ。

# 第三章

屋根から放り出されたあと一ヶ月ほどたった十月半ばの日曜日の朝、僕はフラタニティー・ハウスの図書室で『新入生一覧』という雑誌のページをぱらぱらとめくっていた。それはここからかなり遠方ではあるが、行って行けなくはない距離にある、とある女子大が発行したものだった。東部にあるほとんどの大学は、男子校であれ女子校であれ、だいたい似たような雑誌を出版している。男子校では女子校のそんな雑誌を備え付けている。それぞれの友愛会の図書室にはまず間違いなく、主要な学校の「一覧」が揃《そろ》っていて、そこにブラザーたちがあれこれ書き込みをしている。女の子一人一人の写真の下に、コメントが添えられているのだ。「こいつ好きもの」とか「不感症」とか「この写真はできすぎ」とか「あそこ舐《な》めたい」とか「超やりまん」とか「やりたて」とか、そういうのが延々と続く。警察に置いてある「犯罪者写真台帳」のようなものだ。そこで問題になっているのは、誰がやっているか、誰がやっていないか、がんばれば誰がやらせてくれるか、いくらがんばっても誰はやらせてくれないか、というようなことだが。

僕はぱらぱらとページを繰りながら、コーヒーを飲んでいた。そうすればかすんだ目がいくらかましになって、頭痛も治まるんじゃないかと期待しながら。そしていったいいつになったら、このお祭り騒ぎが終わるのだろうと考えながら。あの潜水艦爆撃事件以来、僕はずっと酩酊《めいてい》しているかあるいは二日酔いに苦しんでいるか、そのどちらかだった。僕は実のところ、堅く心を決めていた。今度の週末は学校に残って、しっかり身を入れて勉強をしなくちゃなと。いくつかの大事な中間試験が迫っていたのだ。そんなことで頭がいっぱいになっていたので、僕はもう少しでプーキーの写真を見逃してしまうところだった。というか、なんか見慣れた顔があったなとふと気づいたときには、僕はもう三ページくらい先に進んでいた。前に戻ってみると、そこに彼女の顔があった。間違いない。あのまんまの恐るべきプーキーだ。眼鏡、くしゃくしゃの髪、その他もろもろ。

僕らは——僕とローとスクーンズは——次の土曜日の朝の七時にプーキーの学校に到着した。スクーンズの四九年型オールズモビールに乗って、艱難《かんなん》辛苦の夜っぴいての旅を続けたあとのことだ。その車は「スクリーミング・ビッチ（悲鳴あげ女）」と名付けられていて、少し前に彼の実家から学校まで運ばれてきたばかりだった。彼はビッチのトランスミッションにおが屑《くず》が、ブレーキ・ドラムに新聞紙が巻いてあると主張した。僕は彼の言葉をそのまま信じることができた。彼女は間違いなく車輪のついた最大級のポンコツだった。壊疽《えそ》にかかったような乳白色の車体、スクーンズは彼女の魅力をより高めるために、その車体の両側に暗い赤紫色のペンキで、垂れたあとを残しながら「リンポポ・ヴァレー種馬牧場」と書いた。いろいろと語るべきところはあったけれど、彼女の特徴のひとつはフロントのエンジン防火壁からすさまじい勢いで吹き出す排気ガスだった。窓を開けっ放しにしておくだけではその毒性のガスを追い出すことはできず、誰かがしょっちゅう右側のフロント・ドアを開けたり閉めたりして、それを扇《あお》ぎ出さなくてはならなかった。その風の強い朝に目的地に到着したのは、そういう作業を僕が延々と四時間も続けてきたあとのことだった。

その大学キャンパスはドライ（飲酒禁止）だった。だから僕が運転席のドアを開けて、三つか四つのビール缶が転がり落ちて、緩やかに傾斜した通りをかたかたと転がりだしたとき、僕らはすぐさまみんなの注目を集めることになった。ドライ・キャンパスで朝の七時半に何個かの缶ビールがどれくらい大きな音を立てるものか、ちょっと想像がつかないと思う。「ヴィレッジ・タヴァーン」で八時間にわたるマラソン飲み会をやったあと、僕らは午前三時に学校を出発したわけだが、そのとき僕は電気ギターとポータブル・アンプリファイアを怠りなくビッチの荷室に積み込んでおり、それが事態を更に悪化させることになった。僕らはその一式をプーキーの住むハウスの前の芝生に引きずっていって組み立てた。ギターはとても信じられないほどすさまじい音を出した。ハウスの基礎からぐらぐら揺れたんじゃないかと思う。

三十秒後にプーキーが数人の女の子たちと共にフロント・ポーチに出てきたが、みんな眠そうに目をこすっていて、面白がっているというのからはほど遠い雰囲気だった。

もし記憶が正しければ、僕は芝生に仰向けに寝転んで、お腹《なか》にギターを載せて弾いていたと思う。ローとスクーンズは二人でインディアンと幌馬車《ほろばしゃ》ごっこをして、ときの声を上げながら僕のまわりを走り回っていた。それはずいぶんな光景だったろう。ローは「オーストラリア軍用帽子」とでも呼ぶべきものをかぶっていた。ただその縁はもう縁としての用を為《な》さなくなっていた。あまりにも多くのビールがそこに注がれ、そこから飲まれてきたためだ。彼はまたバッグズ・バニーの紫色の頭の絵が背中についた黒いジャケットを着ていた。スクーンズもまたろくな格好はしていなかった。彼の着ているスエット・シャツの前面には下手くそな、しかし明らかにヒトラーとわかる絵がインクで描かれ、裏にはハウディー・ドゥウディー（訳注・テレビの人形劇の主人公の少年）の絵が描かれていた。ハウディー・ドゥウディーの下にはやはり垂れた暗い赤紫色のペンキで、おれはマッキング・フォンスターという字が書かれていた（訳注・もちろんファッキング・モンスターの言い換え）。それに加えてホッケー用のグローブだ。僕らは美しくポーズを決め、クールにリラックスしていた。そして僕らのまわりでは枯葉がはらはらと風に舞っていた。

プーキーは腕時計に目をやった。今が本当に午前七時半なのかどうか、確かめていたのだろう。それから大声で叫んだ。

「ジェリー・ペイン、このできそこないの、根性なしのへこたれ野郎の、嘘《うそ》つき卵産みマンモスの息子みたいなくそったれ、やかましいんだよ、あんたも、そのろくでもないケモノみたいな友だちも、なんでもいいから静かにしてちょうだい！」

僕もそこでやめた。ローとスクーンズもそこでやめた。枯葉も舞うのをやめた。グオオーンというギターの特大のエコーだけが消えるまでに少し時間を要した。ローとスクーンズはよろよろと崩れ落ちた。僕はさっとはね起きた。そして両耳に指を突っ込んで、言った。「よしてくれよ、なあ、そんなにでかい声で怒鳴るなって」

スクーンズはそれを、王様（彼自身のことだ）がこれまで耳にした中でもっとも滑《こっ》稽《けい》な発言だと思って、とにかく大笑いした。そして義歯を芝生の上にぽろんと落とした。ポーチの女性たちは殺人衝動を抱いたように見えたが、何も言わなかった。

「マジな話、冗談はさておいて、ぼくらは髭剃《ひげそ》りを必要としている」と僕は言った。邪気のない子供のような響きを持たせようと努めて。「誰か、剃刀《かみそり》を持ってない？」

「王様は草斬《くさき》り機（芝刈り機のことだ）で緑色のこびと（バランタイン・エールのことだ）をちょっきりさせようぞ（首を刎《は》ねることだ）」とスクーンズは言った。歯がないせいで、彼の言葉は大きなもぐもぐした塊みたいになってよく聞き取れなかった。しかしもし聞き取れたとしても、彼の言ったことはいずれにせよ誰にも理解できなかっただろう。

「この猿の言ったことを誰か翻訳してくれない？」とプーキーは言った。そして我々をいやいやながら中に導き入れながら。

彼女は僕らのためにシェーヴィング・クリームと剃刀を借りてきてくれた。そして僕らは階下の洗面所《ジョン》に詰め込まれた。正確に言うならそれはただの狭い便所だった。一人が入るのもやっとだったし、ましてや三人の男が入れるようなものではない。ローは便器の蓋《ふた》の上に立って、鏡の上の端につかまろうとした。でも二度ばかりバランスを失い、そのたびに僕の頭の上に倒れ込んできた。二度目の時は危うく僕の耳をひとつ切り落としそうになった。俺たちたしかに洗練性に欠けているかもな、とスクーンズが言った。その言い方に何か滑稽なところがあって、ローがくすくす笑った。僕も笑いの仲間入りをし、やがてはスクーンズもひいひい笑い出したが、その笑い方はほかの二人よりももっとすさまじいものだった。それからドアが開いた。そこにはプーキーがいた。彼女は今にも爆発しそうな顔で僕らを睨《にら》んでいた。

「お邪魔したんじゃないといいんだけど」と彼女は楽しそうな快活な声で言った。それからその声は氷点下にさっと落ち込んだ。彼女は唇をぐいと歪《ゆが》ませ、吐き出すように言った。「あんたたち、この最低のできそこない野郎ども、十数えるうちにここから出て行かないと、とんでもない目に遭わせてやるからね!」

ときどきクスクス笑いながら急いで身支度を終えると、僕らは洗面所を出て行った。そして銃殺隊とおぼしきものの前に引き出された。しかし驚いたことにそこには舎監みたいな女性はまだおらず、五十人の若き女性たちが揃って僕らの方を睨みつけていた。しかしプーキーのほかに口をきくものは一人もいなかった。

「あんたたちろくでもない三人、朝ご飯を食べたいのなら食べさせてあげるよ」と彼女は言った。女の子たちがみんなして、これから僕らのために朝食を作ってくれるのだろうかという奇妙な感覚を僕は抱いた。

不幸なことに僕らが与えられたのは目玉焼きだけだった。僕らはそれを見てクスクス笑い、黄身をフォークで突き刺した。「おいしいおいしい、ひとつ目の目玉焼き」、でも僕らはろくに食べもしなかった。ほかの女の子たちの目は僕らにではなく、じっとプーキーに注がれていた。まるでナイフみたいに鋭い視線だった。まるですべてが彼女の責任であるみたいに！

「なんでわざわざこんな辺鄙《へんぴ》なところまで押し寄せてきたわけ？」、僕が少し落ち着いたときに、彼女は僕に尋ねた。

「ゆうべ僕らはお祝いを始めていたんだ」と僕は説明した。「ベニー・ゴッドの死を記念してでかいパーティーを開いた。それで午前三時くらいに、誰かがここに来ようって言いだしたんだ。で、来ちゃいけないという理由を誰も思いつけなかった。そんなこんなで来ちゃったんだ」

「あんたたち、身を粉にしてお祝いしまくったみたいだね。先週の日曜日のゲロみたいな匂《にお》いをさせてるけど」

「多少は飲んだかも」と僕は答えた。「君は元気か？」

「なんで急に興味を持ったわけ？　私が金持ちの娘だとか、聞きつけたわけ？」

「いや、ほんとに悪かったと思ってるんだ、プーキー。僕はごろつきで、やくざもので、礼儀知らずで、くずみたいな男で、札付きの悪党だ。頭のてっぺんを雄牛のちんぽこで作った鞭《むち》でびしびし叩《たた》いてくれ。でも僕の評判だけは落とさないでくれ。元気かい？」

彼女はしげしげと見ていた。それから人差し指で額の汗を拭《ぬぐ》い、宙でぱちんと鳴らし、そして言った。「ふうん！」。微笑《ほほえ》みが口許《くちもと》に浮かびかけたが、やがて消えていった。「君はずいぶん変わったんだね。少なくともしっかり汚い格好してるし、とんでもなく酔っ払ってるし……」

「こいつはそりゃすごいんだぜ」とスクーンズがフォークで僕の方を指し示しながら口を挟んだ。フォークの先からは卵のかけらが垂れ下がっていた。それはまるでゴムでできたクラゲみたいに見えた。「ブーマガは光を見たんだ。それはこいつの偉大なるがりべん頭をまっすぐ、すかっと刺し貫いたんだ」

「智慧《ちえ》の野生馬たちが、こいつの広々とした脳味噌《のうみそ》を荒々しく走り抜けたんだ」とローは意見を述べながら、卵をひょいとひっくり返した。そしてフォークの平たい部分を使って、そこについた油をそっと伸ばしていった。僕らがじっとその様子を見守っているのに気づくと、彼は説明した。「こういう風にしてこいつらを優しく寝かしつけるんだ。そうすれば、その小さな首を刎ねたときに、こいつらが痛みを感じずにすむからな」。それから彼はナイフを荒々しく黄身に振り下ろし、切り裂いた。

それを見ながらプーキーは僕の方を向いた。「やれやれ、なんてことかしら」と彼女は言った。「私はね、上の階でとっても気持ちよく明け方の眠りをむさぼっていたの。モウロウと楽しい夢を見ながら。最高だったな。ところが出し抜けに何もかもがぶるぶる震え始めた。誰かが私の肩を摑《つか》んで、女のヒステリックな金切り声を出していた。『ねえ、プーキー、気の触れた男たちがそこに来てるの。ねえ、起きてよ、プーキー！　一人は電気ギターをセットして、ロックンロールを演奏している。なんとかやめさせてちょうだい』、それで私はその相手に——誰だか知らないけど——くたばりやがれと言って、そしてこんな騒動を起こしたやつらに、それが誰であれダブル・パンチを食わせてやれと言った。その次に気がついたとき、私は床に落ちて横たわっていた。それから立ち上がって服を着込み、眼鏡を探し当て、目の前にかかった霞《かすみ》をどっさり払い落とし、フロント・ポーチまでなんとかよろよろと降りていった。そうしたら、ああ、なんたることか……」、彼女は両方の人差し指を上げて、お互いのまわりをぐるぐると回らせた。そしてそのうちの一本を抜いて、それで僕をドラマチックにぐいと指した。「あのね」と彼女は言った。「そんな汚らしい上着を着ていても、ビールと煙草《たばこ》のいやったらしい匂いを放っていても、君はそれでもまだ相変わらず、チャーリー・チャップリンの『キッド』の貧相なやせっぽちのぼさぼさの子供の〈大きくなった版〉なんだよね……今回はグロリアス甲虫は持ち歩いていないの？」

それはグロリオーサ甲虫だと僕は訂正した。いずれにせよ、今はたまたま持ち合わせていない。

「そいつは残念だわね」と彼女は言った。「で、どうやって私がここにいるとわかったわけ？」

僕は『ザ・スクープ』が手近にあったからだと説明した。

「君のお友だちはいつもホッケー・グローブをはめて食事をするわけ？」、彼女はスクーンズを指さして尋ねた。

「お察しの通りですだ」とスクーンズは言って、フォークをぽろりと取り落とした（それでもう十五回目くらいだったが）。

「好きにがんばりなさい」とプーキーは冷ややかな声で言った。そして僕に向かって言った。「それで君ははるばるここまでやってきた。で、これからどうするつもりなわけ？」

「おれたちはだいたい〈やりまくり〉みたいなことをアタマに思い描いていたんだけ

ど」とスクーンズは入れ歯を落ち着けるために、唇を不快なかっこうに何度か歪めながら言った。

　プーキーは彼を睨みつけた。その目にはうっすら曇りがかかっていた。まるで冷え切った瞳《ひとみ》に誰かにはっと息を吹きかけられたみたいだった。スクーンズはそんな風に睨まれて、すっかりひるんでしまった。彼は肩をすくめ、言った。「王様はここに謝罪する。申したことは忘れてもらいたい」

「君はいったい何をするつもりなの？」とプーキーはあらためて僕に尋ねた。

　とくに何をするつもりというのもなかったんだと僕は言った。何をしたってかまわないし、制限みたいなものは何ひとつないんだと。

「私はこれから朝のクラスに出ようと思うの」と彼女は言った。

「よう、勘弁してくれよ！」とローが盲に両手を挙げて言った。「いくらなんだって、そいつはあるまいぜ」

「プーキー」と僕は異論を呈した。「〈ビッチ〉には飲まれるべきビールが一箱のっけてあるんだ。こんなに素敵な日じゃないか。きみの友だちを何人か誘って、どっかに行ってパーティーをやろうぜ」

「あのね、君たちみたいなのが三人でどやどや押しかけてきて、ここにまだ私の友だちが残っていると思えちゃうわけ?」

「ビール好きの友だちの二、三人くらいはきっといるはずだぜ」とスクーンズは頼み込んだ。

「ええ、そうね。ビール好きの友だちの二、三人ね。よく言ってくれるわよねえ」

しかし彼女はちゃんと見つけてきてくれた。そして僕らはパーティーを開いた。スクーンズとローとプーキー、ナンシー・パトナムという彼女の友だち。それからもう一人の友だちがいたのだが、彼女のことはあまりよく覚えていない。たしかイッシモだかなんだか、そういう名前で呼ばれていて、みんなを飲み負かせることで勇名を馳《は》せたという女だった。それから僕だ。町を出て一マイルほど行ったところでハイウェイを外れ、ガタゴト道を進んで小さな川を見下ろす丘の上に出た。そこが人気のある遠出のスポットだった。女の子たちは喉《のど》をげえげえ言わせながら車から飛び出してきた。なんてひどい匂いなの、と彼女たちは文句を言った。しかしいったん宴会が始まると、みんなの機嫌は直った。ビールがどんどん開けられ、僕らは落ち葉の中にごろんと横たわり、話をし、ビールを飲み、リラックスした。

あっという間もなく、世界は僕らのものになった。僕らは悟りを開いた六人の人間であり、僕らの腕は宇宙全体を抱きしめることだってできるのだ。そしてその日の大気は僕らを高く浮かび上がらせ、もし正面切って問いただされたなら、僕ら全員がこのように答えていたはずだ。ああ、そうですよ、僕は（私は）不滅なんだと思いますよ、と。僕らはまったりした気分になっていった。ものすごくまったりとした気分に。三本目のビールを飲んだあとで、スクーンズは立ち上がり、その空き缶を二本の木の間から川に投げ込んだ。

「老兵の行くところを見よ」と彼は悼《いた》むように言った。「潮のままに流され行く。アディオス・アミーゴ・ミオ……」、彼は腹を撫《な》で、まるでそんなものがそこにあったことに初めて思い当たったような顔で空を見上げた。それから座り込んで派手なブーツを脱ぎ、ソックスも脱いだ。そして足指を涼しい空気の中でひょこひょこと曲げた。「月に一度くらいは空気にあてなくちゃな」と彼は言った。

僕らは輪になって座ったり寝転んだりした。真ん中にはゴールのカートン・ボックス。カレッジ・スタイルのキャンプファイアというところだ。そして僕らは話をした。とにかくあれこれいろんな話をした。昔の思い出とか、友だちのこととか。高校を卒業して軍隊に入ったり、結婚したりした友だちのこと。僕らは政治情勢についても語った。そしてアフリカとロシアと中国とヴェトナムと南アメリカを水爆でどかんと吹き飛ばしちゃうことで簡単に決着をつけた。それから話題は次第にくだらない冗談へと移っていった。そして最後の時計が窓の外に放り投げられたとき（本当に時は飛ぶのかどうかを試すためだ）、そしてもうこれが限界ということになったとき、僕らは話をやめて、川の堤に立ち、空き缶を川に放り投げた。空き缶はひょこひょこ浮かんだり、転がったりした。沈んでしまうものもあったが、それ以外は水に流されて、あっという間に見えなくなった。

「みんなどこに行っちゃうのかしらね？」とプーキーが感慨深げに言った。

「海まで行くのさ」とローが夢見るように言った。「それがおれの行きたいところさ――海までね」

「じゃあ、筏《いかだ》をつくらなきゃな」と僕が言った。

「いったい何を材料にして筏をつくるのよ？」とイッシモとかいう女が言った。

「丸太だよ。川岸には死んだ木がたくさん落ちているはずだ」とローが言った。

「そういう木を集めて結び合わせ、六人が眠れる大きなテントをつくるの。それから大きなアメリカ国旗を買って……」、プーキーはその話にすっかり夢中になっていた。

「で、キューブ・ユニットはどうするわけ？」とスクーンズは尋ねた。

「なんですって？」

「冷蔵庫のことだよ」と僕は部外者に向かってあわてて説明した。

「ユニットを抜きに筏を川に送り出すことは、おれたちにはできないね」とスクーンズは、大げさに憂慮を装《よそお》って言った。

「大丈夫よ。いろんな缶詰とかちゃんと持って行けるから」とプーキーは言った。

「冷えたやつを大きなネットに入れて、それを水に漬けて引っ張っていけばいいんじゃないか」とスクーンズが言った。

「そうとも」とローが言った。「そのネットが突き出した枝に引っかかって破れ、五百もの缶ビール《ソルジャーズ》は海の底まで流されてしまうんだ。素晴らしいじゃないか」

スクーンズはものすごく厳しく顔をしかめたので、僕は彼がきっと入れ歯を呑《の》み込んでしまったのだろうと思ったくらいだった。

「パニックをおこさないで」とプーキーは言った。「冷蔵庫はちゃんと持っていくから」

「でもどこにプラグを差し込めばいいの」とイッシモという娘が言った。

「ああ、そうだよ！」とスクーンズが叫んだ。「どこにプラグを差し込めばいいのかと娘は尋ねておるぞ！」

「そんなものはスクーンズの――」

「やめなさい！」とプーキーは僕に向かって叫んだ。「下品なことは言わないで！」

「イエス、マム！」

しかしどういうわけか、下品な発言に対するプーキーのきっぱりした禁制は、逆にその種類の発言を続々と引きずり出すことになった。僕らはおかしなことに一列に並んで川を見下ろしながら、人類に知られたもっとも下品なジョークを、一人一人順番に（女の子たちも含めて）並べ立てていった。みんなで大笑いして、その場にへたり込んでしまうくらい笑って、それから列を崩して銘々好きな姿勢をとって、息もつけないくらい盛大に笑い転げた。男たちは涙を流しながら、わけのわからない声を上げ、叫びまくった。女の子たちは顔を赤カブみたいに真っ赤にして、僕らと一緒になって大笑いしていた。ただナンシー・パトナムだけはことの成り行きにすっかり戸惑っていて、ただ穏やかに微笑みを浮かべていた。この「きわどい話大会」が終わると、僕らは這《は》うようにして元の位置に戻った。ビールを囲むキャンプファイアの態勢に。僕らはだらんとしてハッピーで、最後の生ぬるい缶ビールが高速ペースでぷしゅっぷしゅっと開けられていった。

僕はプーキーの隣に寝転んでいた。彼女は小枝を手にして、目の前の広々とした地面に絵を描いていた。

「君はこれまでに、釣りに行きたいという緊急の欲求に襲われたことはあるかな？」

と彼女は尋ねた。

釣りに行きたいという緊急の欲求に襲われたことはしょっちゅうあったけれど、実際に行く機会はほとんど与えられなかったと僕は答えた。

「ここに釣り竿《ざお》があるといいのにね」と彼女は言った。彼女は目の前の地面を手のひらで均《なら》し、小枝を使ってそこにこんな絵を描いた。

「これは有糸魚がまさに後期分裂に入るところの姿だ！」と僕は得意げに言った。

「馬鹿《ばか》なことは言わないで」と彼女は信じられないという顔をして言った。「誰が見たってこれはただのはじけでしょうが」

「参ったな」と僕は言った。「なんだって？」

「だからはじけなの。彼らは生まれて五分後に爆発しちゃうの。だから彼らは人間よりもずっと急いで生きることになる。それほどばっちり急いでというわけじゃないけどね。この魚を完全なかたちで釣り上げた人って、まだいないんじゃないかしら。というのは、この魚が針にかかっても、引っ張り上げた頃にはもう半分になってしまっているから」

「そいつはなんと……」

彼女ははじけの絵をこすって消して、別の魚の絵を描いた。

ぼんくらな僕は、ごく当たり前のことしか口にできなかった。めかじき《ソードフィッシュ》だろうと。

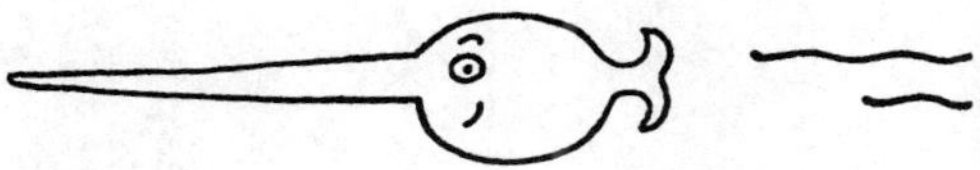

でも彼女に嘲《あざけ》るような目でじっと睨まれて、僕は自分を恥じた。これは〈長くちばしスニート〉に決まってるじゃないの」、彼女は問いただすように僕を見た。スニートの習性やライフ・サイクルなんかについての意見を求めるみたいな目で。

「いや、きみの意見をまず聞かせてくれ。だってこれはきみの生み出したものなんだからさ」、僕はなんだか夢見心地になってきた。落ち葉が勢いよく僕の視界の領域内を吹き抜けていった。ブーキーの手にした枝はそのスニートのあちこちに瞑想《めいそう》的なタッチを加えていった。すべてはとてもゆっくりと、とてもふわふわと進行した。

「大型スニートと、とても小さな小型スニートの二種類がいるの」と彼女は説明した。「小型スニートは小さな川に住んでいて、夜になるとゴルフコースにあがってくるの。そしてくちばしを地面に突っ込んで、その尻尾《しっぽ》をティーがわりにしてボールを打つ人がやってくるのを待って――」

彼女は地面を素速く均して、ティーになったスニートの絵を描いた。

「でも気の毒なことに、夜中にゴルフをする人はまずいない」と彼女はほとんどがっかりしたように言った。「スニートたちはひと晩ずっと待っているの。ふわふわした草の中のぴかぴかの金貨みたいに。ひょっとしたらゴルファーがたまたま通りかかるんじゃないかみたいな虚《むな》しい希望を抱いて。でも誰もやってこない。彼らはなにしろ繊細だから、昼間に出てくると太陽の光でぼっと燃えちゃうわけ。でもほんのときたまだけど」と彼女は付け加えた。そして新しい絵を描いた。「とても小さな冷えた星が漂い落ちてきて、彼らの尻尾の上にしばらく留まっていくの。そうすると彼らはとっても幸福な気持ちになることができる」

「で、〈大型長くちばしスニート〉の方は？」
「うん、彼らにはね、彼らなりのまた別の問題があるのよ」と彼女はその星の中にたくさんの点を打ちながら言った。「このヒトたちはとっても愛情に溢《あふ》れていて、キスをするのが大好きなの。でもそれをするのにものすごい時間がかかるわけ。なにしろその長いくちばしの先が触れあうために、ものすごくゆっくりとお互いに接近しなくちゃならないわけだから。でもそれはおおむね不可能なことなの。というのは、ちょっとした流れの動きで彼らは上下に振れたり、左右に振れたりしちゃうから。そして彼らには自分の身体《からだ》を安定させるためのひれとか水かきとかそういうものがまったく具《そな》わっていないの。そんな悪戦苦闘の末にもしくちばしの先っぽで、ちゅっと完璧《かんぺき》なキスができたとしても、その頃にはもうくたくたになっていて、それを心から楽しむ

ことも できないわけ」

彼女は枝の先っぽで土をかきまわし、それから枝を二つに折り、それから四つに折り、その破片を僕の頭に向けて放った。

「ねえ、川の岸辺をちょっと散歩とかしない？」、最後のかけらが僕の頬を打ったあとで、彼女は僕に言った。

「いいけど……」

すぐに戻るからと僕はほかのみんなに声をかけた。そしてそこを離れた。僕らは何も言わずに道を歩いた。風がプーキーの髪を揺らせ、髪のあちこちの部分がひょいと跳ね上がった。それからまた風が吹いて、そこがぺしゃんこになった。まるで赤ん坊の鳥が翼の使い方を学んでいるみたいに。僕らの左手には川の堤の上に沿って、樹木が並んでいた。右手には丈の低い茶色の切り株だらけの畑が、ずっと奥のぼんやりとしか見えない有刺鉄線の柵《さく》まで、何エーカーも広がっていた。

「あのね、ジェリー」とプーキーは静かな声で言った。「今から百年後だって、今日私たちの胸のうちから泡のようにわき出ていたものを、私は思い出すことができると思うんだ。今から百年後には、私はきっと見たい夢を何度でも好きに見られるようになっているはずだと思う。それは素敵なメタファーが熊手《くまで》でかき集められて山になっている夢なの。そこにひゅうっと一陣の風が吹いてきて、メタファーをまるで安物の瑪瑙《めのう》みたいに野原じゅうにばらまいて、谷間をまったりさせちゃうわけ。彼らはせわしなくきらきら光りながら、やがて静止するわけだけど、その細かい根を持たないプリズムたちは、やがて大挙して押し寄せる真っ黒な〈アーサー王朝あけがらす〉の群れにあえなくついばまれてしまうわけ……これは後世のために書き残しておいておくれ、ジーヴズ（訳注・P・G・ウッドハウスの小説に出てくる有能な執事）。私は何かといえば発言を引用されまくるような人生を送るつもりだから」。彼女は僕の方を見てはいなかった。彼女は雲を見上げていた。風を見上げ、空を見上げていた。

「で、どうやってそれが起こったわけ？」と出し抜けに彼女は尋ねた。

「どうやって起こったか？」

「君のその大変身だよ」

「僕がいったいどういう――」

「どうやってそんな汚らしくておぞましいケモノと化して、腐ったキャベツみたいな色に塗られたひどいポンコツ車を乗り回したりするようになったかってこと」と彼女は言った。

「ああ、それね」

「そのお堅い象牙《ぞうげ》のおつむに何が起こったか」と彼女は明るい声で言って、自分の頭をとんとんと叩いた。

「よくわからないんだ。僕はただ……」

「ちゃんと話して」

そこで僕はフラタニティーの入会騒ぎについて語った。理不尽な頻度で電灯の明かりを浴びせられたことについて、トイレのしつけのできていないプープシクについて（その犬は今ではすっかり大きくなって、僕が世話をする必要もなくなり、かなり仲良しになっていたが）、地獄ウィークについて、ゴキブリ集めについて、潜水艦攻撃に爆弾として使用されたことについて。

「君は番号を与えてもらった？」、僕がすべてを語り終えると彼女は尋ねた。

「番号？　何の番号だよ？」

「君が誰だか識別できる番号のことよ」

「言ってることがわからない」

「ああ……私にもわからない」。彼女は眼鏡をとり、レンズにはあっと息を吹きかけた。そして身をかがめてそれをスカートの裾《すそ》で拭《ふ》いた。「私の話も聞きたい？」、彼女は眼鏡を元に戻し、目を何度か伸縮させて、近眼の形式にもう一度馴染《なじ》ませてから、きびきびした声で言った。

僕がイエスともノーとも返事をしないうちに、彼女は〈プーキー・アダムズの苦難に満ちた一代記〉を物語り始めた。最後の手紙に書かれたところから今に至るまでの事の次第だ。

退院したあと彼女は学校に戻った。じろじろ見られたり、陰であれこれ囁《ささや》かれたりといったうんざりする状況をくぐり抜けて、なんとか卒業にこぎ着けることができた。しかしながら率直に言って、彼女のハイスクール卒業はとくに晴れがましいものではなかった。その日は一日雨が降っていたので、卒業式は体育館の中で行われた。オルガンが演奏をやめたあと、何を考えているのかよくわからない父親は全員を——母親と彼女とボブ叔父さんとマリアン叔母さんを——ファミリー・レストランに連れて行ってサンデーをご馳走《ちそう》した。そのあとで家に帰った。プーキーは自分の部屋に上がっていき、ベッドに横になり、テディーベアの頭についたリングを引っ張って、その曲にあわせて裸足《はだし》の足でこんこんと壁を叩いて拍子をとりながら、三時間ばかりを送った。彼女の部屋はとてもがらんとしていた。壁にペナントが飾ってあるわけでもなく、スタンドの傘にダンス・カードや古いコサージュがピンでとめてあるわけでもなく、フットボールの文字付きセーターが吊《つる》してあるわけでもなく、とにかく何もなかった。

スナップ写真を飾っておくためのコルク・ボードがあったが、そこには一枚の写真があるだけだった。釣り上げたばかりの小さなスズキを、桟橋に立った彼女が持っている写真で、それはジョー・グラブナーが父親の夏別荘で撮ってくれたものだ。ああ、懐《なつ》かしの今は亡《な》きジョー・グラブナー。

そして今、彼女は長々しい正規の学校教育を――そして実際のところ人生そのものを――終えた地点にいた。何が良きことで、何が悪《あ》しきことだったのだろうと彼女は考えた。しかし思い出せることはひとつもなかった。ただ一枚残された魚の写真が撮られた日のことだって思い出せなかった。ひどい話だ。だからベッドに座って、声を限りに怒鳴るしかなかった。「ドロメダリイ・ロメダリイ・ダリイ・リイ・イ」と。

父親が階段を駆け上がってきた。ロックされたドアを開けようとして、それから叫んだ。「おい、プーキー、いったいどうしたんだ？　何か問題があるのか？」

彼女は答えた。「うるさい‼（訳注・原文は「猿《ひとこぶらくだ》のきんたま！」）」

ショックを受けたような沈黙があり、父親が聴診器のように耳をドアにぴったりつける音が聞こえた。

「プーキー、お願いだからドアのロックをはずしてくれないか」

「ちくしょうめ、くそ、誰が開けるもんか！」

父親の足音がこそこそと去っていき、迷い、それからまた戻ってきた。父親が何かを言うべく口を開きかけるのがわかるまで、彼女はじっと待った。そして声をかぎりに怒鳴った。

「ふん、そこにいることはわかってるんだからね！」

それを聞いて、父親はようやく戦場から離脱していった。そしてプーキーは一人になった。雨が窓ガラスにぱたぱたと音を立てていた。雨が至る所にわびしく打ち付けていた。彼女は窓際《まどぎわ》に行って、ひとつのちっぽけな世界が五十もの別々の雨粒の中に囚《とら》われているのを目にして驚いた。それは美しかった。だから彼女は拳《こぶし》を振りかざし、窓にそれを食らわせた。でもそれもまた彼女にとって残念な結果に終わった。というのは彼女はひとつの指関節しか切らなかったからだ（彼女はその白い傷跡を僕に見せてくれた）。そして彼女には泣くこともできなかった。彼女の涙腺《るいせん》のパイプは詰まっていたからだ。

あまりに何度もテディーベアのリングを引っ張ったので、それは最後には壊れて、演奏をやめてしまった。それで彼女は頭に来た！ 鋏《はさみ》を持ち出して、熊の機械仕掛けの心臓をえぐり出した。それから枕《まくら》をめちゃくちゃに突き刺して死に至らしめた。部屋中に羽毛が飛び散らかった。本棚の本を床に残らずばらまいた。それから蝶々《ちょうちょう》と虫のコレクションをぶちまけた。それを踏みつぶして、コットンと輝かしい羽根の断片とガラスのかけらの、宝石をちりばめた忘却へと変えてしまった。それだけの混沌《こんとん》をつくりあげると、彼女は家を飛び出して、まっすぐタッドポール池に向かった。そして池の真ん中へと水の中を歩いて行った。池の真ん中でも水深は腰までしかなかった。彼女が蛙《かえる》たちを串刺《くしざ》しにしていた頃から比べると、池はずっと小さくなっていたのだ。彼女は少しばかり水をはねかえし、とことん泥だらけになり、でもそれからとぼとぼと歩いて家に戻った。気分は少しましになっていた。両親はショックを受けたものの、例のごとく長い意見を口にするのは差し控えた。彼らは彼女にシャワーを浴びさせ、ビーフ・ブイヨンを飲ませ、やさしくベッドに寝かせつけた。

しかし惨《みじ》めにだらだらとしたその夏の終わりには、大学に進む準備も整った。頭のてっぺんから足のつま先まで文字通り名札をつけられ、雲の輝ける裏側みたいにぴかぴかに洗い上げられて、磨きをかけられ、そして祝福された。当人もまたしっかり心を高ぶらせていた。というのは大学生活は彼女にとっての「新生活《ニューライフ》」になるはずだったからだ。紛れもなく新しい人生がここに始まるのだ。彼女は調子っぱずれなその小《こ》さな脳裏に、一時間ごとに鐘が鳴り響く場所を作り上げていた。その鐘の音は焦げ茶色の建物の、黄金色の蔦《つた》のからまるファサードに、歴史的な幽霊たちをよじ登らせるべく送り込るべく送り込むのだ。そしてニューイングランドの小綺麗《こぎれい》な谷間の影、井戸の深くに、むのだ。そしてようやくそこに到着したとき、彼女はすさまじい戦いの鬨《とき》の声を上げ、頭上を吹かれていく大きな色づいた木の葉を、飛び上がって摑もうとした。彼女はその木の葉を手にしたが、勢い余って駅のプラットフォームから落っこちてしまい、あやうく身体中の骨を折ってしまうところだった。でもそれがどうしたというのだ？　こんなに気持ちが高揚したのは生まれて初めてのことなんだから。

その気持ちの高まりは最初の二週間ほど持続した。そしてあっという間に一人の仲の良い友だちができた（「私はね、これまでずっとある小さな惑星に住んでいて、そこにいたのはフレンドリーな鬼火とか小鬼《グレムリン》とかちび悪魔とか、泣き妖精《バンシー》とか、ポルターガイストとか、水魔《ケルピー》とか、そういうものたちだった。人間以外は何でも揃《そろ》っていたんだけど……」）。相手は彼女のルームメイトのナンシー・パトナムだった。大学の相性適性診断機械が二人を組み合わせたのだ。それはおそらくはその機械にとっての数少ない、予測が的中した例のひとつであり、同時にそれはもっとも処理困難なケースのひとつでもあった。

ナンシーは（一目見ればわかるように）羽根のごとく軽やかな微笑を浮かべた物静かな娘だった。人を信じ、単純明快で、健康的な見かけをしていた。気まぐれなシャーリー・テンプルか、あるいは金髪のブレック・シャンプーの広告モデルというところだ（といっても、実は僕は広告業界のことにあまり詳しくないのだが）。四日ほど経過したとき、ナンシーは一緒に外を散歩しないかと誘った。そして二人は一緒に散歩することになった。

二人は町の南の外れをあてもなくぶらぶらと歩いた。ハイウェイを逸《そ》れて、交通量の少ないちょっと面白そうな道路に入り、そこを延々と歩いた。道路の両側には牧草地が広がっていて、あちこちに牛の姿が見えた。二人はあるところで、有刺鉄線のそばに立ち止まった。一頭の雌牛が二人の姿を眺めるためにしゃなりしゃなりとやってきて、二人から六十センチも離れていないところに止まった。その牛はとても堂々としていて、尊大に眠そうな目をしていた。そして（おそらくは女性たちを目の前にしていたということもあるのだろうが）反芻《はんすう》するのをやめていた。彼女たちは数分間にわたってお互いを品定めした。それからナンシーが言った。

「牛に口がきけたら素敵だと思わない？」

「どういう意味？」

「ええと……たとえばこういうことよ。だってこの牛だって今にも何かしゃべり出しそうに見えるじゃない。たとえば『やあ、ぼくはジョーっていうんだ。ご近所の仲良しの牛乳屋《ミルクマン》さんだよ』とか。そうしたら素敵じゃない。私たちはこんな風に返事をするの……たとえば……」

「たとえば『やあ、ジョー、僕らはご近所の仲良しの肉屋さんだよ』とかね」とプーキーは言った。そして二人は声を上げて笑い、柵の向こう側にいる重々しくまん丸い顔に向かって舌を突き出し、走って逃げた。その出来事のあと、二人はなおもしばらく道を歩いていった。あちらで草を嚙《か》んだり、こちらで石を蹴飛《けと》ばしたり、歌の断片を口ずさんだりしながら、のんびりと楽しく。やがて二人は樹木の陰の草の茂ったところに腰を下ろし、あてもなく話をし、そのうちに人生についても語り合った。ナンシーはプーキーに一目で見渡せる眺めを提供したが、それはよくある窓つきのピンク色のクリスタルのイースター卵を覗《のぞ》き込むのに似た眺めだった。古風で、とても壊れやすく、そんなことをしたらそのうちに腐ってぼろぼろになってしまうか、あるいは蟻《あり》に食われてしまうかだとわかっていても、それでもずっと棚の上に置いておきたくなるような代物《しろもの》だ。それは見る人に痛みを与え、それを攻撃したい、破壊してしまいたいと思わせる。でもまさかそんなことはしない。小さな子供たちにサンタクロースの正体を明かしたりしないのと同じ理由で。子供たちの信じる心は、あるところまであなたにも伝染してしまうからだ。イノセンス——それはドーナッツにかかった粉砂糖みたいなものなのだ。

「ねえ、君は私にこう訊《き》きたいんじゃないかな」とプーキーは僕の前をスキップして進みながら僕に言った。「私が人生について今はどう思っているかって」

「ああ、そうだね。それについて……」

「私が思うのはね……」、彼女の言葉は色づいた木の葉のように、風に乗って背後の僕の方に吹き寄せられた。「私が思うのは、何かすごく大きくて美しいものが私のために用意されていて、それは私の心臓のてっぺんで爆発するのを待っているんだってこと。ほとんど行きかけているんだけど行ききれないクライマックスみたいに。君がリズムに前向きにびりびり痺《しび》れているとき、そして爆弾みたいにどでかく、真っ赤に輝かしくどかんと爆発して、世界中に銀色の肉片の弾丸をばらまこうとしているとき、信管のまわりがぐずぐずするだけで、ちっとも爆発しないとなると、ああ、なんてことだって、半狂乱になっちゃうでしょう？　どう考えたって爆発しなきゃならないっていうときに……」、彼女はくるりと回って動きを止め、両手を腰にあて、両脚をぐいと開いた。

「ハレルヤ！」

「ああ……どうすればいいかわかってるでしょう……」、彼女は僕に向かってきて、僕を切り立った土堤《どて》から川の中に突き落とそうとした。僕はその腕をつかみ、相手の身をくねらせ、位置を逆転させた。今では彼女の背中が川に向いていた。

「何か最後の言葉は？」

「死ぬ前に一度キスして」と彼女は唇を持ち上げた。

僕はひるんだ。

「やっぱり意気地なしのジェリーなのね。何を恐れているわけ？　梅毒？　口蹄病《こうていびょう》？　それとも口臭？」

「そりゃ、君がすごい美人だったり、グラマーだったりしたら、キスもするだろう」と僕はしっぺ返しをした。「でも朝鮮の孤児みたいな見かけの女の子に誰がキスするかな。気の毒に思ってパンをあげるくらいのものだよ」

彼女は文字通りさっと後ろに身をのけぞらせた。もし僕が支えていなかったら、そのまま土堤から転落していったはずだ。僕は力を込めて彼女を引っ張っていた。

「溺《おぼ》れてしまいたい！」と彼女は叫んだ。捨て鉢になっているふりをして。「このろくでなし！　私を死なせてちょうだい！」

「だめだ！」

「助けて、助けて！　私は襲われているのよ！」

「黙れ！」

「どうして？」

「どうしても」

「どうしても、どうしても、どうしても！」

　両腕をぐるぐる勢いよく振り回して、彼女は僕のバランスを崩した。そして僕らは土手の地面にどすんと倒れた。両手両脚を広げて、いうなれば彼女にかぶさるようなかっこうで。分速一マイルくらいの超スピードで「ごめんよ」と口ごもり、僕はぎこちなくあわてて身体を持ち上げた。でも僕らの目は一瞬、お互いが二重に見えるくらい近くに寄って、それに続くいっときはものすごくひっそりしたものになった。隣り合って横になって、僕らは川を見下ろした。そこでは陽光が水面の小さな渦に合わせて澄み切った光を放ち、水が絡《から》み合いながら流れていく様を描き上げていた。「溺れ死ぬというのもそんなに悪くないかもしれない」、プーキーの声はどこまでも平静だった。

　あまり害のないことを言わなくてはと思って、僕は言った。「酒よりは効果が速そうだ」

彼女は同意した。「それにもっとずっと楽しいしね。とくに今日みたいな日であれば。水はまるでスプーンで——それも小さな銀のスプーンで——いっぱいになっているみたいだし、それが私の頭の上で、指のちょっと先あたりできらきら光るでしょうね。私はたぶん水面のずっと下の方で、背中を下にして流されていくのよ。そして私にはハーモニカみたいな牛の鼻面《はなづら》を目にすることができる。そのたるんだ唇は水を飲むためにべろっとめくれあがっているの。ひょっとしたら日光浴をしているワニの、糊《のり》をかけたみたいなのっぺりしたお腹《なか》を見ることもできる。そしてお母さんたちが洗濯をしている、石鹼《せっけん》の匂いの混じった長い一帯を抜けることにもなるでしょうね……」

「それから大きな引っかけ鉤《かぎ》も出てくるだろうね」と僕は言った。

「とても素敵なご意見ね。君はいったい何なの？　聖像破壊主義者のおおもとか何かなわけ？」

「でもそれが当然の結末だよ」と僕は主張した。

「当然の結末なんて勘定には入れないの」と彼女は言った。

「わかったよ。自分のチームが得点したぶんしか勘定に入れないってことだ」

「そのとおり」

「なんでもありの好き放題」

「まさに」

「ただの戯言《たわごと》」

「言えてる」

それ以上の言い回しを思いつけなかったので僕は言った。「もう戻ろう。ビールが淋《さび》しがっているよ」

「君のお友だちが近くにいて？　あいつらって、ビールを飲んでるんじゃないわよね。あれじゃまるでビールをレイプしてるみたいだよ」

それは僕をすごく面白がらせた。あまりにおかしかったので、僕は立ち上がると彼女の手を衝動的にぎゅっとつかみ、元の場所に戻ろうと駆けだした。しかし僕は運動選手じゃない。三十メートルほども走らないうちにすっかり息が切れてしまい、歩き出した。というか、僕は少なくとも息を切らせていた。

「さあ、来なさいよ。そんなくらいでやめないでよ」とプーキーは興奮した声で僕を急《せ》かした。「競争しようよ。びりっかすは腐った卵よ」

「じゃあ僕は――はあ――はあ――ふう――腐った卵でいい」

「そんなに体力がないわけ？」

「体力は……僕の……得意分野じゃないんだよ」

「じゃあ、私ひとりで走って帰っちゃうわよ」

「どうぞ、どうぞお先に。ボン・ボヤージュ」

「まずその手を離してくれないとね」

「ああ……手か」と僕は言って手を離した。でも彼女はすぐには立ち去らなかった。更に僕を鼓舞しようとした。

「さあ、行こうよ、ジェリー。ランニングは身体にいいのよ。それは十二通りのやり方で身体をつくっていくの」、彼女は僕の前にすくっと立って、もう一度両手をしっかり腰に当てた。僕は立ち止まらないわけにはいかなかった。

「それは君にはいいのかもしれない。でも僕にはよくないんだ」と僕は言った。

「ねえ、これからどうなるか、君は知ってるかな？　君はこれから年取って、丸々したでかい人間バスケットボールみたいになるんだよ。誰かが君をベッドに乗せてごろごろ転がしていかなくちゃならない。筋肉はみんな萎《しな》びてしまう。胃袋はビールの飲み過ぎで拡張してしまっている。君はまるで野菜みたいになって、ぶくぶくした大きな茸《きのこ》になって、耳からマッシュルームが生えて出てくるんだよ。それでもかまわないっていうわけ？」

「ぜんぜん」

「じゃあいいわよ」、彼女は僕に向かって指で鼻を上げた。「君は世界で最低の腐った卵だよ、ジェリー・ペイン！」

「ああ、それでいいさ。世界で最低の腐った卵だ」

それでも彼女は走り去らなかった。彼女は踊った。浮き浮きするようなスロー・モーションで。秋の空気の中に柔らかく跳ねた。まるで重力なんてものがなくなってしまったみたいに。あるいは僕の目には、そのときの彼女はそんな風に見えた。ときどき彼女の顔は僕の方に向けられた。笑いながら、僕に「さあ、おいでよ」と誘いかけるみたいに。ときどき彼女は顔を背けた。前に屈《かが》んだり、身を曲げたり。その両腕はまるで長くて白い翼のように、空中にふわふわと力なく振られた。そしてまるっきり宙に浮かんでいるみたいに見えた。

「腐った卵」と言いながら彼女は戻ってきた。「ジェリー・ペインは腐った卵よ」それからやっと「やっほう！」と叫ぶと、勢いよく走り出していった。そして野原の端っこの方に姿を消した。それから突然僕は思った。痛みがあろうがなかろうが、僕は彼女と一緒に並んで走っていたかったなと。でももちろん今更そう思っても手遅れだった。僕がだらしなくよたよたと走り出したところで、彼女はさっと脇《わき》の方に折れて、僕の視野から姿を消していた。そして仲間たちがビールを飲んでいる方に向かって行ってしまった。

「よう……」と僕は小さな声で言った。「ねえ、プーキー……」、僕の前に続く道はとても遠くて空っぽに見えた。「ねえ、プーキー……僕は君を愛している……」

それは彼女が求めていたやり方とは違うものだったろう。彼女が求めていたのは荒ぶれた曠野《こうや》を横切る三日間の偉大なる徒歩の旅と、僕らの上にひらひらと落ちかかってくるほんのりとした月光のハンカチーフと、夜に開花する綿花畑の甘い蛍光の中で長く唄《うた》を歌うこと——でも仕方ないじゃないか……。なにしろ実際にこうなっちまったんだから。

# 第四章

そういうことになってしまったのだ。とにかく。それもしっかりそうなってしまったので、僕はほとんど毎週末に彼女を訪問することになった。だいたいの場合、僕は一人でバスに乗って彼女の大学に行った。というのは恋は僕にとってすごく新奇なものだったので、ローやスクーンズといった輩《やから》にロマンティックな週末をむちゃくちゃにされたくなかったからだ。一夜にして僕は（今一度）新しい人間に生まれ変わった。でたらめ男は消え、恋する男が生まれたのだ。酩酊《めいてい》したブラザーたちは一週間か二週間仲間の一人がそんな風にスカート族によって骨抜きにされてしまったことを心底悲しがっていた。

「ブーマガ」とある朝早く、スクーンズが僕のベッドの上に屈《かが》み込んで僕に言った。彼はドアをほとんど蹴倒《けたお》さんばかりの勢いで部屋に入ってきて、その臭い息で僕はもう窒息してしまいそうだった。「愛なんぞへなちょこだ。何の意味もねえぜ」。彼の発する言葉のいびつな形状から、彼が入れ歯を外していることがわかった。

「愛についておまえが何を知っているんだ?」と僕は言った。

「王様は知っておるぞ」と彼は言った。後ろにひっくり返ったが、幸運なことにそこには椅子《いす》があった。そこに彼は座って、はあはあと呼吸していた。そして暗黒の中に何かの考えを呼び起こそうと努めていた。彼がようやく口にすることができたのは「俺にもおぼえはある」という一言だった。

「なあ、どうして僕を放っておいてくれないんだ」と僕は泣きつくように言った。

「僕はゆっくり眠る必要があるんだ」

「ロニーは言う。『あのブーマガはどこに行ったんだ?』と。彼は生きておるのかおらないのか、彼は知りたがっておる」

「今度会ったら、僕はもう死んだって言っておいてくれよ」

彼はまた少し荒い息をついた。よく見えなかったが、彼がさかんに瞬《まばた》きをしていることが僕にはわかった。彼が何かを考えようとしているときの特徴だ。少し後で彼は言った。「彼女には語るに足るおっぱいさえないじゃないか!」

僕は傲然《ごうぜん》と言い返した。「おっぱいがすべてではない」

「それに美人でもない！」

美人であることがすべてではないと僕は答えた。

「じゃあ、あっちの方がいいんだろうな。とにかくがんがんやらせてくれるとか」

「おい、スクーンズ、少しは口を慎んだ方がいいぜ。さもないと一発……」

「しかしな、ブーマガ」と彼は懇願するように言った。「親友が道を大きく踏み外そうとしているときに、腕をこまねいて見過ごしているわけにはいかんだろうが。おまえはな、おれが自分の手でこしらえたんだよ。まるで赤ん坊に授乳するみたいに、やさしくやさしく最初のアルコールを、おれがおまえに与えたんだ。そしてその見返りにおれが何を得ただろう……？　おまえは今じゃどこかの女なんぞに、すっぽり深入りしちまっている……」

「ご厚意には痛み入るよ」と僕は言った。「歯はどこにやったんだ？」

「ロニーがバーで預かってくれている。壊しちまってね……」と彼は陰気な顔でうめくように言った。

「喧嘩《けんか》でもしたのか？」、でも彼は眠り込んでいた。一息ごとにすさまじい悪臭の暗雲を放出しながら。僕は起き上がって窓を開けた。いったいどうやったら彼に――あるいはほかの誰かに――説明することができるだろう？　僕のこのつつましい身体《からだ》の中で「偉大なる精神の進化」が成し遂げられつつあるのだという事実を。

それはとても幸福な時期だった。プーキーがときどき口にしたように、まさに「ナイチンゲール・タイム」だった。歌う時期ということだ。いつも金曜日の夜の八時頃、僕のバスが停留所にやってくる。そして僕がバスから降りると、そこには必ずプーキーが待っていた。二メートルと離れていないところに、ポロ・コートの襟を立てて。暖をとるために両腕はぎゅっと組まれ、羽毛のような白い息は夜の空気の中に吸い込まれていった。バスが一時間以上遅れることはしょっちゅうだったが、彼女は愚痴ひとつ言わなかった。彼女はチョコバーを食べ、みすぼらしい停留所の待合室でピンボールをしながら僕が到着するのを待っていた。そして僕が地面に足をつけると、彼女はとびっきり大きな微笑《ほほえ》みを顔に浮かべた。そして眼鏡をはずし、走ってやってきて、僕にたっぷりと長いキスをした。それは僕のあとから降りてくる乗客たちにとってはあまり喜ばしいことではなかった。彼らは何か暗い言葉をつぶやきながら、荷物を僕らの脚にぶっつけながら、まわりを窮屈そうにすり抜けていった。しかしそんなことはちっとも気にならなかった——少なくとも僕らの側は。僕らはキスをした。舌先を触れあわせ、分厚いコートが許す限りぴったりと身体をくっつけて。まるで映画スターのカップルみたいに。そしてその最初のキスはいつだってノックアウト級だった。

そのあとで僕は、まるで雪の中で一日中運動したあとで家の中に入り、ブーツを脱いで甘みのあるカクテルを手にして、燃えさかる夕陽のような分厚い暖炉の炎を眠たげに見つめているみたいな気持ちになった。どこまでもぼやっとして、怠惰でうっとりしていた。どういえばいいのだろう、とにかくそんなほわっとした感じになった。

やっと一息ついてから、プーキーは「荷物をお預かりしますです」と言った。そして小型旅行鞄《りょこうかばん》を僕の手からひったくった。そして停留所を出ると、手に手を取って、幹線道路に沿って丘を下った。プーキーは手に持った鞄を大きくぐるぐると回した。そしてその週に自分の身に起こったいろんなエピソードを並べたてた。そして僕の身に起こったニュースについてあれこれと細かく質問した。そのようにして僕らはいつも道路の左側を歩いた。空のくすんだ十月の夜を、ひっそりと静かな十一月の夜を、雪の舞う十二月の夜を。

道路沿いには何軒かの服飾店があり、スポーツ用品店があり、玩具《がんぐ》店があり、ギフト・ショップがあった。僕らはこの前に見たときから何かウィンドウの品物が変わっていないかと、それぞれの店の前に立ち止まらなくてはならなかった。僕はそういうのがまったく不得意だったが、プーキーはまさにチャンピオンだった。服飾店では、新しいドレスや、セーターや、スキー・ウェアや、そういうものがとにかくすさまじい速度で現れたり消えたりしていた。スポーツ用品店ではフェンシングのフルーレが、定期的にボクシングのグローブと入れ替わっていた。玩具店ではネジ巻き式のサンタクロースが、プラスチック製の巡礼者たちに取って代わっていた。そしてギフト・ショップでは——ここがなにしろ最高なのだが——毎週ひとつは新しい木彫り、手塗りのニューイングランド風船長が、あるいはバーの女給が、木彫りの人形の長い列に付け加えられていた。その列はほとんどウィンドウの端から端までに及んでいた。そして言うまでもないことだが、プーキーお気に入りの人形がひとつ消え失《う》せていた。

彼女がそういう小さな人形をどれくらい愛していたかを知っていたから、僕はクリスマスに思い切り散財して、その店の品物をほとんど買い占めてしまった。それは僕が女の子に贈った初めてのプレゼントだった。僕は土曜日の朝に買い物をして、プレゼントがいっぱい詰まった袋を手に彼女のハウスに行った。僕は何でもないような顔をしてピアノの前に座っていた。彼女は授業から戻ってきて、本を膝《ひざ》の上に載せたまま、僕のベンチの隣に座った。僕は彼女に袋を差し出した。ぎこちなく「クリスマスにはちょっと早いんだけど」と言いながら。そして彼女が袋に手を入れて、最初のひとつを取り出しているあいだ、何か可愛らしい曲をピアノで弾いた。僕は彼女の仕草を目の端の方で見ていたことを覚えている。彼女がその白いティッシュの包みをはがし、顔に驚きの色を浮かべ、それからにっこり微笑み、眼鏡をとって僕の頬にキスし、ピアノの鍵盤《けんばん》の上にその贈り物を並べていくのを。全部で八個か十個あったと思うが、プーキーが包装をはがし終えたとき、それらは真ん中のCの鍵盤から高音のEの鍵盤までずらりと並んだ。彼女はただ首を振るしかなかった。そして「どうして一度にまとめて？」と彼女は僕に尋ねた。それから間髪を入れずに「君のことを愛している」と言った。そのプレゼントを買うのは、僕にとっては人生最大のスリルのひとつだったと言って差し支えないだろう。

　まあ、そんな具合に僕らはバス停留所からの道を歩いた。町の中心部に着くと、「フレンドリーズ」に入って熱いココアを飲んだ。そこの椅子はとても低くて、これじゃまるでドール・ハウスにいるみたいだとプーキーは言った。サーブする人のズボンのファスナーがちょうど顔の前に来るので、僕としても正直なところ、けっこうどぎまぎさせられた。しかしそこは大学関係者に人気のある店で、店内には明るく、湯気を含んだ空気が漂っていた。ココアの代金はいつもプーキーが払った。それは彼女のおごりということになっていた。実際のところ、僕らが行った多くの場所で（夕食や、ダンスや、飲み物）彼女はしばしば「少なくともこれは割り勘にしよう」と言い張ったものだ。

「男の子がいつも勘定を持つっていうのは馬鹿《ばか》げている」と彼女は言った。「それは彼にとっても居心地の悪いものだし、私にとっても居心地の悪いものなの。だって私が魚のように飲みたいとか、豚のように食べたいとか思っているときに、『でもジェリーはじゅうぶんなお金を持っているかしら？　マンハッタンの代わりにビールを注文し、ステーキの代わりにハンバーガーを注文するべきかしら？』とか考えるなんて、実に愚かしいことじゃない。だから割り勘がいちばん良いのよ。そうすれば自分が食べたいものを好きに食べられるし、窮屈な思いもしないで済む。もしそうすることで自分の男性としての権威が損なわれていると急に思ったりしたら、そのときはそう言ってくれればいい。そうしたらちゃんと君に払わせてあげるから」。そんな風に理詰めでこられると、うまく言い返せるものじゃない。

温かく充ち足りた気分で「フレンドリーズ」を出て、僕らは裏道を通ってボーディング・ハウスまで歩いた。彼女は前もってそこの部屋を予約しておいてくれた。いつも同じハウスだった。ミニチュアのヴィクトリア朝風の建物だ。そしてどの部屋もみんな同じように見えた。ベッドがひとつ、洗面台、ナイト・テーブルと椅子が一脚、それ以外には何もない。女主人は硬そうな髪のがっしりとした未亡人で、柄付き眼鏡を使っていた。そして風紀がどうこうみたいなことにはおおむね無頓着《むとんちゃく》だった。プーキーが一時間以上僕の部屋に残って、ドアを閉め（鍵《かぎ》までかけて）いても、それについて苦情を言ったりはしなかった。それは僕らにとって情熱《パッション》に溢《あふ》れた時期だった。ベッドの上でおおむねきちんと服を着たまま、お互いの身体をあちこち探り合った。緊張下に置かれた僕のぎこちなさのおかげで――それはつまり僕の臆病《おくびょう》さでもあるのだが――僕らの愛の行為は大幅に遅らされることになった。しかし少なくとも僕らが最初にバスで出会った夜よりは、僕はいくぶんましになっていたと思う。あのひやりとした白いベッドの布団《ふとん》の中での出来事を思い出すと、笑ってしまわないわけにはいかない。僕はジャケットとネクタイと靴以外はすべて身につけた格好で、プーキーも同じようにセーターとローファー以外はすべて身につけた格好で、僕らは通常の性行為の動作をおこなった。その結果僕は避けがたくパンツを濡《ぬ》らすことになった。それでおしまい。でもそのときには、ひとつひとつの新しい進展と、ひとつひとつの不毛なクライマックスが、僕にとっては地球の果てみたいに感じられたものだ。そしてプーキーが苦情らしいものを口にしたことは一度もなかった。今にして思えば、彼女が「こんなまだるっこしいことはやめて、裸になって、さっさと済ませちゃおうよ」と言い出さなかったのは、僕にとってちょっとした驚きでしかない。たぶん彼女は本当はそう言いたかったのだけれど、そうはせずに、僕の不器用きわまりない攻撃に我慢強く耐えていたのだと思う。

僕自身の問題以外にも、僕らの愛の行為の成就《じょうじゅ》を遅らせた要因があった。時間だ。金曜日の夜、僕らには時間の余裕というものがほとんどなかったのだ。ある夜、僕らはその「脱穀作業」にいつもより長い時間をかけたために、プーキーは門限に半時間遅れてしまうことになった。それ以来彼女はいつも、ポケットに目覚まし時計を入れてバス停留所に来るようになった。僕はやがてこの罰当たりな器械を激しく嫌悪《けんお》するようになった。時計はベッドサイド・テーブルに置かれ、僕らがことに及んでいるあいだ、チクタクと時を刻んでいた。そしてきまって僕が行きそうになったところでりんりんとベルを響かせた。そして僕は顔を伏せ、情熱を無に向けて放出させたままあとに残された。一方でプーキーは部屋中駆け回って、靴やらコートやらセーターやら手袋やら、そんなものをそそくさと回収し、投げキスをしてから部屋を飛び出していった。肩越しに翌日の待ち合わせ時刻について何かを叫びながら。彼女はいつも目覚まし時計を忘れずに持ち帰ったと思う。もし忘れていくようなことがあったら、僕はきっと金槌《かなづち》を買い求め、それで時計を粉々にたたき壊していたはずだから。

その翌日は——つまり土曜日の朝になるわけだが——のんびりして気楽なものだった。とくに予定みたいなものもなく、大切な用件もなかった。僕は十時頃に目を覚まし、ボーディング・ハウスの温かい朝食を食べたあと、プーキーの住んでいるハウスまで歩いて行った。そして応接間に座って雑誌を読んだ。あるいはぽろぽろとピアノを弾いた。十一時になってプーキーが朝のクラスから帰ってくると、昼食まではそこで一緒に新聞を読んだり、トランプ遊びをしたり、ピアノの連弾をしたりして時間を潰《つぶ》した。トランプ遊びはしばしばいつの間にかカードのばらまき合いになり、ピアノ連弾は時として出鱈目《でたらめ》な鍵盤の叩《たた》き合いに発展した。それについては寮母なり、ハウスの代表なり、あるいはどこかの誰かが「いい加減にしなさい」と言ってきたものだ。しかしおおむねのところ、僕らは大目に見られていた。というのは僕らはとても幸福だったからだ。「ふわりと大きな飛行船」とプーキーは僕らのことを呼んだ。

僕らは土曜日の午後を、美術展を見たり、大学の温室で花の匂《にお》いを嗅《か》いだり、人気のあるカフェでコーヒーやココアを飲みながら話をしたり、ただ長い散歩をしたりして過ごした。それらの日々に、僕らはたぶん全部で何百万キロも歩いたはずだ。プーキーは歩くことについて特別な思いをひとつ持っていた。彼女は一歩足を踏み出すたびに、緋色《ひいろ》のペンキを空洞になった踵《かかと》の穴から吐き出す靴を作りたいと思っていた。そうすれば歳《とし》を取ったとき、飛行機に乗ってずっと上から見れば、自分がこれまで歩きまわったあとが地表の上に見いだせるはずだ。ちょうどスライドの上の染色された重要な細胞が、ほかの普通の灰色の細胞に混じってはっきりと視認できるみたいに。「足跡ってあまりにも匿名的《とくめい》なのよね」と彼女は文句を言った。

そうは言うものの、僕は今でも頭にたやすく描くことができる。落ち葉の上を、飾りのない田舎の土地を、雪の上を、てくてく歩いて行く僕らの姿を。僕らはただただ歩いた。それらの地面をサイズ5とサイズ9の足で踏みしめていった。でも僕らが足を上げると、足跡はそのまま消えてしまった。特筆すべきことなんて何も起こらなかった。僕らの人生の記念碑となるべき大きな事件はひとつも生まれなかった。

土曜日の夜には町でいちばん良いレストランで、時間をかけて食事をとった。コロニアル風のセッティング（火薬を入れるひょうたん、マスケット銃、玉縁飾りのついた革の弾薬入れ、その他手で削られた天井の梁《はり》からぶら下げられたもろもろの品々。壁に飾られたキツネ狩りの版画や、独立戦争や南北戦争の募兵ポスター）に囲まれ、キャンドル・ライトに照らされ、僕らはゆったりと時間を過ごした。僕らはいろんなことをひそひそ声で話しながら、よく食べた。キャンドルの鈍い明かりが彼女の眼鏡の中で煌《きら》めいていた。その眼鏡を外してくれないかと言おうと思ったことは一度もない。そして眼鏡をかけていることを彼女はぜんぜん気にもしなかった。彼女は眼鏡をかけなくてもまずまずものは見えたのだが（すべてぼんやりとしか見えなかったにせよ)。

「中には盲目同然で歩き回っている女の子たちもいる。その子たちの馬鹿なボーイフレンドたちに眼鏡をかけているところを見られたくないからよ」と彼女は一度言ったことがある。「そこにいったいどんな違いがあるわけ？　一年間どこかの男と付き合ったあとで、実は私は眼鏡をかけているのとおずおず告白する女の子くらい悲しいものはないと思わない？　まったくねえ」

そう……夕食のあとでダンスに行くこともあった。ダンスをするときの彼女の得意技は、靴を脱ぎ捨てて僕の足に乗っかり、ダンスフロアを運んで回られることだった。しばしば僕らは一晩中これをやっていたが、僕は一度だってそうすることに疲れを感じたことはなかった。しかしそのあとに避けがたく、彼女の靴を探し回るという苦行が待っていた。どこのラジエーターの裏に、あるいはどのテーブルの下に靴を脱ぎ捨てたか、彼女はまったく思い出せなかったからだ。

もしダンスに行かなければ、僕らは映画を見に行った。あるいはプーキーの寮の門限の時刻まで、どこかのバーで数杯の酒を飲んで時間を潰した。何をするにせよ、僕らはリラックスして過ごすことができた。僕ら二人の関係に、このような安らかな時期があったのだと思うと、いつだって首をひねりたくなる。いったいどうやって五ヶ月かそこらのあいだ、お互いの神経をとくに苛立《いらだ》たせることもなく、僕らは交際できたのだろう?

それから日曜日になった。日曜日はいつも間違いなくやってきた。そして日曜の朝には僕らは、熱心な監督派教会信者《エピスコパリアン》であるナンシー・パトナムと一緒に教会に行った。僕らはほとんどおふざけでそこに行って、お説教をおちょくることで、ナンシーを本気で怒らせた。僕らのことを「不信心もの」と彼女は言った。そして堅信礼も施されていないのに、機会があれば聖餅《せいへい》と葡萄酒《ぶどうしゅ》のお相伴に我々が喜んで与《あず》かることに対して真剣に(彼女の性格で可能な最大限のところまで)腹を立てた。「お金を払ったんだもの、もらえるものはもらわなくちゃ」とプーキーは言ったが、ナンシーにしてみればとんでもないことだった。僕の知る限り、僕らが教会をからかったとき以外に、ナンシーが頬を紅潮させたことは一度もなかったはずだ。

教会が終わると、僕らの週末も実質的に終わりを告げた。僕はプーキーのハウスで食事をとり、それから帰り道を歩いた。まずボーディング・ハウスに寄って僕の荷物を取り、そしてバス停留所に行った。プーキーはまた僕の荷物を持つと言い張った。しかし今回はそれを暗い顔でただ提《さ》げていた。バスは十中八九、遅れてやってきた。だから僕らはしばしばその週末を、ピンボール・マシーンで賑《にぎ》やかな音を立てながら締めくくることになった。

それから僕はバスに乗って帰路についた。僕は霜のついた緑色のガラスにこしらえた丸い穴から彼女に手を振った。プーキーのキスの感触がまだ僕の唇に残っていた。帰り道ずっと、課題図書を読むかわりに、僕は彼女のことを考えていた。そして大学に戻ると、すぐに勉強にかかることなく、長い手紙を書き、その夜のうちに投函《とうかん》した。彼女が火曜日にはその手紙を受け取れるように。

そうなるとあとの問題は、僕が火曜日まで生き延びて行けるかどうかということだけになった。火曜日はプーキーからの長い手紙が届く日だった。僕は実のところ、生物学の講義を何ヶ月にもわたってすっぽかしていた。というのはその講義は火曜日と木曜日の、九時から十時のあいだに行われたからだ。そして手紙がフラタニティー・ハウスに届くのは九時二十分から九時四十五分の間だった。休日がはさまったりすると、あるいは何か他の理由があって、手紙が時間通りに届かないことがあったりすると、そういうとき僕はひどくいらいらし、機嫌の悪い顔をして一日中そのへんをばたばたと歩き回った。

そういうことをすべて考慮に入れ、それにプラスして人間の身体の有りようを（そしてまたそれが最終的には忍耐力に欠けていることを）思えばわかることだが、そのような週を重ねるにつれて、僕が自分の内なる怯《おび》えを——率直にして紛れもないセックスに対する怯えを——乗り越えることは、次第に回避しがたくなっていった。そして僕は実際それを乗り越えた。長く待ちわびた日がやってきて、僕はおどおどしながらプーキーに手紙を書き、「いよいよその時期が来たが、かくのごとき計画について君は異議ないだろうか」というようなことを匂わせた。彼女の返事は電報で送られてきた。

もちろん異議なし！

僕はその電報をくしゃくしゃに丸め、ああ僕はまったく、なんという羽目に自分を追い込んでしまったんだろうと思った。僕は喜びに震えつつ怯えた。

そんなわけで僕が人生で初めてセックスをしたのは、翌年の二月、ウィンター・カーニヴァルのホッケー試合が終わったおよそ四時間後のことだった。僕は生まれて初めて避妊具を買った。そしてあろうことか、練習のために実際にそれを装着までしてみた。しかしそれだけ周到に準備したにもかかわらず、そしてプーキーが百パーセント協力してくれたにもかかわらず、僕はしょっぱなからあやうくドジを踏んでしまうところだった。

僕らがホッケー場を出て、そのまましっかり氷漬けになってもおかしくなさそうな、雪の降りしきる夜の中に出ていった瞬間から、僕の心臓は盛大に音を立て始めた。試合の最中に一度、場内放送で外の気温が報告された。華氏零下十五度だった（摂氏零下二十六度）。このようなどきどきする状況下におけるプーキーの落ち着きぶりは、こちらが不安になるくらいだった。彼女はゲームについてフルスピードでしゃべりまくっていた。これから数時間のあいだに何も起ころうとはしていないみたいに。僕らが寒さに凍りついているあいだ、自分が氷の上に降りられたらいいのにと彼女はずっと思い描いていた。ホッケーのパックはまあどうでもよくて、ただカーブしたりスピンしたり、ひょいとディップしたり、電光石火、ぱぱぱっとそういう動きを不器用にでも完璧《かんぺき》に披露して、観客のヒステリカルな怒号や、その流血への渇望《かつぼう》を一身に浴びちゃうの。相手方チームのこびとみたいに小さな選手を目にとめたかと彼女は僕に尋ねた。奥まった黒い瞳《ひとみ》、片側の頬には絆創膏《ばんそうこう》が貼《は》られている。彼は三度か四度ゴールを決めたが、そのたびにスティックを宙に上げながら、大の字になったゴールキーパーからするすると滑って離れていって、ディフェンスの選手たちを恥じ入らせ、ぶつぶつと文句を言う酔っぱらった観客に向けて半分歯のなくなった笑顔をにやりと向けるのだった。

これから大事なことが控えているというのに、そんな風におしゃべりができるなんて、彼女はきっと頭がどうかしているに違いないと、正直言って僕は思った。僕は十九年にわたって抑圧され続けてきた男がなり得る限り熱くなっていたと思うが、前にも述べたように、それと同時にとことん怯えきってもいた。そして彼女もまたそうではないという理由が、僕には思いつけなかった。いずれにせよ僕らは、移動する雪の吹きだまりを突っ切って、その夜のために駐《と》めておいた車までよたよたと歩いていった。車はもちろんのこと「スクリーミング・ビッチ」だ。スクーンズ（デートの相手はおらず、ハウスには生ビールの樽《たる》がいくつもあった）が気前よく僕にそれを使わせてくれたのだ。その車の状態は前年の秋より更に悪化していた。ヒーターはなく、ワイパーも動かなくなっていた。ブレーキ・ペダルはうまくかかるまでに十五回は床まで踏み込まなくてはならず、そしてまたいちばんめげるのは、ヘッドライトが五分ごとに切れてしまうことだった。そうなるとグラブ・コンパートメントからヒューズを取りだし、扁桃腺《へんとうせん》まで凍りつくような寒さの中に飛び出して、レギュレーターの上にある小さなスロットにヒューズをねじ込まなくてはならなかった。そしてそのあと五分間なんとかそれが消えずにもってくれることを、ただ祈るしかなかった。そしてまた、言うまでもなく、排気ガスの問題があった。「車輪のついた冷蔵のお墓」とプーキーは言った。

それらのことは、車をスタートさせる前から知っていた。でもまあなんとかなるだろうと僕は踏んでいた。

僕らは国道16号線の「ジャックのオールナイト・マート」の正面でスリップして、雪のバンクに突っ込んだ。そしてフランスパンを一本買った。それは赤ワインと一緒に食べるためのものだった(僕は二日前にその日のためにワインの瓶を買い込んでおいたのだ)。それからプーキーを運転席に座らせ、僕はボンネットを押した。そうやって雪のバンクから車を後ろ向きに出そうとした。ところが車は前に飛び出して、僕は雪の中に押し込まれてしまった。ほとんど中国まで行ってしまいそうなくらい。

「ギアをバックに入れるんだ!」と僕は叫んだ。

「ちゃんと入れてるわよ!」と彼女は叫び返した。

僕はそこまで行って調べてみた。ギアはたしかにバックに入っていた。

「君は人間雪だるまみたいに見えるよ」と彼女はくすくす笑いながら言った。

「もう一度やってみよう」と僕はもそもそ言った。雪のバンクから出ようと悪戦苦闘して一晩を無駄に潰している光景がもたらすパニックを、なんとか瀬戸際《せとぎわ》で食い止めながら。

今回はうまくいった。僕がハンドルを握り、車を吹雪の中に進めた。車は横滑りした。360度回転し、道路の片側に逸《そ》れ、逆の側に逸れ、それから立ち往生してしまった。僕はもう一度エンジンをかけようとしたが、明かりが消えてしまった。僕は新しいヒューズをねじこみ、戻ってきて、しばらく両手を息で温めた。そしてはっと気がついた。車の中の空気がすごく重くもやっているのだ。僕はプーキーに、ドアをばたばた開け閉めし続けるようにと怒鳴った。

「だって寒いんだもの」と彼女は苦情を言った。

そのとおりだった。そして僕は例によって、手袋を忘れてきてしまった。僕らは雪をはね上げながら、確実に凍死へと向かっていた。そして僕の目にはまた別の情景が浮かんだ。スクーンズが子宮のようにぬくぬくしたバーの片隅に満足げに腰を据えて、ビールで酔っぱらってとろんとしている図だ。

「きっと春の雪解けまで、私たちの死体が見つかることはないでしょうね」とプーキーは文句を言い、ドアをばたんと閉めて、それ以上空気の入れ換えをすることを拒否した。そんな反乱を前にして、僕はもう降参寸前の状態だった。二人して雪の吹きだまりの中に突っ込んでいって、ハンドルの前に突っ伏し、このまま冬に身を任せようかとも思った。

でもそうはしなかった。そして三度ばかり道に迷ったあと、そしてもう一回雪のバンクに突っ込んだあと、そこからまた車を引っ張り出そうとして氷の上で足を滑らせ、車の下に滑っていって、あやうくマフラーで頭をぶち割りそうになったあと、そんな何やかやのあとで、僕らはたまたま正しい道に出て、無事目的地にたどり着くことができた。かの高名な〈コージー・キャビン〉なるモーテルだ。もう疲れたなんてものじゃなかった。

「君はむちゃくちゃひどい顔をしているよ。気持ちもとことんすさんでいるみたいだし」とプーキーは言った。「さあさあ、元気を出さなくちゃ」

僕らは気持ちを落ち着かせるために、車の中にしばらくじっと座っていた。窓には蒸気がついて、それが凍った。僕はハンドルに頭をつけ、泣き叫ぶふりをした。プーキーが僕の首の後ろを撫《な》でてくれた。「君の髪の毛はすっかり真っ白に凍りついているよ」と彼女は言った。「綿菓子でできた壁に頭から思い切り突っ込んで、抜けてきたみたいに」

「天上の誰かさんが僕を嫌っているんだ」と僕は言った。本当のところ泣き出したいような気分だった。なにしろ四マイルを進むのに二時間もかかったのだから。

「異論は唱えないよ」とプーキーは言った。

それから僕はすごく陰険になり、物静かになった。そしてスクーンズのことを辛辣《しんらつ》な言葉で攻撃し始めた。子宮的片隅でのんびり寛《くつろ》いでいる彼の姿が、もう一度僕の眼前を通り過ぎたからだ。「まったくもう」と僕は言った。「なんて素敵な車なんだ。生まれてからこんな刺激的なポンコツに乗ったことはない。もし今あのハリー・スクーノヴァがここに現れて、『よう、ジェリー、千ドル払ったら、この素敵な車はもうおまえのものだぜ』みたいなことを言ったら、僕は何があろうとすぐさま財布に手を伸ばすだろうね。僕はあと千ドルを余分に払いたいと言い張りさえするだろう。というのは彼は、ガソリンを満タンにして返してくれればいいというようなごくささやかな条件で、この車を使わせてくれるようなすごくナイスなやつだからさ。まったくねえ、嬉《うれ》しくって踊り出したいような気分だよ。下着だけでキャンパスを走り抜けてもいい。ハリー・スクーノヴァくんのへしゃげた左耳にしっかりとキスしてやってもいいくらいだよ、まったくの話!」

「わかったわかった」とプーキーは言った。「でもとにかく、この冗談っぽい製氷機みたいなものを早く放り出しましょう。ここを経営しているどこかの間抜けのところに行って、部屋の大きな錆《さ》びた鍵をもらってきてちょうだい。それからこのリッツ・ホテルに転げ込んで、そのままばたんと崩れ落ちるのよ」

そして僕らはそのとおりにした。でももちろんリッツとは違う。

「さて、みなさん、現場の情景をご説明させてください」とプーキーは拳《こぶし》を丸めてマイクロフォンのように唇の数インチ前に突きだし、鼻声で言った。「みなさんは今、ロッキー山脈奥深くの、見捨てられた毛皮採り猟師の小屋にいます。オオカミの声をお聞きください」、彼女はその手を僕の方に向けた。僕はあまり気は乗らなかったが、口笛の音を上下させた。「風が壁を吹き抜けてきます」と彼女は続けた。「雪の細かなかけらが、風に乗って砂ぼこりのように入り込んできます。たくさんの雪がベッドの上に、まるで砂糖をこぼしたみたいに積もっています。そしてベッドは、ああベッドは、みなさん、なんてことでしょう、好奇心が否《いや》が応《おう》でもかき立てられます。もし可能なら、部屋そのものくらい大きなマットレスっぽいものを想像してみてください。十代の密通者たちによって幾世代にもわたってさんざん痛めつけられてきたおかげで、ベッド・スプレッドはもう紙でこしらえたヒマラヤの立体地図にも似た惨状を呈しております。このおそろしい代物《しろもの》の足もとには、小さな木製のテーブルに載せられたテレビジョン・セットがあります。このセットから突きだした二本のアンテナは、以前この部屋に滞在したらしき、サディスティックな宿泊客の手によってねじ曲げられ、ろくでもないハートのかたちに結びあわされています。ベッドの反対側には椅子が一脚あり、その椅子の向こうにはドアがあります。ドアの向こうはおそらくトイレなのでしょうね。ところで、ところで、ところで、いったい暖房装置はいずこにあるのでしょうや？」

彼女はただひとつしかない椅子に座っていた。僕はテレビをつけた。僕はベッドの足もとに寄りかかりながら、古いフランショー・トーンの映画をチェックしていたのだが、やがてワインのことを思い出した。でもコルク抜きを忘れてきたので、車のキーでその代用をしなくてはならなかった。けっこう時間はかかったが、僕はなんとかコルクの最後のかけらを瓶の中に落とし込むことに成功した。僕らはパンを食べ、ワインを飲み、小さなコルクのかけらを嚙《か》んだ（「コルケット」とプーキーはそれを呼んだ）。そしてワインはほとんど空になった。フランショー・トーンの映画も終わった。番組終了を告げる『星条旗よ永遠なれ』も終わった。これ以上このままの状態を続けるわけにもいかなくなった。だから僕は言った。「もし君さえよかったら、ベッドに入る用意をしたいと思うんだけど」。

「もし私さえよかったらですって？」と彼女は叫んだ。その目はきらきら輝いていた。

「ジェリー・ペイン、私はそろそろこのローファーを脱ぎ捨てて、足の指をちぎり取って、それを瓶に入れて、ちょいとアルコール漬けみたいなものにしなくちゃならないのかなと思っていたところよ。P・アダムズの足指の標本、みたいな感じに。決まってるでしょ、今こそそのときよ！」

「今こそそのときだ」と僕はぼんやりと繰り返した。

「ああ、君ねえ」と彼女は立ち上がって、僕の方に進み出た。「君はなんだか、血まみれの弾痕《だんこん》だらけのアドべ（訳注・日干しレンガ）の壁の前に立たされて、一列に並んだ髭《ひげ》だらけのキューバ民兵たちを前にしているような顔だよ。ゴンサレス大尉《たいい》が君に最後の煙草《たばこ》を差し出していてさ。カピターン・ゴンサレスがね」、彼女はそう言うと、僕の首を両腕で抱いた。「どのように見ても、きみはもうとことん絶体絶命、あとがないんだよ」、それから彼女は後ろに下がって言った。「君は怯えきっている」

　僕は肩をすくめた。そんな些《さ》細《さい》なことを気にしても仕方ない。

「わかった。これから何をすればいいのか、教えてあげる。君はトマトの皮をむけばいいのよ」

「なにをするって？」

「私を脱がせちゃうの。好きなだけゆっくり脱がせていい。私はかまわない。我々の目指すところは、君が女性の裸に慣れることなんだから。君が新しい部屋に慣れたり、新しい車に慣れたりするのと同じようにね。君はそれをしばらくじっと眺めていなくちゃならない」、彼女は微笑んだが、彼女の方もまたナーバスになっているみたいだった。「まずソックスからいきましょう」

「でもプーキー、ここはとんでもなく寒いぜ……」

「ねえ、ジェリー、君はいったい何を求めているわけ？　ここで目隠しごっこでもやろうっていうわけ？　君は目を閉じて、決してのぞいたりしないと約束して、私は急いで服を脱いで、大きなウールのナイトガウンを着て、それからバスルームに駆け込んで、君はそのあいだ両耳に指を突っ込んで、何も聞かないようにして、それからま・た君は目を手で覆《おお》って、そのあいだに私はバスルームから走り出て、布団の中に潜り込んで、それから今度は私が、君が服を脱いでいるあいだ目をふさいで、君が便所に入っているあいだ耳に指を突っ込んで……ってやってるわけ？　そんなことして、何かいいことがあるかしら。いいえ、私が思うに、大事なのはあくまで自然に行動しちゃうことだし、もしいますぐ自然になれないのなら、そうねえ、できるだけ短い時間で自然になれるようにがんばることだと思うの。それって、いい考えだとは思わない？　だからソックスから始めましょう。そして……」

僕がニー・ソックスを脱がせているあいだ、彼女はベッドに腰掛けていた。靴下を脱がせてしまうと、彼女は立ち上がって両腕をまっすぐ上に伸ばした。そのあいだに僕は彼女の顎《あご》の下で結ばれたパーカのフードの紐《ひも》を、ぎこちない手でほどこうとしていた。「おじいちゃんが同じようなことをしてくれたのを思い出すわ」と彼女は言った。「スノー・スーツを着せてくれて、すべてがしっかり結ばれているか、ぴったり収まっているか、手袋がきちんと袖《そで》に留められているかとか、点検してくれた。そしてぐしょ濡れになって家に戻ってくると、それを脱がせてくれた。彼はとても注意深く、いつもこんなことを言っていた。『さあ、顎をしっかり上げとくれ』って。私の肌がつねられたりすることがないようにね」。僕はそのパーカをベッドの柱にかけた。「それからセーターね……」、彼女は両腕を頭の上にあげ、僕はセーターを引っ張り上げた。「そしてブラウス……」、ボタンを外すのに彼女は手を貸さなくてはならなかった。僕の指は鈍くなっていたからだ（半分は緊張しまくっていたせいだし、半分は寒さのせいだ）。「スカート……」、僕はボタンをはずし、ジッパーを下ろした。それは床にはらりと落ちた。「君はブラに関してはちょっと苦労するかもしれない。でも私は断固として手は貸さないからね……」。最初僕はとても手慣れた感じで、手を背中に回してそのホックを外そうと試みた。彼女は両手を脇に下ろして、じっと静かに立っていた。そしてときどき僕の頬に口づけをした。そして僕にうまくホックがはずせないのがわかると、くすくす笑い始めた。僕もくすくす笑い始めた。そして僕は彼女の背後にまわり、もう少しでそれを引きちぎってしまいそうになった。彼女はとても我慢強かった。僕はもし自分が凍死の危機にさらされていたら、そこまで我慢強くはなれなかっただろう。パンティーは彼女が自分でとった。そしてそこに彼女がいた。ローファーと眼鏡だけを除けば、生まれたままの姿で。

「これが」と彼女は目を閉じて、ねじを巻いてうごく人形みたいに、小さなぎこちない輪を描いて回転しながら言った。「ホモサピエンスの女性というもの。これはとくに健康的だったり、またとくに興味深いというモデルでもない。夏にはもう少し見栄《みば》えがよくなるけど、なにしろ今は凍死寸前の状態だから……」、そして彼女の歯はがたがたと大きな音を立て始めた。

彼女は服を脱ぐとずいぶん小柄に見えた。乳房はとても小さくて、腕は細く、肘《ひじ》はすごくごつごつしていた。腰は服を着ているときよりも大きく見えた。恥骨は前に飛び出し、おへその下から始まっている小さな恥毛はおかしな形をしていた。肌はとても青白く、背中の両方の肩の下にあるにきびは寒さのために紫色になっていた。唇も同様だった。「私はきっと温めなおされた死人みたいに見えるんでしょうね」と彼女は言った。実際にそう見えたのだが。「みんながマリリン・モンローみたいに生まれつくわけじゃないのよ」と彼女は言った。まさにそのとおりだった。「も、もう、これ以上、が、我慢できない」と彼女は最後に言った。

「オーケー」と僕は言った。

「オーケーって、何が?」

「えーと、つまり……ただオーケーだってことだよ。僕は君のことが――好きだし――愛している……」

「とりあえず雪の中に放り出したりはしないってこと?」

「ああ……もちろんそんなことしない。それって、どういうこと?」、僕はすごく遠慮がちに彼女のおでこにキスをした。

「じゃあ、これから」と彼女は幸福そうに言った。「ベッドに飛び込むわね!」

彼女がベッドに潜り込むのに二秒しかかからなかった。シーツと毛布とベッド・スプレッドを顎のあたりにしっかりと巻きつけた。その顔にすぐに血の気が戻ってきた。

「オーケー、ルドルフ・ヴァレンチノくん、君の番だよ」と彼女は澄まして言った。

僕はさっさと服を脱いで、身体を彼女の検閲に晒《さら》した。しかし何という寒さだ、まったく!

「君はここでこれからスピーチでもやるわけ？　それともそこに立ってずっと機関銃の真似《まね》をしているつもり？」、彼女は僕の歯の立てる音のことを言っていたのだ。

僕はコートのポケットを必死に探って、避妊具を見つけようとした。何を探しているのかとプーキーは尋ねた。「あれ」を探しているのだと僕は言った、あれって何よ、と彼女は尋ねた。ゴムのこと？　避妊具、安全具、スキン、予防具、そういうやつ？　僕は哀れな顔で肯《うなず》いた。気にしなくていいよ、と彼女は言った。気にしなくていいってどういうことだよ、と僕は言った。僕は愚かだけど、そこまで愚かじゃない。いいんだったら、と彼女は言った。もし妊娠しても、連絡すらしないから。結婚してくれとかそんなことも言わないから。私はちゃんと日にちの記録をつけているし、体調とか、自分の身体がどんな風になっているかも細かく把握しているし、これから私たちがやろうとしていることが、いつなら安全で、いつなら安全じゃないかもしっかりわかっているから。

「さあ、いらっしゃいよ」と彼女は言った。「ベッドに入って。君の剣もすっかり青ざめちゃってるじゃない」、彼女は付け加えて言った。「君のおへそってずいぶん飛び出ているんだね。そんなに外にはみ出しているのって見たことなかった。それって問題ないの？」

ベッドの僕の側の冷え切ったシーツのあいだにくるまって身を縮めながら、そんな質問には答える気にもなれなかった。僕らはそんな具合にずいぶん長いあいだ、ベッドの両端に離れてじっと横になっていた。そしてようやく僕は、なんとか彼女の方に身体を動かせるようになった。「それで、どちらが明かりを消すのかしら？　私か君か？」

「ああ、うーむ」

「指出してきめようよ。奇数がいい、それとも偶数？」

僕は奇数を選んだ。二人で出した指の数の合計が奇数なら僕が明かりを消す。いちにのさんで僕らはシーツのあいだから手を出した。僕は指を一本出していて、プーキーも指は一本だった。しかしすぐに彼女はそれを二本に変えた。僕は文句を言った。でも彼女は自分は最初から二本出すつもりだったのに、指がくっついてしまってうまく剝《は》がれず、一本になってしまったのだと主張した。結局やりなおしをすることになった。「じゃあ、悪いから次も二本出すことにするわね」と彼女は言った。彼女は僕がまた一本を出すことを予期してそう言っているんだなと僕は考えた。いや、彼女は僕にそう考えさせて、僕に二本を出させて、自分は一本を出すつもりなんだなと僕は更に考えた。だから僕は二本を出した。その合計は三になった。

僕ががたがた震えながら急いで明かりを消しているあいだ、「誰もアダムズさんを出し抜くことはできないのよ」と彼女は言った。

僕らは暗闇《くらやみ》の中で横になり、まったくの沈黙を守っていた。風がとても激しく吹き荒れ、雪片を僕らのキャビンに叩きつけていた。雪片は跳ねているみたいだった。キャビンは少し傾《かし》いでいるみたいだった。最初は片方に、次には逆の方向に。船酔いになりそうだった。凍りつくほど寒いのに、僕はだらだらと汗をかいていた。外には物音が溢れかえっているというのに、僕に聞き取れるのは僕らのすぐまわりにある沈黙だけだった。

プーキーは呟《つぶや》いた。「唸《うな》り。落ち着かない寝返り。沈黙。鼓動……ジェリー、今回私たちはとことん大人っぽくやろうと決めたわよね？　君が手紙の中で約束したことを覚えている？　車の後部席やら野原なんかじゃなくてベッドで、みたいなことを？」

「ローマは一日にしてならずっていうよ……」

「そのとおりかもしれないけど、ローマじゃなく私なら五分くらいでできちゃうかもよ」、彼女は僕の手を取った。「さあ、リラックスしなさいよ。手を繋《つな》いで、お互いに慣れましょう。前にもベッドを共にしたことがないわけじゃなし、前にもちゃんと抱き合ったことがないわけじゃなし、そうよね……」

そんな具合に僕らは手を握り合い、ちょっとずつ互いに近寄っていった。そしてほどなく、僕らはぴたりと寄り添い、くっつきあっていた。プーキーは歌うような囁《ささや》くような声で語り始めた。そしてそれはだんだん大きな声になっていった。でも始めの頃はほとんど聞き取ることができなかった。要約するとだいたいこんな感じだった。

「めあしどえしどえしどえさんどりどるあむでぃしでぃび、りどるきどるあてぃびとう……まだ真夜中だったある朝、二人の死んだ男の子たちが立ち上がって喧嘩《けんか》を始めました。背中合わせに、二人は顔を見合わせました。二人は剣を抜いて、お互いを撃ちました。そして剣と言えば、私はきみのモノをしっかりと奮い起こさせているよね、ジェリー。私の目の奥を見て。深い深い深いところを……」

彼女を黙らせるために、僕はキスしないわけにはいかなかった。ひとつのキスが次のキスに繋がった。そしてものごとがしっかり動き出す直前に彼女は言った。「もし君の科学者のお友だちが、私たちがことをおこなっている最中に私たちを沸騰《ふっとう》したお湯に放り込んだら……！」、彼女は眼鏡をはずすのを忘れていたので、僕はそれをはずし、彼女の枕《まくら》の下に置いた……。

そのあとで、眠りに就く前に、僕らは仰向けに横たわり、その経験が僕らからゆっくりと、残念ながらこぼれ落ちていくにまかせた。プーキーは僕のお腹《なか》に手を載せた。そしてほとんど無意識にその指先をぱたぱたと上下させた。

「感じることができる」と彼女は静かな声で言った。

「何を感じるって?」

「ぶくぶく言っているあぶくを」

僕はしっかりと耳を澄ませた。ほんの微《かす》かにだけれど、お腹の中で何かが起こっていることが聴き取れた。

「あぶくのネックレス」とプーキーは言った。「それが私の手をくすぐっている」

「それは僕がレイプした何かだったに違いない」と僕は力なく答えた。

彼女はちょっとだけくすくす笑った。それからすごく真顔になった。彼女の親指が僕のへそをゆっくりと撫でた。まるで何かの小さな染《し》みをこすり落とそうとするみたいに。

「ねえジェリー」と彼女は囁いた。「君のちっちゃな精子くんだかなんだかの一匹は、こんな苛酷《かこく》な状況にあるにもかかわらず、無事におうちにたどり着くと思う?」

「プーキー」と僕はいくぶんぎょっとして言った。「君はたしかさっき、それとは

――」

「知ってるわよ。でもさ、君は哀《かな》しい気持ちにならないわけ？　ただ一回の手短な発射で十億人もの潜在的赤ん坊を殺してしまったことで？」

「ぜんぜん」

「でもさ、オタマジャクシみたいな連中がみんなで必死になって、私の身体《からだ》の中をよじ登ろうとしているわけだよ。でもみんな力尽きてあえなく死んでいく。ひからびて、水に流され、海まで運ばれていく」

「人生は苛酷だ……」

「君だってずっと昔は、コンマの十五分の一くらいの大きさしかなかったんだよ。そのうちの一匹にめでたく目的を遂げさせてやりたいとは思わないわけ？　負け犬に対する同情心みたいなものを、君はぜんぜん持ち合わせていないわけ？」

「ちっとも」

一分ほどあとで彼女は言った。「寝ようとしている？」

「むむむむ……」

彼女は僕の耳に唇をあててふっと吹いた。

「私は風だよ、ジェリー。君を吹き飛ばしちゃうんだ……」

「むむむ……」

僕が眠りに就く直前に彼女は尋ねた。「何個?」

「何が?」

「胃袋」

「十一?」

「そのとおり……」

眠りに就くとき、僕はまだ微笑《ほほえ》みを浮かべていたと思う。

翌朝目を覚ましたとき、僕は一人だった。プーキーは僕のオーヴァーコートを着て、自分のローファーを履いて、窓際《まどぎわ》に立っていた。陽光にその輪郭が浮かび上がっていた。

「ここに来てごらんよ」と彼女はとても静かに言った。彼女の息が窓に白いあとを残した。「太陽が輝いている。そして至る処《ところ》に黄金の粉が、山のかたちにうず高く積み上げられている」

僕は行ってみた。彼女の言うとおりだった。

# 第五章

二年生のウィンター・カーニヴァルと春休みとのあいだに、なぜ僕が大学から放り出されずに済んだのか、不思議としか言いようがない。なぜならその時期の学生としての僕は、まさに死んでいるも同然だったからだ。しかし恋するものとしての僕はまだ生まれたばかりだった。僕の心はきわめて希《まれ》な、大いに分別を欠いた花を咲かせていた。

ごく控えめに見積もって、僕は毎週少なくとも数百万回はプーキーと結婚していたはずだ。彼女と結婚式をあげ、車の後ろに布きれの吹き流しをたなびかせ、空き缶をけたたましい音で鳴らしながら車で走り去り、彼女の手が僕の髪についた米の籾殻《もみがら》をつまみ上げ、僕の空いた手が彼女の肩についたバラの花びらを払い落としているべきだったのだ。すべての瞬間に——教室の中であれ、食事中であれ、便所の中であれ

——僕は出し抜けに成熟した人間になり、ひとかどの人間になった。車を持ち、医療保険に入り、生命保険にも入っている責任ある人間になった。乳児用ベッド、乳母車、家——身を固める。ああ、身を固め、子供を持つのって素晴らしいじゃないか。僕の子供、ジェリー・ペイン・ジュニアなんてね。近所でいちばんハンサムな子供になるだろう。近所でいちばん物静かな子供になるだろう。いちばん頭の切れる少年に育つだろう。そしてほかの家の餓鬼どものようにスポイルされることもない。

しかしその時期には、子供をつくるための行為が——つまりは昔ながらのセックスが——いちばんの娯楽になった。僕はあらゆる権威ある著書を買い込んで読み漁《あさ》り、身体《からだ》を合わせたときに、どうすれば自分とプーキーを最上の天国に送り届けられるか研鑽《けんさん》を積んだ。紙の上では、僕はこの世に出現したもっとも荒々しく、もっとも自信満々で、もっともロマンティックな恋人の一人になった。信じられないほどのテクニックを備えた猛虎《もうこ》、すさまじいパワーとあきれるほどの耐久力を持ったサムソン。しかしながら紙の外では——つまり現実に彼女と顔を合わせるときは——僕はいつだって昔ながらのさえないジェリー・ペインだった。今度こそ超大胆な性行為を提案しようと思って場に臨むのだが、いざとなるとひるんでしまう。

そしてその「顔を合わせる」作業が結局のところ、ほとんど僕を破滅に追い込んでいった。というのは木曜日が巡って来る頃には、恋心のたかまりのために僕の頭はぼんやりしていて、おかげで金曜日と土曜日の授業は、ときには更に月曜日の授業まで、片端からすっぽかしてしまったからだ。そしてさっさとプーキーに会いに出かけていった。何の躊躇《ちゅうちょ》もなく。それには教授たちもすっかりあきれ果ててしまった。それに加えて、僕はほどなく金欠状態に陥ってしまった。旅費やらプーキーへのささやかな贈り物なんかですっかり首がまわらなくなって、持ち物を片っ端から質入れするようになったのだ。僕の父親は僕が仕送りの追加を頼むと、とても理解ある態度を示してくれた。彼はそれを穏やかに拒否したのだ。もしそれ以上の金が必要なら働くことだねと彼は言った。そしてもし結婚するつもりがないのなら、相手の娘さんを妊娠させたりしないようにと。しょうがないので、僕は月曜日と火曜日と水曜日に、フラタニティー・ハウスの皿洗いの仕事をして金を稼ぎ、それを愛に注ぎ込んだ。言うまでもなく、プーキーの目覚まし時計は実に忙しく立ち働いた。

春休みの数日前、僕ははっと目覚めた。僕の首は文字通り断頭台の上に置かれていた。中間試験を三つも落としていたし、小テストにいたってはどれくらい落としたか数え切れない。そして哲学と英語の期末レポートの締め切り期日が迫っていた。夜明けの冷ややかな光の中で僕は苦悶《くもん》の叫びをあげた。酒を飲みまくって出鱈目《でたらめ》をやっていたときだって、こんなにひどい羽目には陥らなかった。僕がやるべきことはひとつしかなかったし、僕はそれを実行した。刑の執行延期を大学当局に懇願し、春休みのあいだ学校に残ってレポートをしっかり仕上げ、これからは心を入れ替えて勉強に励みますと言った。僕はとても真摯《しんし》な態度を示したので、それならもう一度だけチャンスを与えてやろうということになった。

ただもうひとつだけ、僕には解決しなくてはならないことがあった。プーキーに電話をして、春休みに彼女がリヴァーデールの僕の家に来ることになっていたのは、そういうわけで中止になったと告げなくてはならないことだった。僕は胸をどきどきさせ、深い危惧《きぐ》を抱きながら、彼女に電話をかけ、その話を切り出した。

「まあこれも自業自得よね」と彼女は哀《かな》しげに言った。

「ああ、そうなんだけど……」

「ということは、私がそっちに行かなくちゃならないってことになるわね——そうでしょ？」

「冗談だろう、プーキー。僕は勉強しなくちゃならないんだぜ。やることがいっぱいあるんだ、まじで。一緒に遊んでいるような暇はないよ」

「君は勉強してればいい」と彼女はあっさり言った。「私はひとりで楽しくやっているから。私はいくらでも一人で楽しめるのよ。知ってるでしょ？　遊び相手なら、ポルターガイストとか、バンシーとか、各種妖精《ようせい》とか……」

「プーキー、もし君がここに来たら、結局どんなことになるか、君だってわかるだろう？」

「いいえ、わからないわね」と彼女は猫なで声を出して言った。「どんなことになるのかしら？」

「そうなったら、勉強なんて手につくわけがないじゃないか。結果は目に見えているよ。僕らは一日二十四時間、しっかりベッドの中で過ごすことになる」

「ジェリー、考え方が極端すぎる。私のことをいったいなんだと思っているの？　機械だとでも思ってるわけ？　一日二十四時間をベッドに入って過ごせるような人はどこにもいないわよ。そんなの健康なことじゃない。それにその週の半ばには例のやつが来ちゃうはずだし……」

「答えはノーだよ」

「ねえ、ジェリー、約束するわよ。迷惑はかけないから、ぜったい」

「それでも答えはノーだ」

「でもさ、ちょっと考えてみてよ。これって、またとない好機じゃない。フラタニティー・ハウスが十日間、私たちだけのものになるのよ。そんな素晴らしい機会が訪れることなんてそうそうないわよ」

「プーキー、君が何をどう思おうが、何を言おうが、何をしようが、そんなのどうでもいい。僕は何がなんでも考えを変えない」

「君は後悔することになる」とプーキーは警告した。「君が最初の夜、小さな冷たいベッドに一人で潜り込むとき……」

「僕にはプープシクがいる」と僕は言った。

「プープシクなんてクソくらえよ。私はそこにいないのよ。十日間、君はそこに一人きりでいて、がらんとしたところにベッドが四十五個もあって、私はいないのよ。そんなのに君は耐えられるわけ？　私はそれが知りたい」

「そりゃ、きついとは思うけど……」と僕は本心を言った。

「きついに決まってるでしょう。それってきついなんてものじゃすまないわよ。ほんとに。勉強なんか手につかないで、一日中鏡を覗《のぞ》き込んで、こう叫ぶのよ。『ジェリー・ペイン、おまえはとことんどうかしてるぞ！』って。そうなるのがおちよ。それで春休みが終わる頃にはもうふらふらになって、気が違ったみたいに血走った目をしていて、そこで私がアラビアの王子様と駆け落ちしたことを知るのよ。そんな風になってもいいと思っているわけ？」

「君はいったい自分のことをなんだと思っているんだ？　トロイのヘレンか？」と僕はいささかうんざりして尋ねた。

「トロイのヘレン……ジェリー……まったく。わかったわよ。それならそれでいい。お好きに。せっかくの黄金のチャンスをしっかりふいにするといいわ。かまわなくってよ。君とその不細工な犬くんとで盛大に楽しむといいわ」

「プーキー、君はわかってないんだ」

「よくよくわかっていますとも」

「プークス……」

「プークス、プークス、こうしてプークス、ああしてプークス——プークス！」

「ああ、もう、じゃあね」

「ちょっと、待っ——」、しかし僕は電話を切った。

僕は小銭の残りをポケットに突っ込んで電話ボックスを出た。頭ががんがんしていた。果たして僕は正しいことをしたのだろうか？　あるいは間違ったことをしてしまったのか？　すべて間違っているのか？　もしプーキーがここに来たら、僕はほんとに勉強なんてできるだろうか？　あるいは——あるいは何だ？　僕には意志の力ってものがないのか？ 僕は急いで電話ボックスに戻り、彼女の番号を回した。

「ハイホー」、僕がまだハローと言う前に彼女は明るい声でそう言った。「ひとつ当ててみましょうか、ジェリー。君は気持ちを変えたんだよね？」

「ああ、もう、君にはアタマに来るな」と僕はぶつぶつ言った。

「私だって君にはアタマにじっくり来ちゃうよ」と彼女は嬉《うれ》しそうに言った。「で、いつそちらに行けばいいのかな？」

がっくりしながらも、それでももう後悔の念はなく、いつこちらに来ればいいのかを僕は彼女に教えた。それから僕は電話ボックスを抜け出し、ハウスをあとにし、春を迎えたばかりの大地を覆《おお》っている温かい雲の中に足を踏み入れていった。

「春だわ」とプーキーはその何日かあとに言った。「それを感じることができる。私のぴかぴか光った鼻の頭に、わけのわからないちくちくが来るんだ。それで間違いなく春が来たってわかる」

僕らは二人きりだった。その日は温かく、新鮮だった。踏みしめるキャンパスはふわふわしていた。春が大地に染《し》み込んでいく音が聞こえた。道路の溝の中では僅《わず》かに残った雪と氷が、去年の秋の落ち葉を抜けるようにしてとけていた。長い冬はようやく終わりを告げたのだ。

しかしなすべき仕事があった。プーキーがハウスの中を漁っているあいだに、僕は居間の隅っこにあるカード・テーブルに陣地を設営した。僕が半ページも書き進まないうちに、彼女が戦利品を詰めた大きな段ボール箱を抱えてやってきた。そこには何冊かの本と、数え切れないほどのセックス・マガジンが入っていた。これでしばらく時間は潰《つぶ》せそうだと彼女は言った。

「ねえ、ジェリー」と数分後に彼女は話しかけてきた。「もし私が膨らませた円錐形《えんすいけい》みたいなおっぱいをしていて、それが包まれている何かしらから常にこぼれ落ちそうになっていたら、私のことをもっと愛してくれるかしら？」

「ノー」と僕は言った。ディッケンズの『荒涼館』の中で自然爆発死したのはいったい誰だったかその名前を思い出そうと努めながら（訳注　第三十二章。爆発死した男の名前はクルック）。

「もし私があのキャディラックに乗っている女の子たちの一人みたいだったら、もっと好きになってくれると思うんだけど、どうかしら？」と彼女は言った。

「キャディラックに乗っている女の子たちって誰のことだよ？」、彼女の思考経路はいつも僕の理解範囲の外にあった。

「ガラスの仕切りのずっと後ろに座っていて、霜がかかったような青い瞳《ひとみ》で君をじっと見つめるような女の子たち。言葉少なで、浮き世離れしていて、髪はほとんど白いと言ってもいいくらいで、いつだって耳の後ろにぎゅっと引っ張られて、頭の上で巻かれたコイルみたいになっているの。そしてあちこちで注意深く意図的に、わきにひょいひょいと翼のように飛び出しているわけ。かっこよくカジュアルな感じを出すためにね」

「それが膨らませた円錐形と何か関係あるわけ?」と僕は尋ねた。

「何もない。ただ、私がそういうキャディラックに乗っている女の子たちみたいだったら、君は私のことをもっと好きになってくれたかなって、ちょっと思っただけ」

「まったく今のままの君に、狂おしいほど僕は恋をしている」と僕は言った。

「ああ、それっていいわねえ。最初からそう言ってくれたら、わざわざキャディラックに乗っている女の子たちの話なんてしなくてもすんだのに」

彼女はセックス・マガジンに戻った。ページを繰りながら、小さく口笛を吹いていた。一時間ほどあとで、彼女は長い沈黙を破った。「この人たちってみんな整形されていると思うな」と彼女は言った。「豊胸ホルモンを打たれて、整形されて、雑誌に貸し出されるわけ」、そしてそれだけ言うと、彼女は読書に切り換えた。しばらく本を読んで、それからどこかに消え、また現れた。紙と鉛筆を手に持っていた。これから詩を書くのよと彼女は宣言した。でもそうするかわりに、彼女はあくびをした。そして間もなくカウチの上に丸まって、ぐっすり眠り込んでしまった。

大きなフレンチ・ウィンドウから差し込む陽光が彼女を豊かな金色に染めていた。僕は一服して煙草《たばこ》に火をつけた。そして窓を開けた。そよ風が入ってきた。風には湿った草の匂《にお》いと、新しく顔を出した大地の匂いがした。煙草を一本吸い終えると、僕はまた勉強に戻った。とぎれとぎれにペンを走らせ、しばしば手を休めて白日夢に耽《ふけ》った。どこからともなくプープシクが現れて、入り口のドアをかりかりと掻《か》いた。僕は犬を中に入れてやり、餌《えさ》を与えた。そして彼はいつもと同じかっこうで、プーキーの眠っているカウチの横の床に、ごつごつした身を丸めた。犬の頭は雑誌の見開きヌード写真の上に情けなく載せられ、両耳は目の上にかぶさっていた。まったく情けない犬の見本みたいだ。

彼らが夢を見るのを眺めるのはなかなか楽しかった。最初にプーキーが何かわけのわからないことをもぞもぞと言って、微笑《ほほえ》んだ。それからプープシクがぶるっと震え、後ろ足を持ち上げて二度ばかり宙を蹴《け》り、鼻をくんくんと言わせ、くしゃみのような音を立てた。彼らのそんな無意識の滑稽《こっけい》な振る舞いに、僕は思わずくすくす笑ってしまった。この連中は何があってもそのままゆっくり寝かせておこう。

午後の遅くにプーキーは目を覚ました。そしてこんなに暖かくなったんだから外で寝なくちゃと言った。そして僕がせっせと書き物をしているあいだに、バックポーチの屋根の上にマットレスをひきずって持ち出した。そしてその夕方を僕らは、裏庭のテントで不便な野外生活を楽しむ子供たちのように、わくわくした気持ちで迎えた。ハンバーガーの夕食を食べたあとで（僕らは春休みのあいだずっとハンバーガーばかり食べていた。彼女に作れるのはそれくらいだったから）、一緒にシャワーに入り、そこで一時間ばかりを過ごした。お互いの髪を洗い、全身白い泡だらけになるくらいお互いの身体をしっかり洗った。それからお互いの肌をひりひりするまでよくこすった。そしてエナメル質がすり減るほど念入りに歯を磨いた。それからようやく毛布にくるまり、窓を乗り越えてポーチの上に出た。

「やれやれ、プーキー、なんでこんなにたくさん持ってこなくちゃならなかったんだ?」。そこには少なくとも十枚のマットレスが一列に並べられていたからだ。屋根の上にはもう隙間《すきま》もなかった。

「だってころころと転がりたくなるかもしれないでしょ」と彼女は言った。

でも急ぐことはない。まだ夜にもなっていない。だから僕らは屋根の縁に腰掛けて、裏手の野原に放置されたみすぼらしいストックカーの上に、徐々に暗闇《くらやみ》が降りていくのを眺めていた。ずっと下手の谷間に明かりが灯《とも》っていった。あっちの方にはたくさんの凍った蛍がいるに違いないわとプーキーは言った。空には新月が浮かんでいた。それはまるで十セント硬貨の縁みたいに薄かった。僕らのまわりには音というものがほとんどなかった。

プーキーは顎《あご》の下に毛布を抱きしめて言った。「ねえ、私たちってサイエンス・フィクションの映画の中の人たちみたいだと思わない？　私たちは二人ともこの街で生き残った唯一《ゆいいつ》の人間なの。十分のあいだ地球から酸素がぽこっとなくなってしまったんだけど、私たちは公園のたくさんの光合成をおこなっている樹木の中にいたせいで助かったの。でなければ、ちょうど空飛ぶ円盤みたいなのが着陸しようとしているところで、樹木の裏の方の見えないところでホバリングしていて、ウーンという押し殺した不気味な音を出して、宇宙埃《ほこり》をあたりに振動でまき散らしていて、それはやがてきらきらと煌《きら》めいて、そこにあるものをみんな消滅させせちゃうわけ」

僕は返事をしなかった。僕はすごく静かで気怠《けだる》い気分になっていた。僕は町の向こう側の、遠い山の尾根をぼんやりとした目で見ていた。

それから僕の隣でがさごそという音がした。プーキーが毛布を捨てて、立ち上がった。宵闇が彼女の肌を青白い牡蠣《かき》のような色に染めていた。光が髪の上で、砂に反映する水のように揺れていた。彼女は屋根の端っこの方に歩いて行って、そこに立った。彼女の視線は地上に注がれていた。僕は毛布を脱いで、彼女の背後にこっそり寄った。それから何も言わずに彼女の肩をぎゅっと摑《つか》んだ。でも彼女はまったくひるまなかった。彼女は後ろを向いて、僕らはキスをした。彼女はあと一インチ足らずで、屋根から足を踏み外して落ちてしまうところだった。夜をまとうようにして裸でそこに立っているのは不思議な気分だった。肩やら背中やらお尻《しり》やらふくらはぎやらに空気を感じた。「メンソールみたいな感触ね」とプーキーはつま先立ちでマットレスに沿って、屋根の反対の端っこにある、毛布がしっかりと重ねられている自分たちの布団《ふとん》まで戻りながら言った。そして膝《ひざ》をついてゆっくりとしたとんぼ返りをやった。

「真ん中まで競走しようよ」と彼女はもう一度回転しながら叫んだ。

僕はいちばん近いところにあるマットレスに身を落として、彼女の方に向けてとんぼ返りをした。我々がその結果、衝突して死んでしまわなかったのは、どすんと思い切りぶつかったのが頭と頭ではなく、お尻とお尻だったという事実に尽きると思う。僕らはしばらくそこに座り込んで、尾てい骨をさすっていた。そして今夜はとんぼ返りなんかしている場合ではないという話になった。

「ジェリー？」

「うん？」

「私のことを愛している？」

「もちろん」

彼女は長いあいだ黙っていた。それから言った。「私も君のことを愛しているよ」、そしてそれからすぐに続けて言った。「私は間違いなく、これからとんでもなくひどいウルシかぶれになると思う」

たぶんそんな話になるだろうと僕は思っていた。「ウルシ？」

「そう。毎年春になると、間違いなくそうなるの。いつだって今ぐらいにね。たぶん空気の中に混じっているんだと思う。すごく小さな頃にやったことで、そういう体質になったんだと思う」

「どんなことをやったんだ？」と僕は言った。それ以外に言いようもないではないか。

「ウルシのお風呂《ふろ》に入ったの」

「うん、わかるよ。バスタブをウルシでいっぱいにして、そこにどぶんと飛び込んだんだろう」

「冗談で言ってるんじゃない。ほんとにそうしたのよ。虫を食べたときと同じような具合に、それをやったの。私はウルシかぶれなんかしないと言ったら、ジョー・グラブナーだかジェイ・ファレルだか誰だったかが、そんなの信じられないって言ったわけ。だからその証拠を見せるために、私は大量のウルシの葉をかき集めて、母親が見ていないときに家の中に持ち込んだ。そして私は二階のバスルームに鍵《かぎ》をかけて閉じこもり、すごく熱いお湯をため、トイレの掃除棒を使って、水の中で葉っぱをぐしゃぐしゃに潰したの。それからその中に入って、ごしごしと身体を洗って……」

「まさかそんな……」

「まさかじゃなくて、ほんとのことよ。どんな具合になったか、見せてあげたかったな。かぶれなかったのは、実に舌だけだった！　それからというもの、私はウルシの葉を見ただけで、目の玉がちくちくしてきちゃうわけ。それはまったくもう……」

「きっとそうだろうね……」

ひやりとした風が僕らのそばを吹き抜けていった。それはプーキーの肌に鳥肌を立たせた。「猫足風《キャッツ・ポー》っていうやつよね」と彼女は言って、両腕の上の方と肩を勢いよくこすった。

「もっと良い方法を知っているよ」と僕は言って、彼女を後ろに押した。

「私の皮膚は紙やすりみたいになっているわよ……」と彼女は、冷ややかな両手を僕の背中にまわしながら警告を与えた。

僕らは少しずつ愛の行為へと向かい、やがてそこに優しく入り込んでいった。最後は熱い快感で唐突にはち切れるようなクライマックスではなく、むしろじわじわと輝きが広がっていくような感じだった。その輝きはヴェルヴェットで僕の全身を満たし、長くゆっくりとしたクライマックスのうちに終息した。そのあいだ僕らは完全に動きを止めていた。もし僕らがこのままぴくりと動かないでさえいられたなら、この達成は永遠に続くかもしれないとおそらくは感じながら。

僕らが同時に目覚めたとき、あたりはまだ暗かったが、微《かす》かな光の先駆けが東の空にうかがえた。二十ヤードほど向こうにある、葉を落とした一本のシナノキのてっぺんに二羽のカラスがとまっていた。彼らは僕らが動くのを見て、まるで悪夢のように音もなくそこから飛び去った。

「参ったな！」とプーキーが囁《ささや》いた。

「どうしたんだ？」

「夢を見たんだけど……」

「どんな夢？」

「あのね、私は古いフィギュア・スケートの白い靴にスパゲティーを詰め込んでいるの。どうしてかって訊《き》かないでね。そして雪が降っている隅っこでは、アダムズおじいちゃんがケーシー・ラッグルズの漫画を切り抜いているの。私の前には新聞が山と積まれていて、私はそこから漫画が載っているページを選んで、アダムズおじいちゃんに渡すの。でもふと顔を上げると、おじいちゃんはもうどこにもいない。私はまたスケート靴を履こうとするんだけど、言うまでもなくそれはスパゲティーでいっぱいになっているから、履くことはできない。だから私は裸足《はだし》で行かなくちゃならなかった。アダムズおじいちゃんはどこに行っちゃったんだろうと、私は長い長い距離を歩いた。しばらくすると私は砂漠みたいなところに出るの。そこには銀色の霧がかかっているんだけど、それは私の腰くらいの高さまでしかないの。その霧の中を進んでいくと、家畜囲いみたいなものがあった。その柵《さく》のいちばん上まで私は上った。私の下の家畜囲いには何か大きなものたちがいて、呼吸をしていた。でも霧がかかっていたので、それが何なのかよくわからなかった。そのとき突然、ちょうど向かい側の柵のうえにアダムズおじいちゃんが私と同じように腰掛けているのが見えたの。にこにこして、ネクタイに卵の黄身のしみがついていて、手に何をするともなく鋏《はさみ》を持って。こんちはとかそういう挨拶《あいさつ》をする必要もなくて、私たちはただ肯《うなず》きあっただけ。それから彼はハンカチをとりだして、鋏を磨き始めた。霧はだんだん晴れてきて、何匹かのモンスターの姿が見えてきた。彼らはにこやかで、もそもそと声を出して、眠そうで感傷的な顔をしていた。かっこうはカバに似て、とてもソフトな灰色の身体をしている。気がつくと私は手にたくさんの小枝を持っていた。それでときどきその枝を折って、モンスターの足もとにほうってやったの。すると彼らは足をもぞもぞさせ、ちょっとのあいだ怯《おび》えて、きれいな大きな目で哀しそうに私をじっと見るの。そのうちに私は気づくの。私が枝をほうるごとに、アダムズおじいちゃんが私に何かを言おうとして、唇を動かしていることに。でも私には何も聞こえない。だから私はなんとか必死になってその唇の動きを読もうとするんだけど……」

「それだけ？」

「そう、それからあのろくでもないカラスたちがやってきたんだ。カラスってきらい。いつか撃ってやる」

「どうやって？　指をかまえて、バンっていうわけ？」

「まさか。昨日、クローゼットの中に銃がたくさん置いてあるのを見つけたわ」

彼女の言うとおりだ。ハウス・マネージャーのクローゼットには22口径の銃の立派なコレクションがある。ブラザーたちはそれでストックカーを撃ったり、野原や車の上に置いた瓶を撃ったりしたものだ。銃を撃つ場所はだいたいバックポーチか、あるいはその屋根の上だった。やることがない気怠い春の午後には、だいたいそうやって暇を潰したものだ。しかしながらカラスを仕留めるのは、車や瓶を撃つように簡単にはいかないことが判明した。

僕らの報復の第一歩は町に出て、ハイパワーの銃弾を十箱買い求めることだった。帰り道に僕らは、コークの空瓶を入れた木箱をボイラールームからいくつか、カートに載せて運んできた。そして裏手の野原に、瓶をずらりと長い一列にして並べた。それから僕らはポーチの屋根に陣取り、マットレスの上で気持ちよくうつぶせの姿勢をとり、何時間か銃を撃ちまくった。僕らの猛射の中でも瓶はけなげに生き残ったが、そのうちにプーキーは射撃のこつを摑んで、その後はターゲットを次から次へと続けざまに粉砕していった。そして最後の瓶が忘却の中へと砕け散ったとき、彼女の腕はなかなかのものだと、僕も認めないわけにはいかなかった。しかしカラスを仕留められるほどの腕だろうか？　そればかりはやってみないとわからない。彼女が更に空き瓶を集めている間、僕は勉強に戻った。夕方になるまでずっと、銃が発射される音と、ガラスが砕ける音が鳴り止まなかった。

その夜の早いうちに、僕らはポーチの上に敷いた布団の中に潜り込んだ。脇《わき》に銃を置いて。そして翌朝早く目覚めたとき、あの二羽の同じカラスたちが期待したとおり、シナノキに幽霊のようにとまっているのを目にした。ひとつの問題は、どうやったらカラスたちに警戒心を起こさせることなく、ライフルの引き金に指をかけられるかということだった。

プーキーは念の入った、しかし無益な行動を試みた。痛々しいほどゆっくりと彼女は毛布の下で手を這《は》わせた。一度に数センチくらいしか動かさなかった。ところが彼女の指が銃に触れたとたんに、カラスたちは枝から飛び立ち、野原の上をのんびりと羽ばたき、手の届かないところに消えてしまった。

「ここからじゃ絶対に仕留められない」とプーキーは露に濡《ぬ》れた銃身を木に向けて狙《ねら》いを定めながら言った。

「家の中で寝た方がいいんじゃないかな」と僕は意見を述べた。

「それはグッド・アイデアね」。彼女は銃を置き、露に濡れた毛布を指でごしごしこすった。彼女の髪さえガラスの房のように光っていた。彼女の目には毒蛇のような執《しつ》拗《よう》な光が宿っていた。蛙《かえる》を串刺《くしざ》しにしていた日々の名残だ。疑いの余地なく。

その次の夜、僕らは家の中で寝た。昼のうち、プーキーに無理矢理にシャワーに入れられたプープシクの悲鳴があたりに響いた他は、穏やかな一日だった。今度は間違いなく目を覚ますように、目覚まし時計がセットされた。僕らが殺戮《さつりく》のために予定していている窓はベッドのすぐ足もとにあった。僕らの銃はいかにも禍々《まがまが》しく壁に立てかけてあった。カラスを撃つべく、しっかりと装塡《そうてん》されている。

「今度こそ」と彼女はその唇で僕を愛撫《あいぶ》しながら、囁くように言った。「撃ち損じはしない」

翌朝の四時きっかりに目覚まし時計が鳴った。プーキーはすぐに叩《たた》きつけてベルを止めた。僕らは即座に目覚め、迅速に行動にとりかかった。転がるようにベッドを出て床に降り、窓の下枠まで身を屈《かが》めて這うように進み、所定の位置についた。プーキーが窓の片方の端に、僕が反対側の端に位置を占めた。こそりとも音を立てず、僕らはそれぞれの銃を持ち上げ、窓の隅のあたりに銃身を突きだした。しかし僕らの殺意に満ちた顔がその木に向けられたときには、カラスたちは既に枝を飛び立ち、羽ばたいていた。

「こんな小さな動きでさえ見逃さないとなると、とてもじゃないけど太刀打ちはできないよ」と僕は唸《うな》るように言った。もうタオルを投げそうな気持ちになっていた。

しかしプーキーは引き下がらなかった。「私は何があろうと、あの真っ黒なろくでなしどもを、一羽でもいいから仕留めてやる。何があろうと！」と彼女は誓った。彼女の目にはめらめらと炎が燃えていた。

「何か良い手はあるのかい？」

「とてもシンプルなやつがね。明日の朝、私たちは玄関の外に出て、こっそりとハウスの脇にまわるの。あいつらはきっと側面からの攻撃を予想していないと思う」

それはなかなか悪くない考えのように僕には思えた。いざというときになってしくじったりしないように、プーキーはまたその日の午後を費やして、射撃の腕に磨きをかけた。夕暮れ時、野原はまるでダイアモンドの雨が降ったみたいにガラスできらきらと輝いていた。そしてストックカーはこれまで以上に、きつつきの大群に襲われたかのような様相を呈していた。僕らは夕食をとり、シャワーを浴び、愛を交わし、頭の中で来たるべき大一番を思い描きながら眠りに就いた。

翌朝、閉めた窓の向こうに二羽のカラスたちが見えた。彼らはいつもと同じ場所にとまっていた。僕らは誇張された忍び足で進み、こっそりと階下に降りて、玄関から外に出た。そこから僕らはほとんど半時間もかけて、静かにハウスの南側に移動した。僕らの一歩一歩は小枝一本折らないように、物音ひとつ立てないように慎重に選び抜かれていた。それでも僕らが木に銃口を向けたとき、枝の上には何もいなかった。からっぽの枝がぶるぶると震えているだけだった。

歯を嚙《か》みしめるようにしてプーキーが言った。「あの木に向けて銃をかまえて、一晩ずっと待っていてやる。そうしなくちゃ気が済まない！」

僕はなんとかそれをやめさせようとした。しかし彼女は引き下がらなかった。彼女はカラスを仕留めると心を決めていた。ローストしたほかほかのカラスを食卓に載せるまでは、どうしても気持ちが収まらないのだ。

その日はゆっくりと過ぎていった。彼女に「例の月決めくん」が訪れたことを、僕は切ない気持ちで受け入れないわけにはいかなかった。そして僕はあきらめて、痛みを訴える性器に休養を与えることに専念した。僕らはほとんどの時間を——僕がディッケンズとカーライルの社会学的比較についてのいまいましいレポートを書いていないときにはということだが——カラスについてあれこれ考察し、語り合って過ごした。もし僕らが首尾良くカラスを一羽仕留められたなら、僕らはこの大学で春休みにカラスを殺したことで、たぶん世界記録を打ち立てられるだろうという推測に達した。そして僕らは町に出て、その偉業を記録して後世に伝えるために、コダックの簡易カメラとフィルムを二巻買い求めた。僕らは夕食にまたハンバーガーを食べた。僕が数時間かけてレポートを書いているあいだ、プーキーは本を読んでいた。それから二人でテレビで深夜映画を最後まで見て、それが終わったのが午前三時だった。眠い目をこすりながら、僕らはとびっきり濃いコーヒーをつくって飲んだ。それから二階に上がり、位置についた。

あちこちのベッドやソファから枕《まくら》やクッションをかき集め、窓の下枠の何センチか上にうまく狙いがつけられるように、椅子《いす》をいくつか床の上に配置した。開けた窓から僕らは銃身を外に出し、静かにじっと待った。その二十メートル少し向こうでは、死の樹木が夜を背景にその黒い枝を広げていた。

一時間ほどあとに、野原のずっと向こうの木立の輪郭線のあたりからカラスたちの声が聞こえてきた。夜はその厚みを失っていったが、灰色の夜明け前の光では、何かを見分けることは不可能だった。そんなわけで、僕らが気がついたときには、カラスたちはもう枝にとまっていた。大きな羽を注意深く畳み、きらきらした目で僕らの方をまっすぐ見ていた（あるいはそのように見えた）。

「さあ、今よ、ジェリー」とプーキーが囁いた。そして僕が行動を起こす前に、彼女は撃っていた。一羽のカラスがばたばたと羽ばたきながら、木のあいだを落ちてきた。しかしプーキーが「やったああ！」と叫ぶ間もなく、そいつははっと気を取り戻したらしく、落下しながらも体勢を取り戻し、野原の上を——見るからにつらそうではあったが——よたよたと飛んでいった。もう一羽の方はとっくに逃げ去っていた。

「ちくしょう、くそったれ！」、プーキーはそう怒鳴りながら、詰まった薬莢《やっきょう》を排出しようと、銃のボルトを必死にがしゃがしゃいじっていた。

彼女が叫んでいる間に奇跡が起こった。ストックカーの上を通り過ぎたあたりで、カラスはもうそれ以上先までは行けないと悟ったらしく、空中で力尽きて、どさりという音を立てて柔らかな地面に落ちた。その音は僕らの耳まで届いた。

「やった！」とプーキーはたちまち我を失ったように叫び声を上げた。「さあ、行こう。カメラを忘れないで！」

僕はかなり素早く立ち上がったが、彼女はもうずっと先まで進んでいた。僕たちは階段を一階まで凄《すさ》まじい音を立てて駆け降りた。そしてキッチンまでの階段を降り、裏口から文字通り稲妻のように走り出た。僕はプーキーが出て行くときに叩きつけたドアをまともに食らって、危うく手首を折るところだった。僕の十五メートルくらい先を走っていく彼女の姿はちょっとした見物だった。僕の白いシャツだけを着ていたが、それが腰のまわりでひょいひょいと跳ねていた。野原に出たとき、彼女はまるで万歳突撃でもするみたいに銃を振り回していた。それから僕は彼女が裸足であることにはっと気がついて、息を呑《の》んだ。僕は叫んだ。「プーキー、ガラスに気をつけて！」

でも時既に遅し。彼女は苦痛に悲鳴を上げた。ぴょんと飛び上がり、それから倒れた。ちょうどカラスと同じような倒れ伏し方だった。

「ジェリー、こんなのってあんまりじゃない！」、僕がその身もだえしている身体に手を伸ばすと、彼女はすぐに泣き声でそう言った。

足の甲がぱっくりと割れて、そこから血がほとばしり出ていた。僕のシャツの袖《そで》でなんとか出血を止めようと何度か試みたが、無駄だった。僕は彼女を背中におんぶしてハウスに引き上げた。中に入ると僕はキッチンにあるふたつのアルミニウムの流し台のひとつにお湯をはった。そして彼女を水切り台に座らせ、足をお湯につけた。お湯はあっという間に真っ赤になった。僕はその足を皿拭《さらふ》き用のタオルでぐるぐると巻いたが、タオルも数秒のうちに真っ赤に染まった。

「お医者に診てもらったほうがいい」と僕は言った。僕の背筋をパニックがさっと這い上がっていく感触があった。僕の目の前で彼女が出血死してしまうようなことになったら、どうしよう？　彼女はもともとそれほど多量の血液を持ち合わせているようには見えなかった。

「いやよ、医者になんか行かない！　医者なんて絶対にごめんよ！」

「しかしこれはちゃんと診てもらって、注射なんかも打っておいた方がいい。そう思わない？」

「医者が大嫌いなの。カラスよりももっと嫌い！」

「プーキー、このままでは出血多量で死んでしまうぜ」

彼女は僕に向かって舌を突き出した。

「ああ、参ったな。僕はいったいどうすりゃいいんだ？　僕に何をしてもらいたいんだよ、プークス？」

「ひとつだけ言っておきますけど、もし医者が私の近くに来たら、その頭にドリルで穴を開けてやるんだから」

「そいつはいいけど、自分が死んじゃってもかまわないってことなのか？」

「私は天国で、足の悪いプーキー《プーキー・ラ・ギンプ》って呼ばれることになるでしょうね」

「まあ、なんと呼ばれようとそれはかまわないけど、とにかく僕は医者に電話をかけるよ」

　そして僕はそのとおりのことをした。医者はぐっすり眠っていたところを起こされたらしく、あまり上機嫌とは言えなかった。しかし緊急のことらしいし、すぐにそちらに行くと言ってくれた。出血はいくらかましになってきたので、僕はプーキーを背負って居間まで上がった。そして上の階から彼女の服を持ってきて、彼女がそれを着るのを手伝った。

「ねえ、医者はなんて言うかしら？」と彼女はブラウスのボタンをとめながら言った。

「医者がなんて言うか、そんなことが僕にわかるわけはないだろう。注射をいっぱい打って、これでいいでしょう、お大事にっていうくらいじゃないのか」

「そうじゃなくて、私たちが二人きりでフラタニティー・ハウスで暮らしていることについてよ。それって、学校の規則に反するとかそういうんじゃないの?」

「そりゃそうだけど、医者は学校の規則には無関係だろう」

「わかんないわ。私がここを出て行くまで、その医者をどこかに監禁しておいた方がいいんじゃないかな?」

「それはなかなかグッド・アイデアだね。でもそれよりは、彼が治療を終えたらあっさり撃ち殺してしまう方が面倒ないだろう。死体はストックカーの座席の下に隠しておけばいい。

「ジェリー、からかっているのね……」

「まさか、まさか……」

医者は禿《は》げて、ずんぐりしていて、ドードー鳥のように見えたが、とても同情心溢《あふ》れる人物で、おまけに話の分かる男でもあった。彼が僕らのことを頭がずれていると思ったのかどうか、その顔からは読み取れなかった。でも僕らが彼の質問に答えているあいだ、彼は表情ひとつ変えなかった。朝の四時十五分に若い娘が銃でカラスを撃ち、それを追いかけて走っているときに足をガラスで切るなんてことは、毎日のようにあちこちで起こっているというような涼しい顔をしていた。彼は傷口に応急の包帯を巻いてから、数針縫って、破傷風の注射をしなくてはならないと言った。しかし今ここではそれができない。寝ぼけてふらふらしていたので、間違った鞄《かばん》を持ってきてしまったのだ。僕はプーキーを背負って、彼の車まで運んだ。そして出発した。やがて夜が明けたが、空はどんより曇っていた。医者のオフィスに着く頃には細かい雨が降り出していた。

ほどなく、傷口が縫い合わされ、あちこちに注射を打たれたあと、真っ青になっているプーキーに医者は松葉杖《まつばづえ》を貸し与えた。そして僕らをフラタニティー・ハウスに送り届けてくれた。少し寄ってコーヒーでも飲んでいきませんかと誘ってみたが、彼は断った。またベッドに潜り込みたいし、それも一刻でも早い方がありがたいと彼は言った。車に乗り込む前に彼は腕時計を見て言った。「もし君たちがまたカラスを撃ちたくなっても、あと三時間くらいは控えておいた方がいいと思うね」。彼が車寄せから車を出す頃には、雨降りはすっかり本格的になっていた。

「これでよし」とプーキーは言った。「写真を撮りましょうよ」

「プークス、君は頭がどうかしている」

「ジェリー、私たちは写真を撮るのよ。今すぐ」

論争に最初から勝ち目はなかった。僕はその写真を持っている。それもたくさんの写真を。その朝、その野原で、僕はフィルム一本分の写真を撮った。どれもあまりよく撮れた写真ではない。というのは、それはとても暗い日だったし、おまけに雨粒がレンズにかかって筋になっていたからだ。しかしぼやけて、雨に濡れて、露出が不足しているにせよ、そこには常にしっかりとプーキーの姿が映っている。銃を片手に持ち、もう一方の手でカラスを――黒くて大きくてぐっしょりと濡れたものを――提げている。羽の先の方を持って。髪は濡れた輪のようになって、額にぺったり張り付いている。ブラウスは雨に濡れてほとんど透きとおっている。バーミューダ・ショーツには楽しげな様子はまったく見受けられない。僕の運動用ソックスをはいた包帯を巻かれた足は、彼女の前の地面に置かれた松葉杖の上に休められている。そのときに彼女の言ったことで僕が覚えているのは、「歯の上を雨がしたたり落ちるのを感じるのが、私は好きなの」という言葉だけだ。彼女はそう言った。そして彼女の浮かべた微笑みはまるでチェシャ猫のそれみたいに大きくて、馬鹿《ばか》げていた。

その日はずっと激しく雨が降っていた。僕は英文学のレポートの下書きを終えたので、今度はカント哲学に切り換え、その先験的論理学というものがいったいどういうものなのかなんとか理解しようと努めたのだが、そのうちにだんだん陰鬱《いんうつ》な気持ちになってきた。プーキーは口数が少なく、気を滅入《めい》らせていて、本を読んだり絵を描いたりしていた。そしてだいたいにおいてあれこれ悔やんでいた。プープシクは冷たい暖炉の前で眠ったり目覚めたりしていた。そこに火が焚《た》かれているといいのになと考えていることに間違いはなさそうだった。犬が夢を見て何かをもぞもぞ口にするたびに、僕は怒鳴りつけるか、あるいは鉛筆を投げつけるかして起こした。そんなとき、彼は咎《とが》めるような目で僕を見た。愛されることのないプープシク、求められることのないプープシク、無言で耐えるプープシク。プーキーが寝床に入ってからも、僕は夜《よ》更《ふ》けまでずっと勉強をしていた。

夜明けの少し前に雨があがった。くすんだ陽光の下で大地が湯気を上げ、霧が午前中ずっと立ちこめていた。プーキーは真剣な顔つきで詩作にとりかかっていた。そして昼食のために休憩をとったとき、彼女は僕がそれまで聞いた中でもっとも常軌を逸した詩を完成させていた。キッチンに下りて僕がハンバーグ（僕は今ではそれをとこ とん憎むようになっていた）を鉄板にへらで押しつけて潰しているあいだ、プーキーは丈の高い白いスツールに腰掛け、片肘《かたひじ》を大きなポテト・マッシャーの金属縁に載せ、書きあげた詩を僕のために読んでくれた（あるいは読んでくれようとした）。

「題は『ラヴェンダー・グレラ』」と彼女は告げた。

「なんだって？」

「『ラヴェンダー・グレラ』」。そして顔を上げることもなく、彼女はその詩の最初の三行を読んだ。

「ラヴェンダー・グレラは
　とっても利口なやつで
　　なんだかくらくらする匂いがした……

「ちょ、ちょっと待ってくれ」と僕は口をはさんだ。「なあプーキー、そのラヴェンダー・グレラって、いったい何なんだ？」

「そんなのどうでもいいでしょう？」と彼女は言った。

「どうでもよくはない」

「オーケー、じゃあ言いますけど、ラヴェンダー・グレラっていうのは実は左利《ひだりき》きのモンキー・レンチで、おへそに紫色の嚢胞《のうほう》ができているの」

「わかったよ。よくわかった。好きにすればいい」

「ねえ、ジェリー、これってジョークなのよ。わかるでしょ——ははは——ジョークなのよ」

「わかった、負けたよ。それでいいよ」

「君が『わかった、負けたよ』って言うときの言い方がどうも気に入らないな」と彼女は手にしていた詩を膝の上に置いて言った。

「それのどこがいけない？」

「それって、なんか見下してるみたいな感じ。どうしてそれが私をいら、い、い、らつかせるのかよくわかんないけど」

「それで、その詩を読んでくれるの、くれないの？」

「ちょっと待ってよ。そもそもそれを途中で邪魔したのは誰なのよ？ ラヴェンダー・グレラってなんだとか言い出して？」

「あのね、ラヴェンダー・グレラだとかなんだとか、そんなわけのわからないものをそもそも持ち出してきたのは誰なんだよ？」

「ねえ、いいこと、ジェリー、私はただ楽しみのためにこの詩を書いたんだよ。だからそんなにかりかりするのはやめましょう。そんなの幼児的だわ」

「嚢胞のあるモンキー・レンチの方とどっこいどっこい幼児的さ、まったくの話」、僕は軽い発言として口にしたつもりだったのだが、実際に声に出してみると、それは自分でもかなりつっけんどんに聞こえた。

「じゃあ、もう読まない」と彼女はふくれて言った。「君がそんなに偏狭な人だったとは思わなかったな」

それから長い沈黙があった。耳に届くのは鉄板に油がはねる音と、プーキーがトマトと玉葱《たまねぎ》をスライスするとんとんというナイフの音だけだった。

それから「ねえ」と彼女が柔らかな声で言った。僕はハンバーグをロールパンにはさんでいるところだった。「ただのあほらしい詩なんだから」

「いや、そんなことはない。ちっともあほらしくなんかないさ」と僕は言った。「僕が間抜けなことを言って悪かった。続きを読んでくれないか？」

「君は間抜けなことなんて言わなかった」、彼女はスツールから降りて、ハンバーガーを両手に調理台から振り向いた僕をしっかりと抱き締めた。「今すぐ読んであげるわね」と彼女は熱意を込めて言った。彼女の唇は僕のすぐ前にあって、彼女が言葉を形づくる様子が僕の口に直接伝わってくるみたいな感じだった。「そんなに長い詩じゃないの。君もきっと面白いと思ってくれるはずだけど」

それから彼女は、僕の耳元で囁くように詩を読み上げた。紙を持った手を僕の肩に掲げて、そのあいだ両手のハンバーガーは、ぼたぼたと彼女のお尻に油をこぼしながら冷めていった。それはこんな詩だった。

「ラヴェンダー・グレラ」

「ラヴェンダー・グレラは
とっても利口なやつで
なんだかくらくらする匂いがするの。
律義《りちぎ》な陶工と
二頭のやくざな早馬と
エレガントに太ったエイたちと
プードルの匂いもちょびっと
みんな揃《そろ》ってひとまとめ
一足のブーツ、一足の靴、一台の自転車。
ときどきはずいぶんひどいことにもなったけど
それでもまあけっこうまとまって

食欲と肝っ玉がなんとか取り柄かな。
でも騎兵隊のライフルは
ぽんぽんぽんと鉄砲玉
そして四割る二は
甘い沈黙の残り香ていうか、
欲ふか叔母さんの戸口の
困った弱ったの三日月であるわけ。
紫っぽい盛大な行列が
とてもそろそろと進み
台所では巨大なパイも焼かれて
ミザーフォード・ブランバー砦《とりで》が
どっこいしょと琥珀色《こはくいろ》になって
ラヴェンダー・グレラを捕まえちゃった。

そいつは小心者のドラゴン
見どころがないというか

なんだかぱっとしない
くすんだ色合いのやつ。
もっとなんとかならないものか
少しは堂々としてくれよといっても
所詮《しょせん》はそのへんのコンビニ風の
お手軽なドラゴン
年齢はたぶん二千五百歳くらい?
もう一回数え直しても
とくに意味はないかも
五千十二歳くらいなものかも。

今では誰も見たものがいない
その調子外れのやつ
ていうか、要するに一見目立たないやつ
ていうか、いてもいなくても
よくわかんないわけだけど、

でもひとつしっかり言えるのは
それでもやっぱり見どころはあるっていうか、
地下室のわけのわからない局所で
まず最初に影なんかが見えて
それからどっかーんと
**ラヴェンダー・グレラが出てくるよ！**

（訳者註・この詩はほとんど韻を踏むためだけに作られたような、勝手な造語をちりばめた意味不明な代物《しろもの》であり、翻訳はほとんど不可能なので、訳者の裁量で適当にかなり自由に訳させてもらった。要するに、意味不明で馬鹿馬鹿しいことを理解していただければありがたい）


「ハンバーガーを食べないか」と僕は言った。

「詩は気に入らなかった？」

「気に入ったよ、プークス、でもとにかくハンバーガーを食べないか？」

「ねえ、ジェリー、君は自分の問題点がどこにあるか、わかっているのかな？」

「そういう徹底して調子外れのナンセンスものには、とてもついていけないっていうところかな」

しばらくのあいだ彼女は考え深い顔をしながら、ハンバーガーをもぐもぐと食べていた。それから言った。「言葉の面白さとか、感じない？」

感じなくはなかったよと僕は言った、でも彼女はいったい何をもって「面白い」というのだろう？

彼女がそれに答える前に、プープシクがキッチンに入ってきて、僕らの話はそこで中断された。犬はぽかんとした目で鉄板を眺めていた。あまりにも切なそうに見えたので、僕らはハンバーグを少し焼いて、それを犬用のボウルに入れてやった。犬はそのボウルに鼻をつっこむと、その尻尾《しっぽ》の先をちびっとだけ震わせた。それが彼にできる最大級の尻尾振りなのだ。ああ、この家の中にも牛挽肉《ぎゅうひきにく》料理を喜ぶものがひとりだけでもいたわけだ！

翌日僕らは居間をきれいに片付け、濡れたマットレスをもとあったあちこちのベッドに戻した。屋根の上に散らばっていた空の薬莢を捨て、銃を掃除し、使った皿を洗い、プーキーの足の血で汚れた居間の絨毯《じゅうたん》をごしごし拭いた。

「掃除って好きになれないな」とプーキーは言った。「自分のつけたあとを消すのって面白くないわ」。たぶんそのせいで、彼女は緋色《ひいろ》の自分の足跡をすべてこの地表に残したいと思ったりするのだろう。「ここにいた記念品を何か手にできるかな」と彼女は、血を吸ったスポンジを濁ったバケツの中に搾《しぼ》りながら、僕に尋ねた。

「ラヴェンダー・グレラがあるだろう」と僕は言った。

「ああ、まったくもう……」

「現像ができたら写真を送るよ」、うまくいくといいのだがと思いながら僕はそう言い添えた。

彼女はスポンジをバケツの中に落として、バックポーチに出た。僕はそのあとをついていった。僕らは手すりにもたれて、野原の向こうにある樹木と、その先にある谷間の風景を眺めた。

「思うんだけど」と彼女は言った。その声にはほとんど恐れに似たものが聞き取れた。「もう一度、あの最初の夜に戻れるなら、百万ドル払ってもいいかも……」

世界の僕らの部分ではとくに歌声も起こらなかった。そして頭上では色を欠いた、髪の毛くらい細長い雲の切れ端が、その夜が消えていった方に向けて凍りついたまま吹き流されていった。

# 第六章

春休みは終わった。僕の事情を考慮して、一ヶ月ほど先にある春のハウス・パーティーまでは、会うのを控えた方がいいだろうという取り決めをして、僕らは別れた。それからの数週間、プーキーの姿が僕の白昼夢の中に浮かび上がってきても、内臓がもうぴくぴくと震えないことを知って、僕はちょっと驚いた。それはかりでなく、生物の授業に意識を集中することに、もうそれほどの困難を覚えなくもなっていた。プーキーの手紙を読むのが十時まで延びたとしてもだ。第三に、週末がまるまる自由になることに、僕は突然これまでにないわくわく感を抱いている自分を見出《みいだ》すことになった。なんにもせずにごろごろして、バックポーチの屋根の上でビールを飲んで、日光浴をするのだ。僕の心は安まり、学究的権威に対して僕は自らの証《あかし》を立てた。そして僕の前進の過程は次なるステップを迎えることになった。それは言うまでもなく、酒場からの呼びかけに応《こた》えることだった。

その日はやってきた。それはまるで卵の黄身のようにもったりと温かく、心地の良い日だった。二時のクラスが終わったあと、僕は洗濯物を集めた。それからローとスクーンズと僕は、たっぷりふくらんだ白い袋を肩に担《かつ》いで、長い丘の坂道を下って町に出かけた。僕らは道すがら、花柄のドレスを着た娘たちと陽気にすれ違い、シャツの袖《そで》をまくって車を洗っている男たちや、何かを考えているというのでもなく、ただ玄関前の階段に座って細目で世界を見ている老人たちの前を通り過ぎた。僕らは軽い足取りで彼らの前を行きすぎ、コインランドリーに入り、汚れた服を顔をしかめつつ洗濯機に放り込んだ。それから足取りも軽く外に出て、埃《ほこり》っぽい道路を素速く横切って、空に浮かんだ偉大なお天道様《てんとさま》に一礼してから、〈ヴィレッジ・タヴァーン〉の神秘的な暗闇《くらやみ》の中に足を踏み入れた。

予想通りというか、ロニーは僕の復帰を喜んでくれた（いやいやこれはこれは、参ったね）。復帰を祝して、彼は最初の一杯ずつを三度、店のおごりにしてくれた。話が弾み、ちょっと一杯やるつもりが大いに盛り上がり、持ち金が尽きてようやく飲み終えた頃には、コインランドリーは既に閉店していた。乾燥機の上の壁にかかった時計は十一時十分を指した……夜の十一時十分だ。でもそれがどうした？　僕らは腕に腕をからめ、キャンパスまでの道をよたよたと歩いて行った。文字どおり「放蕩息子《ほうとう》の帰還」みたいな気分だった。明くる朝僕がぱっと目覚めて、自分が一晩枕《まくら》の代わりに、間違えて鉄床《かなとこ》の上に頭を載せて眠っていたみたいな気持ちになったとしても、それがなんだというのだ。酒場の叫び声は愛の歌だ。それを耳にしたことのないものを僕は憐《あわ》れむ。

といっても何もプーキーのことを考えもしなかったし、手紙も書かなかったということではない。そんなことはまったくない。僕はこれまでにも増して彼女のことが好きだった。実際のところ、僕はただ夢の中といった時期を抜けて、言うなれば熱狂の頂《いただき》を越えて、温かく、意味深く、まったりとして永続的な愛へとつつがなく走り込んでいたということになると思う。僕は春のハウス・パーティーを熱烈に心待ちにしていた。それはこれまでになくご機嫌に盛り上がるはずだった。僕はケーキをしっかり手にしており、腰を据えてそれをいただこうとしていたのだ。

ここに文句なしに完結した（今度こそ「リアル・シング〈本物中の本物〉」）新生ジェリー・ペインがついに登場したのだ！

ハウス・パーティーが開かれた金曜日の午後、「リアル・シング」は友人のロー・

ビリンズに付き添われて、プーキーとナンシー・パトナム（ローのお相手だ）を迎えるために、ウィスキー・サワーのパーティーを抜け出して鉄道駅に向かった。しゅうっという甲高いブレーキの音を立てて、列車はゆっくり停止した。プーキーは蒸気の雲の中から飛び出してきて、スーツケースをどんと下に置き、がむしゃらに走ってきて僕の腕の中に勢いよく飛び込んだ。「私のどう猛で毛だらけで大きなシロクマくん」と彼女は少しかすれたセクシーな声で言って、僕の唇に貪欲《どんよく》な攻撃をかけた。

彼女の猛攻をくらって、あわててバランスを崩し、僕は後ろ向きに倒れてしまった。僕がコンクリートのプラットフォームに頭をぶっつけたときの音は、まるでエンパイア・ステート・ビルの屋上からカボチャを落としたときのような音だったと、あとになってプーキーは言った。どうしてかはわからないけれど、僕はそのときすぐには気を失わなかった。そしてプーキーのさっと悲しみを浮かべた顔が僕の顔の数インチ前にあったことを記憶している。彼女の唇は緊張した声で囁《ささや》いた。

「ジェリー・ペイン、もし君が死んだら、きっと君を殺してやるからね。間違いなく、神様に誓って、そうしてやるから……」そして涙の熱い一粒が僕の鼻の上にぽとんと落ちた。

それから人々、屋根の梁《はり》、金属製の柱、列車の窓、そんなものが大きく脈打つ陰画となり、僕は渦巻きの中に吸い込まれていった。その渦巻きから抜け出したのは数分後のことだ。そのとき僕の足は、糸の切れた操り人形みたいなかっこうで、ぽくぽくと音を立てながら駅の階段を降りていた。ローが僕の身体《からだ》の左側を支え、四角い青い帽子をかぶって、頰髭《ほおひげ》をはやした男が右側を支えていた。

「出血はしているか?」と僕は尋ねた。

「こいつが知りたいのは、出血をしているかどうかだって」とローはあきれたような目をした。「出血しているかどうか教えてやって、こいつを幸福にしてやってくださいよ」

四角い帽子の男は僕の方をちらりとも見ずに言った。「ああ、お若いの、まるで刺された豚のように出血しておるよ」

「頭の傷は常に出血を伴うの」、僕らの前をいらいらとした感じで人をかき分けるように進みながら、プーキーはそう言った。自分のスーツケースを両手ではすかいに抱えていたので、彼女の膝《ひざ》は一歩進むごとにその側面にぶつかることになった。「傷が重いかどうかにかかわらず、ど派手に出血するものなの。走って先に行ってタクシーをつかまえておくわね」

彼女は階段の最後の二段を下りて、坂になった通路を、中央待合室のドアに向けて走った。彼女が五歩も進まないうちに、スーツケースがぱっくり開いてしまった。そしてパジャマや、ウールのセーターや、包装されたストッキングや、ボールのように丸められた何足かのソックスや、何冊かの本や、三個のテニスボールや、アスピリンの瓶、歯ブラシと練り歯磨、手袋や、香水の瓶や、針金のスタンドがついた丸い鏡や、それからお馴染《なじ》みの、我が宿敵たる目覚まし時計やらが、あたりに飛び散った。そしてそこで目覚まし時計が、あのいつもの（いや、いつも以上の）けたたましい音を立てて鳴り響きだしたのも、また避けがたいことだった。

血だらけの我が一行はそこで足を止めた。プーキーはその散らかった荷物の中にしゃがみ込んで、目覚まし時計をひっつかんだ。

「まったくもう、この馬鹿《ばか》たれ、鳴り止《や》みなさい！」と彼女はそれを、熱いジャガイモを扱うような手つきでひょいひょいと持ちながら、命令した。でもボタンがひっかかってしまったのか、取り乱して彼女の頭が働かなかったのか、そのどちらかだったのだろう。とにかくそのけたたましい音は、彼女が激しく振ると時折しゃっくりをするみたいに乱れはしたものの、鳴り止まなかった。その頃には足を止めて見物する人も何人か出てきた。

「そのうるさい野郎をこっちに渡せよ！」とローは言って、僕の身体を放した。そして時計の後ろのボタンやらノブやらをあれこれ触った。それからそれを絞め殺そうと努めた。そのときには僕はもうげらげら笑い出していた。あまりに激しく笑ったので、涙が出てきて視界がぼやけた。笑っているあいだに、僕は頭の後ろにどうやら手をやったらしい。というのは突然僕の目の前にそれはあったからだ。真っ赤なしたたり、そして午後のあいだずっと飲んでいたウィスキー・サワーが、胃からこみ上げてくる感触があった。

「そんなの、そのうちに勝手に止まるわよ」とプーキーは怒鳴った。ちらかったものを拾い集めてスーツケースに戻しながら。

「実に目の覚める光景だね」と見物人の誰かが笑いながら言った。

それから何かが爆発したような音があった。ガラスの小さな破片が床に飛び散った。ローが両手をはたいて、仕上げに時計を思い切り蹴《け》飛《と》ばしたのだ。それは壁に激しくぶつかり、一回ちりんと鳴って、それっきり沈黙してしまった。僕はおかしくてしかたなかった。もし僕の頭が痛んでいなかったら、僕はきっと腹を抱えて大笑いしていたことだろう。

「さあ、早くここから出ようぜ」とローは再び僕の脇《わき》を抱えて言った。

「ちょっと待って」と見物人の中から一人のポーターが走り出して言った。「そこに時計を置きっぱなしにされちゃ困るよ。そんなに無茶苦茶にしたまま置いて行かれたんじゃ。そうだろ?」

「じゃあ、どうしろって言うんだ?」とローは言い返した。「葬式でも出してやれってか?」

「いいから、拾っていきましょう」とナンシーが哀れっぽく言った。彼女の声は上ずっていた。今にも泣き出しそうな様子だった。

「なあ、僕は出血していて死にそうなんだぜ」と僕は苦情を呈したが、僕の月並みな叫びなど誰の耳にも届かないようだった。

「もうちゃんと拾ったわよ。おしまい」、プーキーは芝居がかった仕草で時計をレインコートのポケットに突っ込んだ。そして僕の腕をとった。

僕らはよたよたとロビーを抜けたが、間違いなくそのあとに血のあとを点々と残していったはずだ。そしてそのあとにまたタクシーの運転手と一悶着《ひともんちゃく》があった。彼はシートカバーをその血だらけの頭で汚してほしくないと言った。そこでプーキーが自分のレインコートを犠牲にすることになった。そして僕をそのコートでほとんどぐるぐる巻きにしてしまった。そのポケットに入った時計が僕の側頭部にぶつかって、僕は悲鳴を上げた。彼女はそれを取り除いてくれた。病院までの道筋はあまり楽しいものではなかった。というのは、プーキーは「もう、黙らないとひどい目にあわせるぞ」というローの脅しにも屈せず、運転手に聞こえるようにぶつぶつ文句を言い続けていたからだ。この運転手さんはココロってものを手術で切り取られちゃったのかしら、それともここの気候のせいで、春がやって来ても凍ったココロが溶けるまでにずいぶん時間がかかるってことかしら、と。

「もしおいらがタクシーの運転手だったら」と彼女は続けた。「頭に傷を負った汚らしい大学生のガキなんぞ、絶対においらの車のシートカバーには近づけねえな。たとえその頭が百ポンドの重さのミンクのコートに包まれていたって、ごめんだね。いつも言ってることだけどよ、クリーンなシートカバーに比べたら、人の命なんてカッパの屁《へ》みてえなもんさ」。彼女はバッグから札入れを取り出し、そこからドル札を何枚か抜き出した。そしてローに尋ねた。「チップは五十ドルでじゅうぶんかしら?」

ローとナンシー(彼女はローの膝の上に座っていた)が何も言わずにただじっと彼女の顔を見ていると、プーキーは苦い顔をして札をまた札入れに仕舞い込んだ。僕は頭に被《かぶ》せられた布地の小さな隙間《すきま》から片目で、彼女の様子を見ることができた。彼女は僕の片方の手を両手でとり、それをぎゅっと強く握り、のぞき穴が彼女の目で塞《ふさ》がってしまうくらいこちらに深く身を傾けた。

「さっきの続きから始めるとね」と彼女は言った。「もう、すっごく悪いと思っているの……」

僕は返事を思いつけなかった。

「そっちの調子はどう？」

僕は肯《うなず》いた。それが何を意味するにせよ。

「突き倒すつもりはなかったんだけどね」と彼女は言った。「それというのも、すっごく会いたかったからなんだよ。わかる？　だってずいぶん長く会っていなかったから。この一週間ずっと計画を練っていたわけ。どんな風に列車からぴょんととび降りて、スーツケースを落として、どんな風に走っていって君に飛びついてやろうかって。そしてそれをそのまま実行に移したわけ。信じてくれないかもしれないけど、『私のどう猛で毛だらけで大きなシロクマくん』というフレーズをしっかり決めるまでに何時間も何時間もかけたんだよ。それは私の論理学の本の余白にぎっしりと書き付けられている」。そのときに彼女は僕の頭が、エンパイア・ステート・ビルの屋上からカボチャを落とした時のような音を立てたと言ったのだ。

結局、僕の頭は七針縫うだけでいいことが判明した。でも実際に縫ってもらうまでに三時間もかかった。その時間の大半を、僕らは素っ気ない待合室で『ポスト』と

『ファミリー・サークル』の古い号を読んで過ごさなくてはならなかった。というのは一人の感じの悪い看護婦が、僕は急患ではないと判断したからだ。かくのごとき試練を経てその場をあとにしたとき、僕らはみんな酔いも覚めて、かなり薄暗い気持ちになっていた。タクシーで帰る道筋、僕らは言葉もなくすっかり黙り込んでいた。一度だけローがもそもそと言った。「不運な盛り下がり」くらいで済んでまあよかったよな、と。どうやら、その週末は結局のところ「不運な盛り下がり」に終始することになったようなわけだが。

その事実はフラタニティー・ハウスに着いて、タクシー代を払い、バーに直行したときに確認された。僕らはそこでまた、気の滅入《めい》る災厄にぶち当たった。誰かがビール樽《だる》の呑み口《タップ》を吹き飛ばして、ビールはただの泡と化してしまっていたのだ。「ああ、まったく嬉《うれ》しいことだらけだね！」とローは叫んで、ナンシーを引っ張って別のハウスに行ってしまった。プーキーと僕はキッチンに引っ込んで、そこで気落ちしたまま、高いスツールに座り、ピーナッツ・バターとマヨネーズの情けないサンドイッチを食べた。

「実に悲惨な幕開けだね」と僕は呻《うめ》くように言った。そして「ウィスキー・サワー・パーティー」のときのことを思い出した。あのときは居間の窓から差し込む昼下がりの太陽の光を、温かくたっぷり浴びていたというのに、その六時間後には頭を縫い合わされ、血だらけの素面《しらふ》になって、こともあろうにキッチンで（ハウス・パーティーの週末なのに）サンドイッチをもそもそと食べているなんて、誰に想像できただろう？

「元気を出して」とプーキーは言った。「もっとひどいことにならずに済んだと思えば」

「どんな風にしたらもっと悪くなれるんだろう？」

「そうねえ、私たちはまだ病院にいたかもしれない。あるいは君は死んでたかも」

「死んだ方がましだったかも」、僕の頭は心臓みたいにずきずき脈打っていた。

プーキーは僕の背後で輪を描いて歩き、両腕を僕の両腕の下に滑らせるようにして、僕の首の後ろを唇でそっとつっつき始めた。

「テレビ室《チューブルーム》に陣取って、一晩じゅうやりまくるっていうのはどう？」と彼女は提案した。

「あのやり場の穴ぐらで？」。僕としてはぜんぜん気が進まなかった。

「私たちはそんなにお偉いわけ？　そういう平民がやるような場所では、おかしくってやれないっていうわけ？　私たちはちょっとは名を馳《は》せた婚外性交者ってわけ？

黄金のペニスを持った君と、ダイアモンドのヴァギナを持った私と、みたいな?」、彼女の唇が僕の耳たぶを揺らせていた。

「そういうことをやるのには、やるのに適した場所というものがあるんだよ、プークス。そしてテレビ室はそのための場所とは言えない。それに僕はあああ……とかううう……とかいうまわりのうめき声を聞きたい気分じゃないんだ」

「それはおあいにくね。そういうのを君は、ケモノみたいで、趣味がよくなくて、自己低下的だと思うわけね。それは君の研ぎ澄まされた感性の精妙なバランスを損なっちゃうわけね」、彼女の手は僕の胸の上をゆっくりと円を描きながら撫《な》で始めた。彼女の息づかいが僕の耳の中で低く大きく聞こえた。

「うん、僕はそれがあまり趣味の良いことだとは思えない。そこには土曜日の午後のフットボール・スタジアムほどのプライバシーもない」

「他人のことなんて見えやしないわよ」と彼女は言った。彼女の両手は僕のお腹《なか》のベルトのすぐ上あたりを意味ありげにこねた。

「でも聞こえるんだよ……」

「君には聞こえる。君は何を聞くの? それが誰の声か君にはわかるの? たいていの人たちはみんな似たりよったりのいやらしいことをしているのよ。君はどこにでもいる誰でもない人なのよ」

「今も言ったとおりだ。僕はそんなことをしたくないんだ」、彼女の息が僕の首のまわりをマフラーのように回された。

「プークス……」

「上に行って毛布を取ってくるわ。いいわよね？」

「プーキー……」

「すぐに戻ってくるわね。だから君はここでおとなしく待っていればいいのよ」

「僕には選択肢はないのかな？」

「そういうのはないの。プーキーは自分が望むものを、なんだってしっかり手に入れちゃうわけ」

それには三十秒ちょっとしかかからなかった。彼女は明るい緑色の毛布を持って戻ってきた。僕らは地下のホールの床に溜《た》まった半インチほどのビールの中をぴしゃぴしゃと歩いて、バーを横切り（その暗い片隅に長身の人影が深くうずくまって、睾丸《こうがん》が一個しかないヒットラーについての唄《うた》を歌っていた）、テレビ室のドアの前で立ち止まった。

「しっかり息を吸い込んでおいた方がいい」と僕は彼女に勧告した。

ドアを開けると、もわっとした熱気の壁が押し寄せてきた。ドアを閉めると、僕らはまったくの暗闇に包まれた。

「おい！」

「ああ、ごめんよ。申し訳ない」

「ジェリー、どこにいるの？」

「ここだよ」

「どこ……ああ、ここね。手を握って」

僕は手を差し出した。

「プークス、なんにも見えないよ」

「しっかりと人参《にんじん》を食べてこなかったからよ」

「なにが人参だ。勘弁してくれよ」

「しー、そんな大きな声を出さないで。それから目のことも気にしないで。何も見えちゃいけないことになっているんだから」

「大きな声を出すなってどういう意味だよ？　君がここに来たがったんだぜ、僕じゃなくて」

「わかったわかった、こっちに来て」と彼女は僕の手を引っ張った。

「プーキー、ここは息が詰まりそうだよ。むかむかしてくる」

「じゃあどうして、あの〈コージー・キャビン〉に行かなかったのよ?」

「僕はみんなと一緒に楽しみたかったからだよ。社交的に」

「私たち、ちゃんと一緒に楽しんでいるじゃないの。社交的に」

「むかむかするよ」

「情けないことを言わないで。これもまた人生よ。孫に聞かせる話ができてよかったじゃない。ああ、ちょっと待って……」、彼女は歩を止めた。そして足で床の上にある何かを探っているみたいだった。

「ここに場所があるわよ、ジェリー。マットレスまでちゃんとあるみたい」

「それは何よりだ」

「毛布に入る前に私たち服を脱がなくちゃね」とプーキーは言った。

「冗談だろう?」

「ジェリー、そんな野蛮なことを言わないで。服を着たまま性交するなんて、私にはとても考えられない。それはいまいましいことよ」

「こんな不潔な穴ぐらでいまいましいことをやるんだから、理にかなっているんじゃないか」

「申し訳ないけど、服を着たまま性交はしませんからね」

「ああ、それでかまわない。ローかスクーンズを探しに行こうぜ」

「いやよ。私はここにいたいんだから」と彼女は言い張った。

「じゃあ、静かにしてろよ」

「わかりました。イエス・サー、わかりましたです」

僕らはマットレスの上でもそもそと身体を動かして、毛布を馴染ませた。一分か、あるいは一分より短い時間だったかもしれない。僕は瞼《まぶた》を開けようとしたのだが、それは鎧戸《よろいど》のように重かった。大きな電気の唸《うな》りのような歌声が僕の頭に入り込んできた。そしてプーキーの手が僕のズボンのベルトを外そうとしているのはわかったが、それに応えることはできなかった。愛の言葉が口から出かかったものの、僕はありがたくも、そのまましっかりと気を失ってしまった。

一人で目を覚ましたとき、僕は何世紀も何世紀も時間を失ってしまったような気がした。顎《あご》に手をやってみたが、長い白い髭が伸びている気配はなかった。それからあたりを見回してみた。右にも左にも、ぐったりと正体をなくした身体が転がって、不規則ないびきをかいていた。彼らの顔はねばねばした粘土をこねてつくったみたいに見えた。女の髪はまるで爆発した油脂みたいにコイル状に縮れまくっていた。あたりには動物園の象舎もかくあらんというにおいが漂っていた。僕はすぐさま靴を探し当て、その部屋を退出した。誰かにぶつかって起こしても、ぜんぜん気にしなかった。

プーキーはすぐに見つかった。彼女はほとんど無人の食堂に座っていた。彼女の隣の椅子《いす》には十ガロンのミルクの缶が置いてあった。そして彼女は酔っぱらっているみたいに見えた。僕は彼女の隣にどさりと座り込んで言った。「おはよう」

「君は気を失った」と彼女は責めるように言った。

「くたくただったんだ」

「君は気を失った」

「ああ、わかったよ」

「失神した！」と彼女はくすくす笑いながら言った。

「わかったよ！　いずれにせよ、僕のそばにずっとくっついていてくれたことを、すごく感謝するよ」

「なんですって？　私は君の巣の中の卵か何かなわけ？　君は私の首に鎖を巻いているわけ？　私はただ社交をして……」

「違う、違う、違う」、僕は愛想良く微笑《ほほえ》んだ。「で、君は今まで何をしていたの？」

彼女の言うところによれば、朝の六時に目を覚まして最初に会ったのが、一晩中酒を飲んでいたという男子学生だった。二人は迎え酒に「スタンプリフター」というカクテルを一緒に飲もうということになった。それからその学生は酩酊《めいてい》してふらふらどこかに行ってしまったが、行ってしまう前に彼女にその「スタンプリフター」の缶の残りを譲っていった。「スタンプリフター」は三分の一のウォッカと三分の一のジンに、コリンズ・ミックスが味付けとして加えられているものだ。

「私のスタンプ（切り株）は」と彼女は僕に向けてグラスを掲げて言った。「カンぺキにリフトされちゃったわけ」

「見ればわかるよ」

「もし私たちが〈コージー・キャビン〉に行っていたら、こんなことは起きなかったのにね」と彼女はわびしげに言った。

「〈コージー・キャビン〉か。〈コージー・キャビン〉のことは忘れちゃった方がいい。ちょっと待って、すぐに戻ってくるから」

僕は下に行って、ブラディーマリーをつくるためのトマトジュースを、調理場からうまく手に入れられないかと試みたのだが、駄目だった。引き返してみると、もうプーキーの姿はそこにはなかった。

でもそれほど遠くには行っていなかった。ハウスの裏手の〈潜水艦〉を囲むようにしてチューリップ畑があり、毎年春のハウスパーティーの週末にそれが満開になるのが習わしだった（あとかたもなく踏みつぶされるべく）。そこで僕はプーキーを発見した。彼女は数人のハードコアな酒飲みたちと一緒になって、チューリップをせっせと踏みつぶしていた。ケチャップだらけのエプロンをトーガのようにまとった、タウニー（訳注・大学町における非学生住人のこと）のウエイターが、おんぼろのラッパで『チューリップ畑を歩いて抜けて』を吹こうと試みていた。プーキーは僕を見つけると手招きした。さあ、一緒にやろうよと。僕は首を振って断った。そういう気にはなれないから、ポーチから見物している。彼女はその場をしばし離れて、ポーチの壁のところにやってきた。彼女は僕を見上げた。彼女の頭と僕の足が同じレベルにあった。彼女の髪はくしゃくしゃで、頰には大きなべっとりした汚れが艶々《つやつや》とついて、ブラウスのボタンはほとんどへそのあたりまで外されていた。

「チューリップをめちゃめちゃに踏みつぶしているのってむちゃくちゃ楽しい」と彼女は言った。そして手すりから出ている僕の靴の先をつついた。「飛び上がって、飛び降りて、泥の中を転げて、とことんすさまじくどろどろに汚くなるの。いやらしい言葉みたいに。ねえ、そうでしょ？　そしてウーバス・カップをもらうんだ……」。ウーバス・カップというのはその年の〈最優秀チューリップ踏みつけ者〉に与えられる特大のワイン・ボトルのことだ。

「ひどい格好だぜ、プークス」

「ひどくなりたかったのよ。一緒に来て、君もひどい格好になれば」、彼女はくるりと身を回し、バランスを失い、倒れた。

僕は手すりを乗り越えて、彼女の隣に降りた。

「さあ、立てよ。ほら、プーキー」

「立ちたくなんてない。汚いままでいたい」

僕は彼女のブラウスのボタンをはめようとした。でも彼女は僕の手を払いのけた。ほとんど怒っているみたいに。

「その汚らしい、いやらしい、鈍くさい手をどかしなさいよ。このべたべたの不潔男が！」

彼女は地面に身を起こし、その鈍くなった指でブラウスのボタンをはめようとした。そこでどうやら彼女は初めて、自分が本当に汚れていることに気づいたようだった。そして大きな茶色の染《し》みを落とそうとして、余計にひどいことになった。「ああ、ジェリー」と彼女は絶望したようにあきらめ、僕にすべてを任せた。「ひどいことになっちゃった」

僕は彼女を立たせ、食堂に連れ戻した。トマトジュースの缶がいくつか、奇跡的にサイドボードに姿を見せていた。そしてプーキーがブラック・コーヒーを何杯も飲んでいるあいだに、ずっと以前にハウスのライブラリーのブリタニカ百科事典の奥に隠しておいたウォッカの瓶を取り出し、ほっと一息ついて迎え酒を飲み始めた。

　それからものごとは幸福な様相を帯び、次第にぼんやりしてきた。いつの間にか昼食も終って、プーキーが清潔になり、悲劇的なまでにすっかり素面になったことなんかおかまいなく、僕の方は正面の芝生に寝転んで眠り込んでしまった。

　彼女は四時半に僕を起こした。口の中の腰布のようないやな匂《にお》いを消すために冷えた缶ビールを僕が飲んでいるあいだ、彼女が見に行ったトラック競技会のことを事細かに話してくれた。とくに二マイル・レースが彼女の印象に残っていた。足のまったく遅い、ずんぐりした醜い男の子がそのレースに出場して、びりになったのだ。

「でもね最後の一周、彼がトラックの向こう側を一人きりで走っているところを見せてあげたかったな」と彼女はため息まじりに言った。そして周りが春の緑と、青い空と、白い雲と、トラック内のフィールドでのんびりしている選手たち、彼らの履いた赤や白やブルーのトラック・シューズは足につけられた輝かしいボタンのように見える。こちらには槍投《やりな》げの槍にもたれかかり、ポーズを取り、じっと見守っている選手がいる。あちらにはバーミューダ・ショーツをはいてポーズを取り、じっと見守っている審判がいる。ずっと向こうの体育館の近くでは黄色い犬が満足げに身体を掻《か》きながら、やはりじっと見守っている。そのずんぐりした少年に関しては、困っている様子も、気を高ぶらせる様子もない。そんなのは毎週末起こっている、何でもないことだみたいな、馴《な》れた感じなわけ。「拍手が起こったとき、私は嬉しくなって笑っちゃうべきなのか、それとも同じ理由で泣いちゃうべきなのか、判断がつかなかったわ」と彼女は最後に言った。

プープシクが芝生をよたよたと横切ってやってきて、僕らをひとしきりじっと見て、それからくるっと身を丸め、耳で両目を覆《おお》った。プーキーは犬の首を掻いてやった。犬は片方の耳を少しずらせて、その隙間からむっつりした目で彼女をじろりと見上げた。

「運動選手の世界って、私たちの世界とはなんだかずいぶん違っているみたいね」と彼女は言った。

「どういうこと？」

「つまり、そんなにたくさんお酒を飲まないだろうし、舌がシェービングを必要としているような感じにはならないだろうなってこと」

「ならないね。丸い場所をぐるぐる走り回って、走り終えたとたんに食べたものをげえげえ戻しちゃうだけのことさ」と僕は面白くもなさそうに言った。「そして二十五歳で心臓麻痺《まひ》をおこして、ばったり死んじゃうんだ。きっと楽しいことだろう。僕はごめんだね」

「運動選手は二十五歳でばったり死んだりなんかしない。身体を鍛えれば鍛えるだけ長生きするのよ」

「ああ、そうだね。ジョー・グラブナーは今頃たいした年寄りになっていることだろうよ」

「ジェリー……君って人は……」

「ああ、違うな、彼らはばったり死んだりはしない」、僕は論争の勢いに乗って言った。「彼らは単に歯を失い、鼻に一発をくらい、頭やら腕やら指やら脚やら背中やら、ときには睾丸までもを強打されるだけさ。僕もフットボールの選手になって、誰かにスパイクシューズで顔にイニシャルでも刻んでもらうといいかもな」

「なにも君に運動選手になりなさいって言ったわけじゃないでしょう、まったくもう。私が言ってるのは――」

「あるいはホッケー選手になるべきかもな。そうすれば僕はぎざぎざに欠けた歯を見せて歩き回ることができる」

「私が言ってるのは、要するに、僕らがキスをするたびに、君の唇は切れちゃうことになる」

「……で、僕らがキスをするたびに——」

「——そうなったらきっと、……そういえば、この前たっぷりキスをしてからどれくらい経《た》ったっけ？」と彼女は唐突に話題を振った。

「頭のたがのはずれた狂人に跳びかかられて、駅のコンクリートのプラットフォームに頭を思い切り叩《たた》きつけられたことが、僕の責任なのかい？　君の表現を借りれば、この頭が割れたカボチャのように感じられるのは、僕の責任なのかい？　僕の脳味噌《のうみそ》の中をバッファローの群れが駆け抜けているみたいな気がすることも忘れてしまえと？　これから僕は駅に行くたびにヘルメットをかぶるか、空気マットレスやパラシュートを身につけるか、しなくちゃならないとか、そういうことなのかい？」

彼女は起《た》ち上がった。その目にはぎらぎらと炎が燃えていた。

「ひどいじゃない、ジェリー！　私が君に伝えたかったのはただ、競技会を見ているのがどんなに爽やかだったかってことだけなのに。でも君にコミュニケートするのってまるでなんだか……まるでなんだか……もう、うんざりだわ！　ああ、ろくでもないカクテル・パーティーのために着替えをしなくっちゃ！」、そして彼女はハウスの方に走っていった。

「ねえ、僕は素敵な夢を見たよ！」と僕は彼女の背中に向けて怒鳴った。「生涯最高の夢だったな。君に聞かせたかったんだけどな、まったく！」

それから少しのあいだ僕は、自分の発した言葉のこだまを聞きながら、自分のことがずいぶん愚かしく思えた。なんでこんな意味のない、くだらないことばかり口にしなくちゃならないんだろう。僕は紙コップをプープシクに投げつけたが、犬はその一撃をぴくりとも動じずに受け入れた。

彼女がカクテル・パーティーのために着た白いぴったりとしたクールなワンピースは、彼女の見せた冷ややかさとよく似合っていた。僕の方は次第に酔っ払っていき、彼女はジン・トニックをちびちびすすりながら、ろくに口もきかなかった。でも夕食が近づいたころ、僕らは裏のポーチにのんびり出て行った。まわりの影になった何組かのカップルに囲まれ、夕暮れに輝くロマンチックな谷間を背景にして、僕らは二匹の蝶々《ちょうちょう》のようにデリケートにキスをした。それから手にしていたグラスを潜水艦に投げつけた。

「君の夢はどんなものだったの？」とプーキーは尋ねた。

もう忘れちゃったよ、と僕は恥じながら言った。彼女は僕の手を取り、それを自分の唇のところにもっていって、そのタコのできた指先にキスした。それからその手を自分の心臓に押しつけ、僕にぴったりと寄り添った。彼女の頬が僕の頬につけられた。夕食の知らせが一度そしてまた一度告げられる間、僕らはずっとその格好のままでいた。僕の手のひらの中に、優しくどきどきと鼓動する彼女の心臓のかたちが感じられるようだった。それはまるで、そのせせこましい場所でなんとか翼を広げて外に飛び立とうと努めているものの、うまくいかないでいる何かのようだった。

夕食のあとで僕らはバーミューダ・ショーツとセーターという服装に着替えて、ハウス移り歩き《ホッピング》に向かった。僕はその夜を、カヌー・レース（訳注・学生のビール飲みリレー）と酒の早飲み競争に参加したことでめちゃくちゃにしてしまい、その結果ローとナンシーとプーキーが僕をかついでハウスに帰り、カウチの上に放り出すことになった。おかげで僕は二日続けて新しい世紀に、やはり一人きりで目を覚ますことになった。プーキーはその夜をずっとハウスの図書室で、フラタニティーの「年次会議議事録」の一九一二年から一九三四年までを読んで過ごした。そこまで読んで眠り込んでしまったのだ。〈スタンプリフター〉の学生が、まるでフクロウに吐き出された獲物の残骸《ざんがい》みたいな格好で現れ、夜明けに彼女を起こした。そんなわけで彼女は朝にはまたぐでんぐでんになって、朝食を取りにやって来た僕と鉢合わせすることになった。

「未亡人になった夢を見ていた」と彼女は、グラスの縁に歯をつけながら、苦々しい声で言った。

僕は反論せずに、彼女の頭のてっぺんと、鼻の頭と、片方の耳にキスをした。それから短い時間に卵をいくつかと、三杯か四杯の〈スタンプリフター〉を体内に入れた。そうしているうちに、ローとナンシーが部屋にふらふらと入ってきた。もうすっかり気分がよくなっていた僕がふと思いついて、みんなで一ガロン入りのマヨネーズの空き瓶に〈パープル・ジーザス〉（訳注・ウォッカとジンジャー・エールとグレープ・ジュースで作るカクテル）を作り、それを持って大学の墓地に行き、そこでパーティーを開こうということになった。いちばん大きな墓石が僕らの目を引いた。広い大理石の平石のお墓だった。僕らはその上に腰を据えて本格的に飲み始めた。湿ったライラックで作った間に合わせの王冠をつくり、みんなで頭にかぶった。ライラックはまさに満開を迎えたところだった。そして僕らはあっという間に酔いつぶれてしまった。

僕は墓石の端っこに座っていた。プーキーは僕の足元の草の上に手足を広げて寝ていた。彼女は目を閉じて、囁くように言った。今日は完璧《かんぺき》な一日だわね、昨日よりももっと素敵。まるで春に一度だけ巡ってくる一日か、恋愛映画の最後に出てくるいつもの土曜日みたいな一日だわ。風に花びらがひらひらと舞っていた。僕らのまわりは絹のように柔らかく波打つ深い緑色の芝生だった。芝生はまだ刈り込まれていなかったからだ。そこには僕らの他には誰もいなかった。墓所を囲む丈の高い垣根によって、僕らは外の世界からすっかり切り離されていた。ときおりロックンロール・バンドの音の切れ端が聞こえてきた。風に乗って垣根を越えて落ちてくる木の葉と同じように、気まぐれに。

「今日は草の上を転がり日和《びより》よね」とプーキーが言った。

彼女は酒を下に置いて、身体を伸ばし、胸の上で両腕を重ねた。そして十ヤードばかり緩やかな下りの傾斜をころころと転がった。そしてスイカズラにもしゃもしゃと覆われた古い石のところで、顔を上向きにして止まった。彼女は芝生の上に銀色のぺったりとしたあとを残していった。

「草の上を転がり日和」とローは反復した。「言い得て妙だ」、酒を一気にぐいと飲み干し、それから地面に横になり、身体の麻痺した風車《かざぐるま》のように両腕と両脚をぎこちなく回しながら彼は転がった。そして「おおお！」という大きな声と共にプーキーにぶつかった。そして彼女と同じように、上を向いてそこに横になっていた。

「私の番よ」とナンシーは言った。幸福そうに彼女は銀色のあとを辿《たど》って転がっていった。彼女がローにぶつかって止まるや否《いな》や、次は僕が彼女にぶつかった。そんなわけで僕ら四人はそこにいた。四人の酔っぱらいがぴったりと一列にくっつくようにして。僕らの世界は澄み切った青い空、それっきりだった。

「このまま動かずにいましょう」とプーキーは言った。「永遠に」

ぼくらはそこに黙って寝転んでいた。永遠に動かずに。僕の人生において、それ以上の静かで快い瞬間を求めることは、簡単ではないはずだ。まるで天国にいるような気分だったに違いない。しばらくのあいだ僕らは心から畏《かしこ》まり、静まり返り、敬意に包まれていた。

「空くらい美しいものは他にない」とプーキーが言った。

「雲くらい美しいものは他にない」とナンシーが言った。

「春のスイカズラの匂いくらい美しいものは他にない」と僕が言った。

「四人の酔っぱらった間抜けが、墓場に寝転んで『なんとかかんとかより美しいものは他にない』みたいなご託を並べたてている光景ほど美しいものはない」とローが言った。

そよ風に吹かれ、それぞれの身体をしっかり身近に感じつつ、しばらくのあいだ僕らは自分たちの口にする言葉について思いを巡らせた。

「誰かがこれを邪魔したら、私はそいつを殺してやる」とプーキーが囁くように言った。

「誰も邪魔しないさ」とローが言った。

そう、誰も邪魔したりはしなかった。

「手を伸ばせば、空にさわれそうなくらい」とナンシーは言った。

いかにも月並みな言い回しだったが、僕らはまあいいかと受け入れた。彼女の手が空の中に現れた。それは小さくて白くてくにゃっとした手だった。人差し指はぜんぜんまっすぐじゃなかった。でも曲がっているというのでもなかった。少し弱々しくカーブしているというくらいだった。

「ミケランジェロみたい」とプーキーが言った。

「このまま静かにしてましょう」とナンシーが懇願した。

だから僕らは静かにした。すごく静かに。最初のうち魔法はそこにあった。それからどこかに漏れて去っていった。何か具体的な変化があったわけではない。しかし何か目に見えないものが、何か精神的なものが、そこからこぼれ出ていったのだ。そして突然すべてが味気なくなってしまった。そして僕らは、五分間だけ下らないおしゃべりをやめよう、しゃべったら五セントの罰金だぞと仲間同士で約束していたのに、三十秒が過ぎると、もうしゃべりたくてたまらなくなった子どもたちの集団みたいになってしまった。僕らは子供たちと同じように落ち着きを失い、そわそわして気が立ってきた。そして他のみんながそれぞれに沈黙を破ろうかどうしようか、その重みを秤《はかり》にかけていることを感じ取っていた。

最初に沈黙を破ったのはローだった。「誰かがそばにいて飲んでやらないと、酒が淋《さび》しがっているんじゃないかな」と彼は言った。

「シー」と僕は言った。「酒は僕らに何か言いたいことがあるみたいだぜ」

「私にもそれが聞こえる」とプーキーが言った。

「なんて言ってるの？」とナンシーが身動きして言った。僕の肘《ひじ》に彼女の乳房が触れるのがひしひしと感じられた。

「『助けて、助けて、こっちに来て私を飲んで！』と言っている」とローが言った。

僕らは耳を澄ませた。僕の腕がほてってきた。僕の胃はソフトに感じられた。

「お酒は言っている。『私を飲んで、私を飲んで、温まっちゃうから』って」とプーキーが言った。

「紫色の涙を流している音が聞こえる」と僕は付け加えた。

「さて、みなさん」とローが改まって声を出した。「かくも心を痛めている孤独な酒の瓶を、このまま見捨てておいてよろしいものでしょうか？」

「否《ネイ》、否《ネイ》！」と全員が声を上げた。

「ならば、みなさん、我々はここで何をなすべきでありましょうか？」

「攻撃し、口にし、飲み下ろす！」

「空はどうするのよ？」とプーキーが抗議した。

「空？　そんなもの知るか」とローが答えた。

　僕らはよろよろと起き上がり、転がるように熱意を持って墓石に向かった。

「おお！」と言ってローが首を振った。「自分が少しのあいだグラスを手にしていなかったようなおそろしい幻想に、おれはちょっとのあいだ襲われたぜ」

「それはそれで悪くないんじゃない？」とプーキーが言った。

「ちょっとのあいだくらい慎ましくしているのも」。これはナンシーの意見だ。

「みんな、謙虚さの旗のもとに参集せよ！」とローは、自分の動きを止めようと芝生の上で8の字を描きながら主張した。一分間かかったが、彼はなんとか自分の手足の動きを止めることができた。そして我々をじっと見つめながら、瞬《まばた》きをして目の中から太陽の大きな塊を追い出しながら、続けた。「おれはミス・アダムズとミス・パトナムと、恐怖劇場《ホラーショー》・ペインのために杯を空ける。そしておれ自身のために。そしてまた何よりもおれという人間そのものである謙虚さのために！」

彼は僕らのあいだを大股《おおまた》に通り抜けて、出鱈目《でたらめ》な格好で飛び上がって墓石に乗った。彼の長い脚は地上を離れることがとても嫌そうだった。それから彼はやっとまっすぐそこに立った。彼の長身の身体は不安定にぐらぐらしていた。手にしたグラスの中身は手首にこぼれ、腕をつたって、僕の軟膏《なんこう》を塗られた頭に垂れた。それは今ではもう紫色に染まっていた。

「みんな、謙虚さの旗のもとに集え！」と彼は歌った。彼の声はどんどんしゃがれ声になっていった。

一人また一人と、僕らは墓石に這《は》い上っていった。そして四角に近いサークルを作り、グラスを高く掲げた。

「おれは慎ましい！」とローは叫んだ。

僕らはそのことに乾杯した。それからプーキーの謙虚さにも。ナンシーと僕の謙虚さにも。それから僕の番になった。

「僕は慎ましい！」と僕は叫んだ。

それは更に順繰りに進んでいった。ナンシーの番になってさえもだ。僕らはローの謙虚さに対して四度目の乾杯をし終え、それぞれのグラスを満たした。そして声を限りに「睾丸が一個しかないヒットラー」の唄を歌った。

それからクライマックスのところで、あたかも頭上で神々が雷鳴を轟《とどろ》かせるように「ゲッベルスには一個も睾丸がなかったよ！」と僕らが歌っているとき、一人の老人がアーチのついた垣根の入り口から中に入ってきて、歩を止めた。長身だが猫背、白髪の頭と曲がった脚を持ったその男は、戸惑っている様子で、縁なし眼鏡の奥からあっけにとられた目で僕らを見ていた。言葉は僕らの口許《くちもと》で凍りついた。僕の心臓はまさに一挙に足のつま先まですとんとダイブした。それはパピー・コブだったからだ。彼は手に黄色と白の花のブーケを持っていた。僕は彼を見ていた。その白髪と、彼が頭を微《かす》かに動かすたびに光の筋を反射させる眼鏡と、花束とを。そしてそれからだらだらと続いた長い時間、僕にはわかっていた。何かが徹底的にまずいと。でも何がそんなにまずいのか、僕にはそれがつかめなかった。僕らはそのまま待ち、彼もそのまま待った。まるでトスで高く上げられたボールがその頂点に留まっているみたいに、ほとんど信じられないくらい時間を引き延ばしながら。でも彼がアーチ状の入り口のところで小さく向きを変えたときに、僕ははっと思い当たった。僕らが立っていたのが彼の奥さんのお墓であったことに。彼は向きを変え、躊躇《ちゅうちょ》し、その小さな目は戸惑ったような、後ろ向きの視線を僕ら一人ひとりに肩越しに送った。悲しみのさざ波が揺れる視線だった。それから彼は花束を持った手をだらんと下におろし、立ち去っていった。

「あれは誰なの?」とプーキーが尋ねた。彼女の声は緊張した囁《ささや》きだった。

ローと僕は説明した。パピー・コブは大学で最も年長の教授であり、英文科の学科長であり、そこそこの詩人であると。

「彼は僕らが踏んづけている詩を書いたんだ」とローが言った。「これは彼の詩集にも入っている」

僕らはかわりばんこにその詩を読んだ。それはとてもシンプルな詩だった。

きみは私から遠く
離れていったわけじゃない。
思い出はいつだって、
永遠へと通じる
私の心の騎手だ。

「ここを出ましょう」とプーキーはもそもそと言った。

急いで荷物をまとめて、僕らはその平石についたグレープ・ジュースをきれいに拭《ふ》き取ろうと努めた。しかしどれだけがんばっても、藤色《ふじいろ》の染みはいくつか残った。僕らは塞いだ面持ちでフラタニティー・ハウスに戻った。そして日曜日の朝にみんなが楽しむミルク・パンチに加わった。「不運な盛り下がり」とローは言った。「ああ、まさにそうとしか言いようがないよな」。僕は電気ギターを手にとって演奏を始め、プーキーのことをそっくり忘れてしまった。彼女はナンシーと共に二階に姿を消していた。

プーキーがもう一度姿を見せたとき、彼女はとても沈み込んでいて、食事はしたくないと言った。だから室内で食事が供されているあいだ、僕らはフロントポーチで暖かい日を浴びていた。

「最高に良い気分だわね」と彼女はしょげた声で言った。

「ああ……だろうね……」。僕は彼女の襟のてっぺんのあたりをくすぐった。少しでも陽気にさせられないだろうかと思って。

「彼が墓地に入ってきたとき、私ははっと感じたの。自分の知っている唯一《ゆいいつ》の実物の、でもとことん有名じゃない映画俳優の話をするボブ叔父さんのことを、カクテル・パーティーの人たちが笑っていたときに感じたのと同じ気持ちを。それよりもさっきの方がもっときつかったけどね」と彼女は言った。「それが起こっているときのボブ叔父さんの目を見ることができたら、私の言っている意味がきっと君にもわかると思う」

「ああ……たぶん僕にもわかると思う……」

いつもの一風変わった、ほとんど横歩きに近い歩き方をさらに誇張して、プープシクが砂利道をやってきた。犬は僕らから数フィート離れたところで立ち止まり、何か恥ずかしいことでもあるみたいに、僕らの足を暗い目でじっと見つめた。彼はまるで二時間ばかり洗濯機にかけられていたみたいに見えた。プーキーが自分の膝《ひざ》を叩くと、犬はうなだれるようにやってきた。両目はしっかり地面に向けられていた。彼女は犬の耳の後ろを掻き始めた。そして身をかがめて犬の匂いを嗅《か》いだ。

「ねえ、これを見てちょうだい。マッチをちょっと当てただけで、この犬は発火するっていうか、そのままどかんと爆発しちゃいそう。ひどいわねえ」

プープシクは「お手」をしようと、その手を差し出した。最初にプーキーが、それから僕がその手を取った。

「私たちは彼に対してひどいことをしてしまった」、お手の相手を終えてからプーキーは出し抜けにそう言った。「何もかもぶち壊してしまった」

「でも僕らには何も、彼の一日を台無しにしようというつもりはなかったわけだしさ

「……」

「ああ、いいのよ。忘れてしまいましょう……、さあ、ワン公、いいからあっちに行って」

プープシクはまた手を差し出した。

「あっちに行ってって言ったでしょう、この馬鹿犬《ばかいぬ》。ねえ、ジェリー、このノミに嚙《か》まれた疥癬《かいせん》だらけの汚らしいできそこないは、私たちの近くに、まるでなんかの死骸《しがい》みたいに転がっていなくちゃならないわけ?」

僕はプープシクを自分の方に引き寄せて、胸のところを掻いてやった。

「意地悪いことを言うつもりはなかったんだけど」とプーキーは言った。「汚らしくて臭いものに、私はもううんざりしちゃったの。この週末は、これ以上ろくでもないものは引き受けられない」

「わかるよ……」、一匹の蠅《はえ》が僕の膝の上にとまって、僕はそれを叩き損ねた。

「私もナンシーみたいになれるといいんだけど」とプーキーが小さな声で言った。

「ラッキーな、無頓着《むとんちゃく》なナンシー。何が起こってもうろたえない……」

一時間ばかり後に別れを告げたとき、僕らはほとんど礼儀正しかった。僕らはキスをして、互いの体に腕を回して、なんと言えばいいのか戸惑っていた。時間がたてばたつほど、言うべきことが少なくなっていくみたいだった。プーキーは僕の腕の中から出て、血だらけのレインコートのポケットから目覚まし時計を取り出した。

「君はまだそれを持っていたんだ」と僕は馬鹿みたいに確認した。

「ええ、そうみたい」、彼女はその分針を指で回した。

「それをどうするの？」

「わからないわ。記念にとっておこうかしら。そして〈アダムズとペイン記念館〉に陳列するの」

「プークス、だいたいなんでそんなものをわざわざ持ってきたんだよ？」と僕は尋ねた。

　彼女は僕を見て、肩をすくめた。そして眼鏡を取り、片方のつるを嚙み、視野がかすまないように瞬きしていた。「これがひょっとして必要になるんじゃないかって気がしただけ」と彼女は言った。

# 第七章

六月、七月、八月、そして九月の初めがやってきて……僕らはプーキーの大学キャンパスの滑らかな芝生の上を並んで歩いていた。秋の最初の、暖かな午後に抱かれた静かな建物の前を僕らは通り過ぎていった。溝には早くも散った木の葉がところどころに積まれ、燃やされていた。大学の上空にはそんなつんという匂《にお》いのする煙がいくつも浮かんでいた。素気ない校舎の入り口では、いくつもの巨大な、物憂《ものう》げな影が眠りをむさぼっていた。僕らはしばらくしてから、図書館の入り口の階段に腰を据えた。プーキーは太陽に向けて目を閉じた。

春のハウス・パーティーのあとの五ヶ月間、僕らは一度も顔を合わせていなかった。とても長い手紙のやりとりは何度もあったものの、彼女は彼女の父親のもとで働き、僕は僕の父親のもとで働いていたので、長い休暇のあいだに顔を合わせるチャンスは一度もなかった。夏のあいだに彼女がかなり変わってしまったことを僕は知った。健康的に日焼けして、体の各所に肉がついたことで、彼女はもう韓国の孤児のようには見えなくなっていた。でも彼女の目は前のようにきらきら輝いてはいなかった。疲れて、落ちつかなげだった。その目は、気乗りのしない骨折り仕事に終始した一夏を示していた。彼女は木の葉の色を思わせる色のセーターを着ていた。くすんだ緑と、それが変わりつつある色。柔らかな、薄らぎつつある色。

「今年は盛大にやるわよ、ジェリー」と彼女は宣言した。「むっちりと楽しむんだから。細かいことなんてもうからっきし気にしないんだから」

「細かいことなんてもうからっきし気にしないプーキー・アダムズというのは、まさに驚きだね」と僕は言った。

「冗談じゃないんだったら。私は変わり者の役回りみたいなのに飽き飽きしちゃったわけ。そんなのって意味ないじゃない。調子っぱずれな質問ばかりが人生じゃない。人生って楽しむものでしょう。だから私は楽しむことにしたの。お酒を飲んで、ファックして、ばっちり楽しむの。もう何かにくよくよ悩んだりしないの。同意してくれた？」

「君にそういう言葉（訳注・ファックのこと）を使ってほしくないんだけど」と僕は言った。同意はできなかった。

「素晴らしいわ。プーキー・アダムズはノーマルになり、ジェリー・ペインは堅苦しい世界に戻っていく。あらまあ。だって私はこれまでだってそんなしゃべり方をしていたじゃない」

「そういうのが受け入れられるときもあれば、うまく受け入れられないこともある。もし君が腹を立てていたり、酔っぱらっていたりしたら、それはかまわない。しかしもしただ〈ファック〉って言いたいだけのために〈ファック〉って言うとしたら、それは……なんだかちょっと……まずいような気がするけど」と僕の語尾は少し弱くなった。

「ああ」、それから長い間があいた。そして彼女は僕の手を取り、明るい声で言った。「わかったわ」。彼女は着ているセーターと同じような色合いの微笑《ほほえ》みを浮かべた。柔らかく、そして弱々しい。

「何も堅苦しくなれというわけじゃないんだけど……」と僕は言いかけた。

「わかってる」と彼女はそれを遮った。「女の子は然るべき時までは女性らしさというものを保たなくてはならない。それはまあ当たり前のことだもの」

「うん」と僕は言ったが、それが当たり前のことだとはなぜか思えなかった。

「秋のハウス・パーティーはいつなの？」と彼女は尋ねた。

僕は十月のその日にちを教えた。

「それはもう、きっと最高に盛り上がりを見せることになるわよ」と彼女は膝小僧《ひざこぞう》を抱き締めながら言った。

「なんでまた？」

「私は準備ができているからよ」、彼女は手で自分の胸をぴしゃりと打った。「なにしろ一夏中ずっと練習を積んでいたんだもの。今では私はいっぱしの速飲みになっているんだから」

「それはすごい……」

「私の記録は五秒なの。うちのお父さんの顔を見せてあげたかったわ。床にビール瓶を叩《たた》きつけて割るかわりに、それを窓の外に放り投げたんだけど、そのときたまたま窓は閉まっていたの」

僕の頭にはそのときのプーキーの姿が短く浮かんだ。彼女はがらんとした自室のベッドに一人ぼっちで腰掛け、スピード・ドリンキングの練習をしている。彼女の前にはカードテーブルがあり、その左側には栓を開けた速飲み用の酒瓶が置かれ、反対側にはぐい飲みのためのショット・グラスが置いてある。それから吐きそうになったときのためのゴミ箱。コルクのボードには色褪《いろあ》せた魚の写真がピンでとめてある。ジョー・グラブナーが撮った写真だ。そしてガラス窓には雨粒が、同じ小さな世界を無数に作りだしている……。

「スクーンズの記録は何分だっけ？」

「知らないよ」

「知らないわけがないでしょう？　もう百万回くらい君の口から聞いたわよ。それは彼がファット・ボーイ（グロス・ポイントから来ただらしのない男よ、覚えているでしょう）と一緒に、暖炉の石綿のガードを使って、新入生のシャワーを塞《ふさ》いで洪水を起こしたときのことよ」

「プークス、スクーンズがどれくらい素速くビールを一気飲みできるかなんて、僕にとってはほんとにどうでもいいことなんだ」

「でも君はそのことで彼をすごく崇《あが》めていたじゃない。彼は飲んだものを吐き出しもしなかった。あれは3・1秒だっけ、3・0秒だっけ、それとも2・9秒だっけ？」

「そんなのどうでもいいことだよ、プークス。だってさ、そんなこと……誰も気にはしないぜ」

「違うわね。私は気にするのよ」

「なんで？」

「あら、私は自分が何かを気にかける理由を、いちいち事細かに説明しなくちゃならなくなったわけ、急に？　どうして雲が好きかだとか、どうして自転車が好きかだとか、どうして窓が好きかだとか、どうしてお酒を好きかだとか。そんなこと、わかるわけないでしょう。なんでまたいちいち理由が必要なわけ？」

「理由を説明する必要はないよ。誰も君にそんなことを求めちゃいない」

「だって今さっき私に尋ねたじゃない」

「え、なんだって？」

「だって今君は私に――」、でもそこで彼女ははっと口をつぐみ、目を閉じ、頭を振った。彼女がもう一度目を開けたとき、その目つきは穏やかになり、抑制されていた。彼女は微笑み、肩をすくめた。「さあ今再び、アダムズとペイン組、活動開始。ご注目あれ！」、彼女は前に身を屈《かが》め、僕の唇にキスした。

「いずれにせよ、秋のハウス・パーティーが待ち遠しいわ」と彼女はもそもそと言った。僕がキスを返そうとするとさっと身を引いた。「これまでにない最高に素敵な感じでセックスしたい」

「これまでにない最高に素敵な感じって、いったいどういう感じなんだろう？」

「よくわからない。それについてはもう少し考える必要がある。でもまず最初に私たちはハウスのバーで四時間か五時間かけて、ウィスキーとコークをたっぷり飲みまくる必要がある。それから電話ボックスであれを試してみてもいいかもしれない。地下のホールにある古い木製のやつ。そこから故郷のメリットの、牧師のシントルさんに電話をかけるの。君とずっとあれをやりながら、その傍ら彼に電話をかけちゃうわけ。私は彼に相談するんだ。婚前交渉についてどう思いますかって。でも君はそのあいだしっかり静かにしてなくちゃいけないんだよ。思いあまってうめき声を漏らすようなことがあってはならない。彼は感づいちゃうかもしれないからね」

「その手の話はもうやめないか。聞きたくないよ」と僕は言った。それは百パーセント本気だった。その気持ちがきっと伝わったのだろう。彼女はとくに抗議もせず、肩をすくめただけで、それからしばらく何も言わなかった。

「今はそういう話をする気分じゃないんだ」と僕は説明した。沈黙を破るために。

「わかった」と彼女は言って、僕の腕に自分の腕をからめた。「秋の匂いって素敵よね？」

でもひと暴れしたいという声明に関して言えば、彼女は決して冗談を言っていたわけではなかった。秋のハウス・パーティーの金曜日の午前六時に、僕は顔の上に唇をぽっちゃりと感じた。ぼんやりした頭で半ば目を開くと、そこに彼女がいた。「プーキー」と僕は唸《うな》った。「こんな時間に、ここでいったい何をしているんだ?」。彼女はその日の午後遅くに到着することになっていたのだ。「待ちきれなかったからバスに乗ったの」と彼女は言って、僕の頭の下から枕《まくら》を乱暴に抜き取って、それを僕のお腹《なか》の上に勢いよく叩きつけた。「さあ、元気に早起きして一杯やろう、ブーマガ!」と彼女は言って大きく笑った。「おれは幻影を見ているみたいだ」とローは部屋の向こう側のベッドから、しゃがれ声でもそもそ言って、頭から布団《ふとん》をかぶった。「朝の七時前に、女性がフラタニティー・ハウスの二階に上がっちゃいけないという規則があるのを知らないのか?」と僕は不平を言った。「もっと小さな違反でもここからあっさり放り出されかねないんだから」

彼女はもう一度枕でどすんと僕を打った。「だったら放り出されなさいよ。さあ、うすのろさん、パーティーはもう始まっているのよ!」

実際のところパーティーはもう始まっていたのだが、プーキーが秋の新しい室内スポーツとして暖炉潜りを紹介したとき、そのパーティーはお開きとなった。日曜日の朝のダンス・セッションのあいだ、僕らは居間の灰の中に座り込んで、ジュース割りのジンを飲みながら、大学対抗の灰潜り記録に挑んでいた。「これって最高にハイ(灰)になっちゃう」というプーキーのくだらない洒落《しやれ》を五百回も聞かされて、もししっかり酔っぱらっていなかったら、僕はたぶん彼女を引っぱたいていたかもしれない。

卒業生訪問日の週末、僕らは新しい暇つぶしを思いついた。午前三時に大学のグラウンドでフットボールをするのだ。僕とプーキーの二人だけで、野球のグローブをボール代わりに使って、仄《ほの》かに光るストライプを越えて走りながら、月光に白く照らされたスタンドの前で互いをタックルするのだ。お互いを殺してしまわなかったのが不思議なくらいだ。午前四時前にはスコアは60－0になり、僕が勝っていたが、ゲームは乱闘の趣を帯びていた。僕は親指をくじき、唇を切り、プーキーは目のまわりに見事なアザをこしらえていた。

その少しあと、最初の雪がはらはらと静かに舞って冬の到来を告げ、クリスマスの休暇が僕らを引き離し、中間試験がそれに続き、それからウィンター・カーニヴァルがやってきた。ウィンター・カーニヴァルの最初に僕らは派手な口論を始め、それは殴り合いにまで発展し、最後には半狂乱のごとき情熱の段階を迎えて終わりを告げたが、そのとき僕らは教会の近くで、巨大な雪の吹きだまりの中にほとんど埋もれていた。「わ、わ、わたしはし、し、しろくまに襲われたエスキモーになった、ゆ、ゆ、ゆめを見ていたの」とプーキーは歯をかたかた言わせながら言った。僕らは暖かさを求めて走っていた。

口論……それは僕らにとっては歯磨きと同じように欠かせぬ生活習慣となった。でもこのように暴力沙汰《ざた》に及ぶことは希《まれ》で、大抵は子供っぽい嫌みや当てこすりに満ちた言葉を、情け容赦なくびしびしと投げつけあうだけだった。そんなわけで、僕らは安定した関係をうまく保つことができなかった。ある瞬間には僕はプーキーが好きでたまらなくて、内臓がきりきりと痛むくらいだった。でも次の瞬間には彼女のことが大嫌いになり、その憎まれ口と共にどこか遠くにさっさと消えてしまえばいいのにと真剣に願った。僕らの恋愛関係はそのうち、自分たちの手には負えなくなってしまいそうだった。まるで僕らが背を向けているあいだに、墓地で起こったのと同じことが、僕らのロマンスにも起こってしまったみたいだった。僕らはあの墓地で、しばらくのあいだうっとりと魅せられたように空を見上げていたのだが、やがて魔法はわけのわからないうちに解けて、どこかに消え失《う》せてしまったのだ。

パーティーのある週末を別にすれば、僕がプーキーのところを訪れる回数は少なくなり、間遠になった。そして顔を合わせてももうひとつ盛り上がらなかった。互いをどう扱えばいいのか、よくわからなくなった。「私の感情の手は、ぜんぜんうまく動かなくなってしまったような気がする」とプーキーは一度悲しそうに言ったことがあった。自分の頭を僕の顎《あご》の下に突っ込みながら……

春のハウス・パーティーの時期が到来した。そこで僕はあることをやって、それでものごとがそっくり台無しになっていたとしても不思議はなかったと思う。それは〈コージー・キャビン〉（またあそこだ）で起こった。でも今度は「モーテル・パーティー」の最中に起こったことだった。僕らが一年半前にそこを最初に訪れたときから、いろんなことがずいぶん様変わりしてしまっていた。

そこには十五人の人が集まり、十ガロンのウィスキー・サワーがあり、何本かのビールがあり、二羽の生きた鶏がいて、ふわふわボールとプラスチックのバットがあり、二本のフラタニティーの旗があり、〈ジャックのオールナイト・ハイウェイ・マート〉からかっぱらってきた「冷えたスイカ――20セント」という看板があった。そんなすべてが小さなモーテルの一室にぎっしり詰め込まれていた。プーキーは背中に紫色のウサギが描かれたローのジャケットを着ていた。そして股《また》の部分に僕の名前が赤い糸で縫い込まれた黒いレースのパンティーを、ショートパンツの上にはいていた（これはハウス・パーティーの景品だ)。そしてそんな彼女の格好だって、他の何人かの連中の衣装に比べれば、まだ慎ましい方だった。

僕はそこに電気ギターまで持ち込んでいた。そこで四、五曲演奏したのだが、やがてヒューズが飛んでしまった。でもその頃にはもう誰もそんなことは気にしなくなっていた。僕はヘアピンを使ってなんとかヒューズを修理しようと試みていたのだが、うまくいかずに、とうとうあきらめた。そしてみんなの仲間入りをして、唄《うた》を歌った。『中国ではチリのためなら、アレをやる』という唄だ。

このポルノっぽい合唱マラソンの最中に、スクーンズが「ニガー・パイルアップ!」と叫んだ。すると全員が一斉にわっとベッドに飛び込むのだ。そして悲鳴を上げる身体《からだ》が、折り重なってもぞもぞと蠢《うごめ》く。その積み重なりはおおよそ三十秒続いた。それからベッドが崩壊した。スクーンズの指の上に。そして彼はホッケー・グローブをはめていなかった。

それで「ニガー・パイルアップ」は終了し、僕らはウィスキー・サワーと、下品なジョークと、ふわふわボール打ちと、鶏の羽根むしりゲームと、デート相手交換ゲームに戻った。プーキーの相手が誰になったのかは知らない。でも僕の相手はぐでんぐでんに酔っ払ったナンシー・パトナムだった。彼女はどうみてもそんなに酔ったのは生まれて初めて、という感じだった。言っていることは支離滅裂だったし、気分がすっかり盛り上がっていた。彼女は僕にキスをしたが、まるでこれまでずっとこの瞬間を待ち受けていた、みたいな感じの熱烈なキスだった。そして僕に好きなところを好きなだけ触らせてくれた。そんな何もかもが、僕にはだんだんまずく感じられるようになってきた。でもそのことに罪悪感を感じだす前に、左右で人々がばたばたと酔いつぶれていった。そして「大いなる盛り下がり」がもたらされた。スクーンズはまだ痛そうに手をさすっていたが、車のキーをプーキーに投げた。そして「こいつら弱っちい死者とか負傷者とかを、フラタニティー・ハウスの居間か、寄宿舎に運び出してくれ」と叫んだ。プーキーはその言いつけにきびきびと従った。どうしてかはわからないが、そこにいた連中の中では彼女がいちばん素面《しらふ》に近かったのだ。

彼女が最後から二番目の負傷者運搬をしているあいだ、ナンシーと僕は二人だけであとに残された。ナンシーは崩壊したベッドの上に丸くなり、その顔色は刻一刻と青ざめていった。僕は画面を下にして床に落ちたテレビの上に腰掛けていた。羽根を半分むしられた鶏たちは便所に閉じ込められ、コッコッと鳴き続けていた。プーキーが戸口に立って、ナンシーに「具合はどう?」と尋ねていたことを覚えている。

「じつに最高よ。ああ、プーキー……私たちなんでこんなことしているのかしら?」

「知るわけないでしょ」

「楽しいからかしら？」

「どうでしょうね」、彼女は車のキーをいらいらといじくり回していた。それから彼女はそれを下に落とし、拾い上げ、また下に落とした。僕はそれを見て笑わないわけにはいかなかった。彼女はじろりと僕を見た。

「あなたは急いで帰るんでしょ？」とナンシーは言った。「私はなんだか自分のベッドに戻ったような気がするくらい。温かくて、気持ちよくて。早くうちに帰って、ぐっすり寝られたらなあ……ねえ、プーキー、私は千年くらい寝ちゃうかもね……あの鶏たち、少し静かにしてくれるといいんだけど」

「たぶんここにいるジョー・パルーカ（訳注・漫画の主人公・ヘビーウェイト級のチャンピオン）が」と言って僕を指さした。「正義の鉄拳《てっけん》をふるって、そいつらを黙らせてくださるわよ。ねえ、ジョー？ 私は今から〈ビッチ〉を運転して、鼾《いびき》をかいている五人のフォールスタッフどもを送り届けなくちゃならないの。Exeunt omnes（一同退場）」。そして彼女は出て行った。

数分が経過し、テレビの上に座っているのにも疲れたので、僕は痛みを訴えている身体をベッドのナンシーの隣に置いた。彼女は目を閉じて、眠っているように見えた。僕は長いあいだ仰向けになって天井をじっと見ていた。こんなことしてて楽しいのだろうかと考えながら。それからナンシーが本当に眠っているかどうか、確かめてみようと思ったのか、彼女の肩に手を触れた。彼女はうーんと唸って、こちらに顔を向けた。そして気がついたときには、かなり強くしがみつかれていた。しっかり密接に、というのが正しい表現だろう。僕は数分間、ルールに従って行動した。ブラウスに手を掛け、ブラに手を掛け、乳房をさわった。それからもう抑制が効かなくなった。彼女はキルトみたいな服を着ていたので、パンティーを脱がせるのはわけなかった。それから僕は自分のズボンを膝までおろし、彼女の上にのしかかった。

そこで最初の間違い——大きな間違いだ！　彼女は何が行われているかを知って、悲鳴を上げたのだ。すごい悲鳴だった。彼女は一瞬凍りついた。それから僕を殴り、引っぱたき、嚙《か》みつき、足で蹴《け》った。僕を床に突き倒した。それから僕をまたぐようにして飛び起きると、闇雲《やみくも》に走って、閉まったドアにどすんとぶつかった。まるで鳥か蛾《が》がガラス窓に突っ込んでくるみたいに。彼女は後ろ向けに僕の上に倒れたが、僕に触れたことでまた悲鳴をあげ、ヒステリカルにもがいて身を離し、再び立ち上がり、今度はドアの横の壁にどすんとぶつかった。それでもなんとかドアの取っ手を回すことに成功した。それからもう一度倒れて、階段を地面に向けて三段転げ落ちた。そして素早く立ち上がり、走り出した。

本能的に——僕はショックのあまりまともにものが考えられないようになっていた——ズボンを引っ張り上げ、彼女のあとを追った。彼女は松の木のあいだを抜け、まっすぐ道路に向かっていた。最初僕らのあいだには七十メートルほどの距離があった。そして既にご存じのように、僕は走るのが得意ではなかった。太陽が昇ったばかりだった。美しい日だった。僕の胃はこれ以上ひどくなりようがないくらいでんぐりがえっていたに違いない。僕は彼女のあとをなんとかよろよろとついていった。距離をちょっと縮めたり、ちょっと広げたりしながら。自分がなんだか、プーキーが話していた、二マイルのトラック・レースに出た太っちょのランナーになったような気がした。
ずっと先の方に車が黒い点になって見えた。その車はスピードを落とした。それがナンシーの前に来て停まるよりもずっと前に、僕は恐怖と安堵《あんど》の念の両方をもって、それが〈スクリーミング・ビッチ〉であることを認めた。ナンシーはプーキーの肩に顔を埋めて百万回もこう繰り返していた、「彼は私をレイプしようとしたのよ！　私が眠っているのをいいことに、最後まで行こうとしたのよ！」。僕はビッチの脇《わき》にたどり着いた。プーキーはすさまじい目で僕を睨《にら》んでいた。僕はうなだれていた。僕としては、車の開いたドアにもたれかかって、はあはあと大きく息をつきながら、そのとおりだと認める以外にやりようもなかった。僕に何が言えるだろう？　笑い飛ばすか？　そんなのたいしたことじゃないだろうと開き直るか？　最後になんとか「悪かった」ともそもそと口にする以外に僕にできることはなかった。

「彼って、なんにもつけずにやろうとしたのよ」とナンシーはしくしく泣きながら言った。「ほんとにそうなんだから！」、彼女はかなり気が動転していたに違いない。次にこんなことを言ったから。「私、妊娠しちゃうかもしれないし、そうなったら彼と結婚しなくてはならない。でも私は彼と結婚なんてしたくないのよ、プーキー……」

プーキーは彼女の頭の後ろをとんとんと叩き、僕をじっと見た。でもついさっきのような煮えたぎる怒りの目で、というのでもなかった。怒っているというよりは、戸惑っているという方が近かった。それでも彼女はとても冷ややかな声で言った。

「不潔なやつ」

僕は肯《うなず》いた。

「とことん不潔ってこと」

僕はもう一度肯いた。

「もう最低のスカンクみたいなやつ」、彼女の声は真空の中から出てくるみたいに感情を欠いていた。

「言いたいことはわかったよ、プークス……」、僕の声はこわばっていた。僕にはもちろん怒る権利なんてなかった。しかし彼女は僕を挑発しようとしていた。「もしナンシーが妊娠云々《うんぬん》のことについて心配しているのだとしたら、そんなこと気にする必要はないんだって教えてやればいいじゃないか。説明してやればいいだろう。え？」「わかった。三人でちょっと散歩しましょう」とプーキーは言った。「車はここに置いて、みんなで長い散歩をするの。そうすることが必要だと思う」

僕らは長いこと歩いた。ナンシーを間にはさんで。彼女は頭を垂れて、ときどきしくしく泣いていた。開けた野原に出ると、僕らは道路を離れて野原の端っこの長く伸びた草の上に腰を下ろした。遥《はる》か眼下では谷間に霧が蠢き始めていた。僕らは濡《ぬ》れた草の葉に指をからめていた。僕らの気持ちもだんだん収まり、落ち着きを見せてきたようだった。野原の下り坂になった斜面には、フラタニティー・ハウスの裏手にあったのと同じような樹木の列があった。その上をカラスたちがかあかあと鳴きながら飛んでいた。そして僕は一年前の朝のことをちらりと思い出した。僕らは必死になってその黒い鳥たちを殺そうとしており、愛は美しかった。このあとだって、きっとそれは美しいものになっていくだろうと僕は思った。天国そのままの姿に。

プーキーは優しい声でしゃべり出した。すべての草の葉に乗った水滴はダイアモンドの虫なのだと。彼女は一枚の葉をむしり、それを両方の親指ではさんで、吹いてひゅうという甲高い音を立てた。ナンシーも同じことをして、何枚かを試してから、なんとか耳障《みみざわ》りな音を立てられるようになった。それはカラスの鳴き声に似ていた。僕は何度やってもうまくいかなかった。ドジな役まわりだった。でもそうすることで、自分がやってしまったことの償いがなんとかできるんじゃないかと望みを繋《つな》いでいた。眼下の谷間で教会の鐘が鳴り始めた。

しっかりと朝がやってきて、カラスたちがみんな飛び去って、谷間の霧もどこかに消えてしまってから、僕らは〈ビッチ〉を駐めたところに戻った。僕が運転した。プーキーが真ん中に座り、ナンシーはドアにもたれていた。ナンシーはラジオをつけた。それはその車の中で唯一《ゆいいつ》（ときどきではあるものの）まともに作動するものだった。そしてポピュラー・ソングにあわせて歌った。歌詞を覚えていない部分になると、彼女は唐突にあらん限りの大声で「くそったれ《シット》！」と怒鳴った。彼女がそんな言葉を口にするのを耳にしたのは、それが初めてだった。大学に近くなると、彼女はわざとらしい、いかにも気取ったおかしなアクセントをつけて言った。「ダーリン、あたしもうちょっとでやられちゃうところだったわね」と。その言葉はバランスを欠いて響いた。たぶんそんな表現を口にするのは、彼女にとってほとんど初めてのことだったのだろう。というか、そんな言葉をほかの誰かが口にするたびに、きっといくぶん青ざめていたに違いない。それから彼女は笑い出した。プーキーもそれに続き、僕もそこに加わった。僕は心の底からほっとした。僕らはみんなそれぞれに謝り、僕はその蛮行を許された。ナンシーは誘いをかけるような行いをしたことで、プーキーはそもそも僕ら二人をあとに残していったことで。そして僕らはみんなでほっとして、またヒステリカルに大笑いした。

スクーンズは例によって、ほとんど筆舌に尽くしがたい状態にあった。ずぶ濡れで、汚くて、服はぼろぼろに裂けて、靴を片方なくしていた。彼はハウスのドライブウェイで僕らと出会った。

「この野郎、いったいどうかしたのか？」と彼は言って、〈ビッチ〉のフェンダーを両手でばんと叩いた。「おんぼろタイヤが粉みじんに砕けちまったのか？」

タイヤはしっかり無事だよ、と僕は言って、キーを彼に返した。そして彼の脇を通り抜けようとした。

「よう、ブーマガ！」、彼はにやりと笑って、入れ歯が外れると、馴《な》れた手つきでそれを元に戻した。「よう……どこに行くんだ？　さあ、迎え酒をしっかり飲みに行こうぜ……」

でも僕はもうこんなやつにはうんざりだった。僕は図書室の、人々の身体とマットレスとひっくり返った椅子《いす》の間に、倒れ込むように身を横たえる前に、二年半にわたって共に酔っぱらい続けてきた親しい友のことを「クソったれのちびり野郎」と呼んだ。気楽な冗談として？　いやいや、まったくの本気で。

その日の午後、プーキーと僕は暗い気持ちで駅まで車で乗せていってもらうのを待っていた。もう一度〈ビッチ〉に乗り込むことになっていたわけだ。彼女は車に寄りかかっていた。時刻は四時頃で、キャンパスはずいぶんしんとしていた。僕らのまわりにはビールを飲んだあとの紙コップやら、叩き割られた瓶やらが散らばっていた。いつものとおりまるで爆弾を投下されたあとのように見えた。

「私の姿はさぞかし見物でしょうね」とプーキーは言った。「みすぼらしいセーターを着て、じいさんの顎髭《あごひげ》みたいな匂いをさせて、髪は汚れてぼそぼそだし、ぐずぐず唸っている胃は吸い殻の詰まった灰皿みたいだし、頭はバファリンのテレビ・コマーシャルに出てくる三枚のスライド写真をぱかぱか点滅させているし……午前中全部と午後の半分は横になっていたんだけど、ただの一睡もできなかった」

数フィート離れたところにある、白くペンキを塗られた石の上に僕は座り、ドライブウェイの小さな砂利を拾って、彼女の足元に投げつけていた。でも何も言わなかった。

「フライアーズバーグのバス停にいたときみたいね」とプーキーはもそもそと言った。それから真剣な声で付け加えた。「ジェリー、この週末に何かがぷつんと切れたの。いつだったかわかる?」

「それは知りたいね――いつだい?」

「ねえ、また何か嫌みでも言うつもりなの?」

「いや、本気で訊いたんだよ。いつのこと?」

「あの〈ニガー・パイルアップ〉の最中よ。私はあのいちばん下にいたの。そしてどこかの男が――誰だかすら見えなかったけど――私の体にいやらしいことをしていた。でも私にはどうすることもできなかった。というのは、彼はサンドイッチの上のパンみたいに私の上に乗っかって、私を文字通りぺしゃんこにしていたから。私が魚釣りの餌《えさ》としてコーヒー缶の中にうじゃうじゃと詰め込んでいた大量のみみずたちが、そこでどんな思いをしていたか、今になってよくわかった。私は窒息し、手荒く扱われ、鼻血を流していた。私にできることといえば、なんとかベッドの端っこまで抜け出して、そこから床に落っこちることくらいだった。私は難を避けてベッドの下に潜り込んだんだけど、そこで思い直した。そしてあのろくでもないベッドが崩壊する三十秒前に、そこから這《は》い出してきたのよ。何かがぷつんと切れた瞬間がいつだったか、私にはわからない。でもそれは切れちゃったのよ、ぷ、つ、ん、と」、彼女は指をそっと鳴らした。そしてその指をじっと見た。まるでその指が切れたコードだか、すり切れたワイヤだか、震える輪ゴムだか、彼女の内部で切れてしまったその何かを手にしているみたいに。「ジェリー」と彼女は言った。「あなたは知らないかもしれないけど、この一年間はほんとにどこまでもムイミな馬鹿騒ぎだったわ……」

「いったい何がそんなにムイミだったんだ?」、盛大に涙にむせぶ長い一幕なんて冗談じゃないと僕は思った。そいつだけは勘弁してもらいたい。

「何もかもよ」と彼女は答えた。図書館の階段に座っていたときに私のとった態度を覚えている?　秋のハウス・パーティーを私がものすごく楽しみにしていたことを。私が酒飲み競争の練習をしてたことを。電話ボックスの中で『急ぎの一発』をやりたがっていたことを」

「電話ボックスの中でやるってのは試してなかったぜ。そうだろ?」と僕は言った。これからやってくると思われる長広舌を避けるために、僕は彼女の関心をよそに逸《そ》らそうとした。「参ったなあ、電話ボックスの中なんてさ」と僕は繰り返し、首を振った。

「もしそのことにしか君の興味がないのなら、今ここで試してみてもいいわよ。それとも試す相手はナンシーの方がいいかしら？」

そう言われて頭に来た。「僕はそんなことやりたくもないよ、プークス。そしてもうナンシーのことは持ち出さないでくれ。わかったか？ 僕は謝ったし、君はゆるしてくれた。もうその話は蒸し返さないでほしい。いちいち根に持つのはやめよう。ことあるごとにその話が出てくるのは困るんだ」

「ええ、いいわよ、わかった。ジェリー、ウイ、ダーリン」。彼女は今にも叫び出すんじゃないかと僕は思った。しかしそのかわりに彼女は空を見上げ、手のひらで、〈ビッチ〉の側面をばんばんと何度か叩いた。僕の中で自責の念が湧《わ》き起こり、弱々しい声で言った。

「プークス、こんなのは馬鹿げているよ。僕らは筋の通らないことをしている」

「私たち、筋の通ったことなんかもともとやってない」

「僕としてはこんなつまらない振る舞いをしたり、口喧嘩《くちげんか》をしたりするつもりはないんだ。でも君が僕をかっとさせるようなことを急に言い出すから、いつもこんな風になっちゃうんじゃないか」

「ねえ、私が真剣に話をしようとしているのに、どうしていつも自分の小さな山の上に腰掛けて、気の利《き》いた当てこすりを口にしなくちゃならないわけ？」と彼女は言った。彼女は僕から目を逸らせ、横を向いた。そして〈ビッチ〉の横の窓ガラスに積もった埃《ほこり》の上に、指でいくつかの丸い顔を描いた。

僕の自責の念は疲労に取って代わられた。気の利いた当てこすりを言うつもりなんてないんだよ、と僕は彼女に言った。僕はただ疲れているんだ。とても疲れて、骨も痛いし、頭も痛い。話をしたいような気分でもないし、何かに巻き込まれたくもない。

「僕のことが気に入らないのなら、僕を無視しちゃってくれ」と僕は最後に言った。

「君を無視しちゃうって……？ ワニが私の脚を囓《かじ》っているというのに、そいつを無視しろっていうわけ？」、疑いの余地なく、彼女の声には涙の気配が感じられた。彼女は窓の上の顔を横切る線を引いた。ひとつひとつ線を引いていった。それからすべての顔をこすって消した。彼女の唇が震えているのを目にして、僕の中の好戦的な気持ちは失せてしまった。彼女が眼鏡をとって、そのつるを神経質そうに噛みだしたとき、僕は巨大な波に押し流されそうになった。不満も、割り切れない気持ちも、どこかにきれいに消えてしまっていた。僕は起《た》ち上がって彼女の方に近寄った。彼女はうつむいて、顔を背けた。

「プークス、まさか泣くつもりじゃないよな？」

「もちろん泣くつもりよ。私がいったい何でできていると思うの？　鋼鉄《はがね》か何か？」

彼女が実際に泣いたとは思わない。でも鼻をこすっていたし、もう少しで泣き出すところまではいったと思う。僕にできることといえば、彼女の手を握り、自分たちの足元をじっと見ているくらいだった。少し後で、僕は彼女の胸の上に指でのたくった線を描き始めた。彼女は僕のもう片方の手をぎゅっと握り、顔を上げた。その顔は弱々しい微笑みに輝いていた。

「さて、話してみて」と僕は言った。

「話すって、何を？」

「よくわからないけど、さっき話そうとしていたこととか。なんでもいいんだよ、ちゃんと聞くから」

「ああ」と彼女は言って、僕のベルトに指をかけた。そして靴のつま先を前に出して、僕のつま先に触れた。「もう怒鳴りあったりしないって約束してくれたら」

「約束するよ」

「山積みにした聖書にかけて？」

「もちろん」

「つまり……」、彼女はちょっと練習するみたいに、唇をおかしな風にぐるぐると回してから、それを濡らした。「ああ……、よくわかんない」。彼女は言葉を切って、少し考えた。

それに続く沈黙の中で、僕はぴかぴかと光る〈ビッチ〉の屋根にとことこと指先を前後させた。プーキーは指をいっぱいに広げて、両腕を伸ばした。そして車の屋根を大きく払うような仕草を見せた。ビールの饐《す》えた匂いが腐った花粉のように、微《かす》かな風に乗って漂ってきた。長く吸い込んだら、それだけで酔っぱらってしまいそうなくらいの濃厚な匂いだった。酔っぱらうか、気分を悪くするか、あるいはその両方か。月曜日の清掃作業が待ち遠しいとは、僕には思えなかった。頭がぼんやりしてきたが、はっと身震いして目を覚まし、プーキーの話の最後の部分だけを耳にすることができた。

「……すっごく大きなアーティチョークみたいなものよ。その中心に達するまでに、君はたくさんの味のない葉っぱを囓らなくちゃならないんだけど、その中心たるやものすごく小さいわけ」

「なんだって？」

「人生のことよ」と彼女は言った。

「ああ、人生ね。なるほど」

彼女は僕に合わせるように、〈ビッチ〉の屋根の上にとことこと指を這わせた。それから言った。「ねえ、私は今度の秋には、学校に戻ってないと思う。もう何もかもうんざりしちゃったわけ。これでたくさん。ねえジェリー、これでもう立て続けに四回か五回、パーティーのある週末のあいだずっと、君にまともに会えなかったんだよ」

「なんていうか、あっという間のことだった」、僕は気落ちして、感じやすくなっていた。僕は言い添えた。「悪かったよ、プークス。どうしてこんなことになっちゃったんだろう」

「君のせいっていうだけでもないのよ」

「まあ、僕らはどっちも……でも……わかるだろ」

「いつかまた違う風になるかも」、彼女は僕の手を取り、車の屋根に押しつけた。

「ああ、いつかまた……」

僕らは互いに向き直り、キスをした。そこにじっと静かに立ったまま、唇を軽く触れあった。プーキーが鏡を相手に練習をした（と彼女は言った）のと同じようなキスだった。触れあう部分は僅《わず》かで、血液はゆっくりと流れ、夢見るようだった。僕らは鼻と鼻とをこすり合わせた。「今ここで急に鉛筆を渡されても、私にはそれを使ってひとつの言葉を書くこともできないでしょうね」と彼女は言った。「鉛筆を握ることさえできないかも。朝に目を覚ましたとき、その最初の瞬間に人が感じるようなことを、私はいま感じているの。弱々しくてハッピーで、まだ何かを考え始める前のこと、いろんな騒ぎが開始する前のこと……」

そこで僕は一気にしゃべり出した。「なあプークス、みんな僕が悪かったんだよ、ほんとに。いろんなことをまた最初からやりなおそう。ふざけまわるのはもうやめよう。酒を飲むのも控えよう。お祭り騒ぎの生活から足を洗おう。ハウス・パーティーじゃないときにも会うようにしよう。手始めにニューヨークに行って、二人だけで水入らずの時間を過ごすというのはどうだい？　僕の家に行くんじゃなくて、二人でホテルの部屋をとってさ……」

「それこそが」と彼女は言って、僕の身体をぎゅっと抱き締めた。「私が聞きたかったことよ！」

僕らは残された時間の中で、期末試験の前の週末に会う約束を急いで交わした。そのときちょうど、スクーンズがよれよれになったデート相手と共にハウスから出てきた。そのあとにローとナンシーと、もう一人の疲れ切った女の子が続いた。彼らは全員、地獄を這い抜けてきたあとのように見えた。全員が気怠《けだる》そうに別れのキスをして、

〈ビッチ〉の中に転がり込んだ。全員は乗り切れなかったので、僕があとに残ると申し出た。

スクーンズがそのぼろ車のエンジンをかけたとき、プーキーが叫んだ。「ねえ、私の靴！」

僕はローファーの片割れを後部タイヤの横に見つけ、それを開いた窓からプーキーに渡した。そして〈ビッチ〉が砂利をはね飛ばしながらドライブウェイを出て行くとき、彼女に最後の投げキスをした。

# 第八章

僕らは金曜日の朝、べつべつの列車に乗ってニューヨークに向かい、約束通りローズヴェルト・ホテルのバーで待ち合わせた。ローズヴェルト・ホテルとかボルティモア・ホテルみたいなところのいかにも大学生的な雰囲気から少し離れて、僕らは（あるいは僕はというべきか）アップタウンのホテルの部屋を予約していた。コロンバス・サークルの脇《わき》のヘンリー・ハドソン・ホテルだが、お金を節約するために浴室付きのシングル・ルームをとっていた（お金にはほかにもっと大事な使い途《みち》があった）。

「私は大満足、なんたって最高」とプーキーはベッドに身を投げ出して叫んだ。「こんなにリラックスして、自由に感じたことって初めてよ。なにしろもう、走っている馬と日光浴している亀《かめ》をひとつに合わせたみたいに、最高にご機嫌で、ビューティフルで、ヒッゼツに尽くしがたい豪華絢爛《けんらん》な週末になるわ！」

昼食（チェリーストーン蛤《はまぐり》とフローズン・ダイキリとエクレア）のあとで、僕らはセントラル・パークの見物に行った。よく晴れた風の強い日で、空にはたくさんの白い雲が浮かんでいた。プーキーはいろんな唄《うた》を少しずつ歌いながら、曲がりくねった小径《こみち》を先に立って走っていった。膨らんだスカートが彼女の細い脚のまわりではたはたと波打っていた。風が髪を勢いよく逆立てていた。そして彼女はしょっちゅうローファーのどちらか片方をなくしていた。一時間ほど彼女のあとをついていくことによって、僕は過去二年間におこなったすべての運動量（学内競技会やヴィレッジ・タヴァーンまでの往復も含めて）を凌駕《りょうが》するだけの運動をしたと思う。

でも最後には彼女もさすがにへとへとになって、僕らはあまり人のいない芝地の真ん中に腰を下ろした。「ひょっとしたら」とプーキーは僕の手を握りながら言った。「もしどこかに小さな青い雲なんてものが今も存在しているとしたら、ずっと昔に私が糸を切ってしまった凧《たこ》たちが、その上にぐしゃぐしゃと積み重なっているか、あるいはそのふわふわした中心に詰まっているかするんじゃないかと思うの。そしていつか私が道を歩いているときに、それとも野原を横切っているときに、空から突然、私が昔新聞紙でつくったそんな凧たちがはらはらと静かに、音もなくまわりの地面に落ちてくるんじゃないかって気がするわけ。まるで口をきかない鳥の群れが朝早くにねぐらに戻ってくるみたいに、こっそりと。そして私はその新聞を読むの。それってお かしいと思わない？ 古い戦争の話を読んだり、聞き慣れない有名人についての記事を読んだりするの。くにゃくにゃした髪型のモデルが出ている洋服の広告やら、ダブルの背広を着ている男の人たちやら……あとは漫画ね。ケイシー・ラッグルズとかそれから……うん、そんなものたちがたぶん、いつかみんな故郷に戻ってくるわけ」と彼女は唐突に結論づけた。

「みんな故郷に戻ってくる」と僕はけだるく繰り返した。僕らの近くには小さな岩があり、その表面には雨が浸食した溝がいくつもついていて、細かく砕けた葉がそこから滴《したた》り落ちていた。そこにプーキーの顔があり、雲がひとつ彼女の鼻にぶつかったり、高層ビルがその先端を優しく彼女の顎《あご》につけたりしていた。春の青空が広がり、芝生のあちこちにカップルが寝そべったり、気持ち良さそうに手脚をいっぱいに伸ばしていたりしていた。白い紙切れがふわふわと飛んでいた。まるでプーキーの屍たちが故郷に帰ってきたみたいに。

「カーテンになったみたいな気がする」と彼女は言った。

僕は小枝で彼女の手の甲を引っ掻《か》いた。そして自分もカーテンになったみたいな気分になろうとした。そして実際にそういう気分になった。

「自分がふわふわしているみたいに思える。自分が空っぽになったようだわ」と彼女は唄でも歌うように言った。「流れるようにするりと滑らかなの。タンポポの種子になったみたいに」

流れるようにするりと滑らか。タンポポの種子。いつの夜にか僕は夢を見るのだろうか？ 真っ黒の背景の前を、タンポポの種子であるプーキー・アダムズがくるくると無音の回転をしながら、まるでチョークのように僕の夢を横切っていく。くねくねと回転する痕跡《こんせき》を彼女はあとに残すのだが、その痕跡は朝の光の中に次第に薄れていって、やがては消えてしまう。僕は小枝の先で彼女の手の甲に白いXの字を書いた。とても微《かす》かなXだ。

「とにかく私たちはここにいる」と彼女は言った。

「うん、僕らはここにいる」

僕は彼女の頬を軽く嚙《か》み、唇をその瞼《まぶた》につけた。それぞれの乳房の先端にキスし、彼女の心臓を包んだ柔らかな布地に耳を押しつけた。ずっと遠くの方に僕は、眠たげなドラムのような心音を聴き取ることができた。

「ジェリー……？」

「なんだい？」

「小さな子供って好き？」

「ああ、そう思うけど」

「つまり、小さな子供たちが前にいたら、どう思うかってこと」

「さあ、どう思うかな。子供ってきっと可愛《かわい》いだろうね。それ以上のことはよくわからないけど」

「いつか自分にも子供ができるだろうって考えたことはある？」

「まさか！」

「どうしてまさかなわけ？」

「夜中の二時に起きて、赤ん坊には乳瓶のミルクを飲ませたり、五分後には吐き出してベビーベッドをぐしゃぐしゃにするとわかっている不味《まず》そうな離乳食を喉《のど》の奥に流し込んだり、一日中すさまじい泣き声を聞かされたり、コデイン入り咳止《せきど》めシロップを一瓶飲んでしまうたびに病院に連れて行ったり、うんちをするたびにお尻《しり》を拭《ふ》いてやったり——そんなのたまらないよ」

「自分ひとりで——ていうか、何とかさんと二人で一緒に——こしらえたほんものの生きた人間が目の前にいるってことに、君は心を動かされたりしないわけ？　その子は君にそっくりかもしれないんだよ。君のような目を持って、君のような鼻を持って、君と同じような声でしゃべるかもしれない。そしてもし君がそう望むなら『個体発生は系統発生を繰り返す』と言うように教え込むことも可能なのよ。君は彼を手伝って、人格をかたち作っていくこともできる。なぜなら彼は君のものなのだから。彼を豊かにするのもしないのも、それを決めるエッセンスは、君の魂そのものであるからよ」

「たしかに。そして彼は成長する。やがて髭《ひげ》を剃《そ》るようになり、セックスをするようになる。ファミリー・カーを大破させ、どこか遠くに行ってしまう……」

「でも彼はそんなことしないわ。わかるでしょ？　たとえばもし私たちが赤ん坊を持ったら、私たちは彼を宇宙飛行士とか、政治家とか、銀行家とか、そういうものに育てたりはしない。私たちはその子を。たとえばそうね、鱗翅類研究家《レピドプテリスト》に育てるわけ。そういうもっと穏やかで、ゆるやかで、可愛らしいものに」

新聞紙が僕の足下を吹き飛ばされていった。それはプーキーの乳房のささやかな盛り上がりの背後から現れて、草の上を軽やかに舞っていった。鱗翅類研究家《レピドプテリスト》？　鱗翅類研究家は生まれたときどんな顔をしているのだろう？　小さな捕虫ネットを手に持っているのだろうか？　それとも小さな白い日よけ帽をかぶっているのだろうか？　あるいはてかてかした黄色い羽をつけているのだろうか？

「君は蝶々《ちょうちょう》を手に持ったことはあるでしょう、ジェリー？」

「もちろん。数え切れないくらい」

「生きた蝶々のことよ」

「もちろんさ」

「羽の付け根のあたりを親指と人差し指でつかむわよね？」

「そうだよ」

「じゃあ君も鼓動を感じ取ることあるわよね。それがまるですべて心臓でできているみたいだったでしょ。そうじゃない？　大きな羽根を持ったとても小さな心臓を手にしているみたいだったでしょ」

「そう言われれば、そうかなと思う」

「小さな子供ってそういうものなのよ、ジェリー。大きな丸っこいブルーベリーの心臓。問題は——大きくなればなるほど、みんなその心臓から遠ざかるように育っていくことなの。樹木と同じ。それはますます深く君の中に潜っていく。そしてますます目に見えなくなっていく」

　彼女は片方の腕を上げ、指先をフラメンコ・ダンサーのように曲げた。彼女が何を考えているのか、彼女の頭の中がどんな風になっているのか、自分にはさっぱりわかっていないんだということに僕は思い当たった。僕は糸ガラスとか、ピンクの綿飴《わたあめ》みたいなもののことを考えていたんだと思う。よく思い出せないけど。僕はもっと強く耳を押しつけ、遠いゆったりとした鼓音を聴いた。小さな子供の心臓だ。

「成長を遂げるあいだに、君は自分がかつてどんなものだったかを忘れてしまうの」とプーキーは言った。「でもそれから、赤ん坊を持つことによって、君はその心臓を再び目にすることになる……」

「わかるよ。愛しているよ、プークス。僕は君のことを大きく深く愛して……君のことを深く広く愛して……僕は――」、やれやれ、いったい僕は急にどうしたというんだろう？　これほど深い圧倒的な失望感にとらわれるなんて。胃の中にこんなに唐突な冷気を感じるなんて。どこか遠くに行ってしまいたいと、かくも出し抜けに思い望むなんて。このまますっと跳び上がって、永久にどこかに走り去ってしまいたくなるなんて。僕は彼女の乳房に唇を強く押しつけた。彼女のこわばった指が僕の髪の中に滑り込んできて、僕の頭を彼女の胸により強く押しつけた。

「想像してみて、ハニー、私たちが一緒に子供だったなら……」

ああ、そうだね。一緒に身体《からだ》を丸めて、彼女の髪は僕の指の上にあでやかな束をなし、彼女の息は僕の顎にこっそりとした花の息づかいを吹きかけ、彼女の両手は僕の胸の上にぴたりとつけられ、手の指は僕の鎖骨を押し、ほっそりとした脚は僕の脚に絡《から》められ……ああ、そうだね。タッドポール池、常緑樹、凧たち……ああ、そうだね。十一個の胃袋とセンチメンタルなモンスターたち……僕は唇をどんどん押しつけていった。皮膚を突き破って骨に達し、ずっと遠くにある心臓に達するくらいに。そこで彼女は言葉を切った。

「ジェリー、あたしね……」

「プークス、プークス――」、僕は彼女のブラウスの上に大きな濡《ぬ》れた円を目にして驚いてしまった。

「ジェリー、いったいどうしたの?」、彼女の声は素早く、そして緊張を含んでいた。何かを嗅《か》ぎつけ、感じ取ったのだ。

「何もないよ。何もない。悪かった。どうしちゃったかわからないよ」、僕は彼女の唇と、鼻の先端にキスをした。彼女を安心させるべく微笑《ほほえ》んだ。彼女の目は幽霊の物音を耳にした子供の目のように大きく、きっぱり見開かれていた。

「私は何かまずいことをしたのね」と彼女は言った。「どんなまずいことをしたのかしら?」

「馬鹿《ばか》なことを言わないでくれ。君は何もまずいことなんてしちゃいないよ」

「私はきっと何かまずいことをした……。それはわかっているんだ。私が口にしたことの何かが……」

「ああ、もうよしなよ、プークス。君を愛しているよ。ほんとに、嘘《うそ》じゃなく。君と結婚したいと思っている。いつか僕らは結婚して、子供を持つことだろう。そして彼を鱗翅類研究家に育てるんだ。それでいいかい？　彼は君にそっくりで、同時に僕にそっくりだろう……」

「ジェリー、私は何を言ったっけ？　お願い、教えて。私はいったいどんな間違ったことを言ったのかしら？」

「何も言ってないったら。ほんとだよ、プークス。なんにも気にすることなんてないんだ。子供のことはどうだい？　子供のことはどう思う？　覚えているかい、もし自分が妊娠したら、ろくでもないものばかりさんざん食べまくってやると言っていたことを？　玉葱《たまねぎ》をつけたホットドッグとか、そんなものばかり。そうしたらお腹《なか》の中にあぶくがいっぱいできて、赤ん坊を笑わせることができるだろうって。それでさ、僕らは今週末にそれをやってもいいんだよ。そしてそのあと僕らは結婚する……」

彼女の身体がこわばった。それ以上僕は続けられなくて、僕は彼女の頭の脇に自分の頭を置いて、僕をほとんどむせび泣かせかけた感情について、思いを巡らせた。同情と憐《あわ》れみ、そしてたぶん愛情。それがいったい何なのか、僕にははっきりとは判別できなかった。

「ジェリー」と彼女はとてもおずおずと言った。「君はほんとにそう思うわけ？　私のお腹の中に――君の言うように――誰かさんが入って、笑うか何かするだろうっていう風に？」

「もちろんさ、プークス。僕が自分でそのちび公を君のお腹に詰め込んでやる。だから君は……」

「あのね、マリアン叔母さんとボブ叔父さんは一度、もう少しで赤ん坊ができるところだったの。でもその子が生まれる前に、とてもおかしなことが起こった。マリアン叔母さんが妊娠八ヶ月か九ヶ月だったとき、紅茶カップをソーサーに載っけて、それをお腹につけて持っていたんだけど、赤ん坊が突然それをどんと蹴《け》って、一切合切を放り出させてしまったの。紅茶カップは割れちゃって、中身は絨毯《じゅうたん》の上に飛び散った。それは愉快な、喜ばしいことだった。でも子供が生まれたとき、その子は死んでいた。そして二人はもう二度と子供を作らなかった。ただ自然にできなかったのか、それともう二度と同じ目にあいたくないと思ったからなのか、それは私にはわからない」

どうしてそこで死産した子供の話が出てくるんだ、と僕は思った。僕はそこに座り直した。その辺を舞っている新聞紙はもう凧には見えなかった。それらは公園を汚しているただのゴミだった。樹木は濁った泥のような色をして、春だというのに、鮮やかというよりはぎらぎらと油じみて見えた。少し離れたところでは、太った男が仰向けに寝ていて、シャツをまくり上げて、そのみっともない太鼓腹を撫《な》でていた。

「私は死んだ子供を産みたくない」とプーキーは言った。

「そんなことは起こらないよ。僕が約束する」

「私の中にはきっと、死んだ子供がいっぱい詰まっているのよ」

「プーキー、よかったら話題を変えないか」

「何に？」

「何でもいい――何かに」

「君は本気であんなことを言ったわけ？」

「どんなことを？」

「ああ、そうよね。自分が言ったことなんてもうすっかり忘れちゃったんだ」

「僕が何を忘れたって言うんだ？」

「赤ん坊のこととか、結婚することとか、そういうこと」

「ああ、もちろんみんな本気で言ったんだ。当たり前だろう」

「こっちを見て」

僕は彼女を見た。そしてさっき言ったことをもう一度繰り返した。彼女は微笑んだ。ソフトで弱々しい微笑だった。

「君は嘘つきだなんて言わないでおくわ。なぜなら私は君を信じたいと思うからよ、ジェリー」

「一日中ずっと、僕は鱗翅類研究家に適した精子を生産するべく、日々つとめてきた」と僕は、彼女の額に貼《は》り付いた茶色の葉っぱのかけらをはじき飛ばしながら言った。そう言う僕の声はおかしな響きを帯びていた。無理に絞り出されたようで、どことなく嘘っぽかった。しかし彼女は話にのってきた。

「赤ん坊は柔らかな繭《まゆ》にすっぽり包まれて生まれてくるのかしら？」

「もちろんそうに決まっているじゃないか」と僕は明るい声で言った。そして彼女の額にかかった前髪を、手で払ってやった。

「そしてそれは繭から抜け出すと百本の脚を持っているのよ。だから私はものすごくたくさんの毛糸靴を編まなくちゃならない。やれやれ、どうしたものか、私は毛糸の編み方も知らないっていうのに！」

「かまうもんか。毛糸靴なんて買えばいいんだから」、同じひとつの雲が彼女の眼鏡のそれぞれのレンズの上をゆっくりと横切っていった。

「百本も脚があると、爪《つめ》を切ってやるだけで大変な手間がかかるわね」

「鱗翅類研究家にはね、足指の爪なんてないのさ。そんなことも知らなかったのかい？」

僕の微笑みはとても薄いものだったに違いない。でも彼女がそれにどんな反応を見せたか、眼鏡の奥まではうかがえなかった。彼女の目はレンズの反射する青と白の向こうで、透き通って、半ば水没しているように見えた。

「その子供を私たちはなんて呼ぶのかしら？」

「プーキマム・ジェリエンシスに決まっているじゃないか」

「プーキマム・ジェリエンシス」と彼女はひとつひとつの音節を強調しながら繰り返した。「百本の脚を持った緑と金色のプーキマム・ジェリエンシス。ひどく不器用な踊り手になることでしょうね」

「間違いなく……」

僕らは立ち上がって、ぶらぶらと公園を歩いて抜けた。僕らの創造物について討議を重ねながら。でもほどなく話し疲れてしまった。空が夕暮れに向けて微かな紫色を帯びてくる頃、僕らのあいだに何かしらもの哀《がな》しい気持ちが生まれた。

「栓が抜けちゃったみたい」とプーキーは言った。「日の光がどんどん流れ出ていくのに、どうして雲やら鳥やら、あの月のかけらやらがみんな、地上に流れ降りてこないのかしら?」

彼女は夕暮れやら、湿った場所に根を下ろしたり、その上を滑ったりしている生き物の再生について神経質におしゃべりを続けた。マクベスの魔女の、出だしの毒ヒキガエルから最後のヒヒの血で冷やすくだりまで、あの骨の折れる厄介な呪文《じゅもん》を、しっかり熱っぽく暗唱までしてくれた。彼女が僕に、洞窟《どうくつ》の中を白い毒蜘蛛《どくぐも》たちに追いかけられる話をしているときに、丘の向こうから音楽が聞こえてきた。そして小径の角を曲がっていくと、下の方に回転木馬が見えた。

「ジェリー、ジェリー、ジェリー」と彼女は先に立って踊りながら叫んだ。「回転木馬に乗りに行こうよ」

「いや、僕はあまり……」

彼女はそれを聞いてはっと足を止めた。「どうして?」

「ああ、つまり……僕はあまり気が進まないんだ」

「だって楽しいじゃない!」

「ああ、子供には楽しいだろうけど」

「そうか」と彼女は言って、踵《かかと》をかちんと合わせ、僕に敬礼した。「イエッサー、あなたは大人であられたのですね」

「乗りたいのなら乗ってくればいい。誰も止めないよ」

「ありがとう、おじさま。喜んでそうさせていただくわ」

彼女は切符を買い求め、僕はあとに残って見物をした。彼女は馬ではなく、黄金の羽根飾りのついた二輪馬車《チャリオット》に乗った。音楽が始まった。オルガンで奏されるけばけばしい子供向きの音楽だ。音は大きく、たぶん幸福な音楽と言うべきなのだろうが、幸福と言うにはどことなく切羽詰まっていて、どちらかといえば狂乱的ですらあった。まるでボールの形をした音楽が狭い部屋の中に閉じ込められ、なんとか外に出ようと天井やら壁やら床やらにどんどんとぶつかっているみたいな感じだった。

馬車が最初に回ってきたとき、その中に何人かの子供たちがプーキーと一緒に乗っているのが見えた。黒人の子供が一人、ピンクのリボンをつけたお下げの髪を一角獣みたいにぴんと上に立てていた。何人かの小さな金髪の子供たちは青いベレー帽をかぶっていた。子供たちは全員が微笑んでいた。彼ら全員の歯には大きな抜けた部分があった。プーキーが馬車の先頭に立っていた。子供たちから一人離れて、前にぐっと身を乗り出していた。唇はまっすぐ結ばれ、笑みを浮かべてはいなかった。眼鏡の奥にある目までは見えなかった。彼女はあっという間に目の前を過ぎ去っていった。歯のない幸福そうな多くの口もあっという間に過ぎ去って消えていった。それから彼らはもう一度回ってきた、金髪の子供たちのうちの一人が前に出て、プーキーの隣に立っていた。彼女はその子を見下ろして何かを言ったが、明らかに、子供には彼女が何を言っているのか聞き取れないようだった。音楽の音が大きすぎるのだ。次に一周してきたときには、子供たちの全員がプーキーの周りに密集し、前方を見つめていた。彼らは回転木馬に乗っているのではなく、滑らかで強力なイルカのチームに引っ張られて、どこかの大洋の海面を勢いよく滑走しているみたいに見えた。馬車の側面を飾っている金色に着色された羽毛は、本物の黄金の波のようだった。そしてもう一度ぐるりとまわってやってきたとき、プーキーはほんの短いあいだではあるけれど、子供たちの女王になっていた。微笑み、暗闇《くらやみ》の中へとカーブして僕から遠ざかりながら、みんなで大きな笑い声を上げていた……。

スキップしながら僕のところに戻ってきたとき、彼女はまだ笑い声を上げていた。僕の頭を指さしながら「まったくもう、あなたってしらけ虫なんだから。すごく楽しかったわよ！」

楽しかった、か。僕は微笑んだが、微笑みたいような気分ではまったくなかった。彼女に向かって何かを怒鳴りつけたいような気分だった。でも何と怒鳴りつければいいのかがわからなかった。僕らは公園を離れた。帰りは馬車に乗って行こうと決めたのだが気が変わって、それは明日にとっておくことにした。その代わりにサンモリッツ・ホテルでカクテルを飲むことにした。僕らはおしゃれな舗道のテーブルに腰を下ろしたのだが、ウェイターがやってきて、もの悲しいまでの厳格さをもって眉《まゆ》をひそめながら、僕がその席に着くにはネクタイを着用している必要があると言った。

「あなたがお酒を持ってきたら、彼はそれで酔っ払えるんだけど（訳注・ネクタイをしめる〈tie one on〉には酔っ払うという意味もある）」と彼女は含みのある笑みを浮かべながら言った。僕は彼女の手をとって半ば無理やりそこから連れ出した。彼女は常日頃から、とりわけ不愉快な公僕に浴びせかけるべき悪態をしっかり蓄積しており、僕としてはそんなものを持ち出してほしくなかったからだ。僕らはホテルに戻り、テレビをつけ——本格的なところはもっと夜遅くのためにとっておいて——ベッドに横になって一時間かそこら、石鹸《せっけん》や煙草《たばこ》や自動車の広告や、五時の映画の滑らかな声に合わせて互いの身体を気だるくいじり合っていた。

もうおわかりになっているかもしれないが、僕は胸を触るのが好きな男だ。そしてそれはプーキーにとっても都合の良いことだった。というのは「私の乳首は生殖腺《せいしょくせん》に直結しているの」と彼女はよく言っていたからだ。ところが僕は——あるいはむしろ僕らはというべきだろうが――ついやり過ぎてしまって、右の乳首を駄目にしてしまったと彼女が文句を言うのを耳にすることになった。「まったくもう、ジェリー、私のそこに紙ヤスリでもかけたんじゃないの」と。彼女はひどく痛がったので、僕は下に行って、ワセリンを少しとバンドエイドをもらってこなくてはならなかった。僕らはくすくす笑いながらその傷の治療をおこない、一緒にシャワーに入り、いちばん立派な服を着込み、夕食をとるべくエンパイアステート・ビルの〈ロンシャン〉に出かけた。

僕らは牡蠣《かき》とロブスターと、また蛤と、ほかにも豪華な盛り合わせを注文し、それをシャンパンで流し込んだ。プーキーが最後のシャンパンのコルク栓をパースに入れたあとで（二十一個のコルク栓を集めたら結婚できるという話を彼女はどこかで耳にしていた）、僕らはこのまま素晴らしい夜を終わらせてしまってはならないという結論に達して、アップタウンの〈トレーダー・ヴィックス〉に行ってみることにした。シャンパンの酔いにまかせて、僕らはそれぞれにティキ・プカ・プカを四杯ずつ飲んだ。ラム酒のアルコール度の強さからして、それが普通の人間の限界に近いはずだ。そしてその結果、僕らはほとんどお互いを支え合うようにして、ふらふらの状態で通りに出た。僕らはもう泥酔しているなんてものじゃなかった。まさに正体不明という状態だった。僕のポケットはカクテルについてきたガーデニアの花でいっぱいになっていた。僕らは途中で角を曲って、ドーナッツとコーヒーを買いに寄った。そこに行くまでにいろんなニューヨーク市民に向かってセレナーデとして『中国ではチリのためなら、アレをやる』の唄を歌ったが、それが人々の好評を博したという覚えはない。

ドーナッツ・ショップのカウンターで、プーキーはあやうく殴り合いの喧嘩《けんか》を起こすところだった。「ドーナッツはいらないから、穴だけを三十個包んでちょうだい」と彼女は言い張った。古い冗談だ。そして大声で卑猥《ひわい》な単語をいくつか口にし、二人とも店から力尽くで追い出された。

「しゃくにさわるなあ」と彼女はぶつぶつ文句を言った。「通りを渡って、プラザ・ホテルの前のバイオリン弾きをやっつけちゃおうよ……！」

僕らは通りを横切り始めたが、途中でお互いの身体にもたれかかる暗いくにゃくにゃしたものとなり、お互いの両腕の中に跳んで入ったり、そこから出たりした。キスをしようとするたびに、歯がぶつかって不快ながちがち感があった。ヘンリー・ハドソン・ホテルに帰り着けたのはまことに幸運だった。二人のどちらかがなんとかその名前を覚えていたのだ。僕らはホテルに着いて、タクシーから文字通り放り出され、部屋に転がり込み、シャワーを浴びた。最初にプーキー、それから僕の順番で。シャワーはあまり役には立たなかった。プーキーは具合悪くなりそうと呻《うめ》きながら裸のままベッドに横になった。僕はバンドエイドの箱を見つけて、彼女の身体中にそれを貼り付け始めた。一箱全部を使って、彼女の首やら胸やらお腹やら腿《もも》やら背中やらお尻やらふくらはぎやら、至る所に貼りまくった。大きいサイズのものから、小さなサイズのものから、うおのめ用の丸いものまで、箱にあったぶん全部。僕はその作業をしながら歌った。

バンドエイドがここにある。
楽しい楽しいバンドエイド
バンドエイドがここにある
一生かけても使い切れないくらい

それからこう続けた。
ひとつを彼女の左耳に貼り

ひとつを彼女の首に貼り
ひとつはちっぽけなお尻に、貧相なお尻に……

彼女はかなり抗議したが、僕は意に介さなかった。バンドエイドがなくなってしまうと、彼女を仰向けにして、そこにガーデニアの花を飾り始めた。「右の方にひとつ、左の方にひとつ、おへそにひとつ……そしてにゃあにゃあと泣きながらおうちまで帰った子猫《プッシー》ちゃんのためにひとつ……」

「ジェリー」と彼女は唸《うな》るように言った。「君はね、私たち両方を殺そうとしている……」

それに続く三十秒ほど、まったく活動が休止した。そのあいだに僕の頭からアルコールが抜けていって、彼女の言っていることの正しさがわかってきた。僕はガーデニアを取り去り、彼女の隣に横になった。そして一枚バンドエイドを取り去ろうと無駄に努めた。

彼女は言った。たぶん正当に貼ったぶんだけを剥《は》がそうとしたのだと思う。「それはもう明日の朝にしてくれないかな」

「本気でやったわけじゃないんだ、プークス」

「わかった……明日の朝にしてちょうだい」

「僕はほんとに……」

「もちろんわかってるけど、もういいから……」

「愛しているよ、プークス。ボーイスカウトの誓いだ……」、僕は指を三本ぴったりくっつけて持ち上げてまでした。

「それはちゃんとわかったから、今日はもう寝ましょう」

ああ、ああ、悲惨の限りだ。泣きながら眠ってしまうところだったと思う。夜中に二回目が覚めたが、ひどく気分が悪かった。ガーデニアの花の匂《にお》いがあまりにきつくて、その香りで僕らが窒息してしまわなかったのが不思議に思えたくらいだった。プーキーはたくさんのてかてかした白い切れ端を貼り付けられてベッドに横になり、いびき混じりの息をしていた。彼女は死にかけているに違いないと僕は思いそうになった。とてもうるさいくせに、ぴくりとも動かなかったからだ。奇妙におぼろげな青い光が窓から差し込み、彼女の髪と顔を光らせていた。まるで氷の薄い膜か、あるいは色づけされたセロファンが一枚、ぴったりと頭の上から吹き付けられているみたいだった。

しかし死にかけているにせよいないにせよ、僕は気分が悪すぎて、彼女を助けてやることはできなかった。疑問の余地なく。

翌朝目覚めたとき、プーキーは浴室にいた。ドアはロックされ、シャワーの音が聞こえた。ときどき嘔吐《おうと》するような音も聞こえた。だから何はともあれ、彼女はひどく気分が悪いんだなと僕には想像できた。僕はドアをノックした。

「とっとと地獄に行っちまいなさい、ジェリー・ペイン！」

彼女の声はおかしな具合に喉につっかえていた。泣いてもいるんだろうと僕は思った。

「プークス、そこでいったい何をしているんだ？　大丈夫か？」

「私は大丈夫かと彼は訊《き》いている」、彼女の声はヒステリカルに聞こえた。「早くどっかに消えちゃってくれないかな。高貴なる騎士様、美しい白馬とともにね」

「ねえ、いったいどういうことなんだ、これは——」

「どういうことだかわからないっていうわけ？　馬鹿じゃないの」

「すまなかったって言ってるんだよ、プークス。いつまでもいつまでも、同じことを言い続けるわけにはいかないだろう。ドアを開けてくれないか？」

「すまなかった？　すまなかったって？　彼の人生の中で、それはきっと五千万回めくらいのすまないに違いないわね。さあ、アダムズ、よくよくしっかり考えておくことね！」

「プーキー、せめてドアを開けて、ちゃんと話をさせてくれないか！　人間らしく。いったい何が君の雌山羊《めやぎ》を食べているんだよ（訳注。怒っていることの英語的表現）？」

「助けてください、助けてください、騎士さま、恐ろしい怪物が私の哀れな小さな山羊たちを片端から食べております！」

「頼むからシャワーをとめてくれよ」

「なんですって、それは私の言ってることが聞こえないから？　聞こえてる、ジェリー？　私の乙女っぽくか弱いファッキン・ヴォイスが聞こえているかしら、大人のおじさん？」

「そんな大きな声を出したら、ホテルが今に苦情を言ってくるぞ」

「あら、それは大変よね。彼らは無料でこのバンドエイドを全部剝がしてくれるかしら。エゴを増進させてくれるかしら？　ずたずたになった愛情関係を貼り合わせてくれるかしら？　さあ連中を来させなさいよ。いいから……」、彼女の声がそこでまた詰まった。彼女はきっと死にかけているに違いないと僕は再び確信した。その声にはまずい響きがあった。

僕は彼女に懇願した。「お願いだよ、プーキー……」

「はいはい、今すぐに……」、シャワーが喘《あえ》ぐような音を立てて止まり、それからロックが外される音が聞こえた。僕はドアを開け、湯気だらけの浴室に足を踏み入れた。プーキーはシャワーカーテンを身体に巻き付けて、浴槽のへりに腰掛けていた。だから僕に見えるのはその内股《うちまた》になった二本の足だけだった。「私を一人にしておいて。見ないでちょうだい」と彼女は厳しい声で言った。「もし何かしてくれるつもりがあるなら、洗面台のガーデニアをどこかにやって」

僕はガーデニアを窓から投げ捨てた。そして便器の蓋《ふた》を下ろし、そこに腰掛けた。そよ風が窓から入ってきて、部屋の中の湯気をかきまわし、ガーデニアの匂いを外に運び出した。プーキーはしばらくのあいだ静かにしくしく泣いていた。彼女が泣き止《や》む頃には、湯気はもうほとんどなくなって、公園の春の匂いが少しばかり嗅ぎ取れるようになっていた。

「人生が私のそばを過ぎ去っていったみたいな気がする」とプーキーは言った。「彼女の声はビニールのカーテンの奥から細々と聞こえてきた。「私の隣を通り過ぎていって、そのときに礼儀正しく帽子をちょっとだけ傾けて、こう言ったの。『こんにちは、ミス・アダムズ、さよなら、ミス・アダムズ』って。そして安全な距離を開けてから言ったの、『くたばりやがれ、ミス・アダムズ』って。ああ、ジェリー、私の人生の良き瞬間のいくつかを手元に留めておければよかったんだけどね。マウント用の杉板に、上から薄紙をかけて、羽を広げてピンでとめて乾燥させるの。そして今みたいなときに、私はそれが美しく保存されている様を見れるかもしれない。手を伸ばして触ることだってできるかもしれない。そうすれば、こういう素敵なものだってちゃんと存在していたんだと知ることができる。それが証拠になる……でも私にはそんな証拠もない……ああ、まわりにあるのはあれやこれやの糞《ふん》みたいなものばかり。どうすればいいの」

「服を着て、朝ご飯を食べて、予定通り馬車に乗りに行こうよ」と僕は言った。「とても平和な一日になるよ。間違いなく」

「平和なですって？　何を言ってるの？　平和なんてもうどこにも存在しないのよ。したとしても、私は平和なんてものとはぜんぜん無縁なの。君はね、私のアタマをときとして二等分しちゃう象形文字に耳を澄ませるべきよ。そうすれば、自分が口にしている平和云々《うんぬん》のあほらしさがよーくわかるはずよ」

「でもさ、君のアタマの中なんて、僕にはとても見通せないよ。ほんとにそんなことできないんだ。わかるだろう？」

「じゃあ描写してあげるわね。まず君は球体みたいなものの中をのぞきこんでいるわけよ。その真ん中にはぐらぐらする電気ショック椅子があって、そこに何か小さなものがちょこんと座っているの。このものは妙に私に似ていて、頭には角が一本はえている。半分の光の輪がその角の周りに浮かんでいる。翼もひとつ、棘《とげ》のある尻尾《しっぽ》、一本の鳥の足、裂けた蹄《ひづめ》がひとつついている。それは道化師の服を着ているの。片側が白いトーガで、もう片側は赤い上着とレギンズ。頭上の高いドーム状の天井からはたくさんの細い紐《ひも》が垂れ下がっている。そしてどの紐の先端にも木の取っ手がついているの。それらのハンドルには〈右脚〉〈左脚〉〈微笑む〉〈眉をひそめる〉〈しゃべる〉みたいなラベルが貼ってあるわけ。で、この妙に私に似たものがやるべきことといえば、椅子から時折足にびびっと伝わってくる電気信号を受け取って、適正に反応することだけなの。つまり、腕を伸ばして、その信号の要求する取っ手を引っ張るわけこ。ところがこいつは、この私みたいないいいなものに、酔っ払っていてラベルの字をうまく読み取れないの。だから〈右脚〉ショックを受けたときに、〈左腕〉の取っ手を引っ張ってしまう。〈微笑む〉ショックを受けながら、〈しかめ面《つら》〉取っ手を引っ張ってしまう。そしてしょっちゅう椅子から落ちて、ヘルメットの中のろくでもない豆みたいに、ただごろごろ転がってしまう。そして何も起こらない。私の言ってることわかるかしら？　ヘルメットの中のろくでもない豆よ」

僕は肩をすくめて言った。「プーキー、君が何を言っているのか、僕にはさっぱり理解できないよ……」

「ねえ、私たちどうしてそんなことをしなきゃならなかったの？」と彼女は不満そうに言った。「夢見るような完璧《かんぺき》に素敵な週末になってもよかったのに。それがなんでこうなっちゃうわけ？　昨夜だって、普通のツーリストがやるようなことを当たり前にやったってよかったわけよね。夕食のあとブロードウェイをそぞろ歩きして、芝居を見て、芝居のあとでこぢんまりしたフレンチ・レストランに入って、ワインを一本とり、臭いリンバーガー・チーズをつまみにとるとか、あるいはグリニッチ・ヴィレッジに足を運ぶこともできた……でもそのかわりに私たちはいったい何をしたのかしら……」

「今日はまともにやろう」と僕は約束した。

「ええ、きっとそうでしょうね」と彼女は暗い顔をして言った。「私たちきっと素敵なカップルになれるわよね。狭い殻の中の苦しいもがき。それが私たちよ。拍手はいらない。いんちきコインを投げてくれるだけでいい」

僕は言った。「バンドエイドはみんな剝がした？」

彼女の声は暗く淀《よど》んでいた。「いいえ、まだ取りかかってもいない……」

彼女はカーテンを元に戻し、僕はバンドエイド剝がしに取りかかった。一枚剝がすごとにプーキーがあげる悲鳴にたじろぎながら。すべてのバンドエイドを剝がし終えるのに二十分以上はかかったと思う。それからプーキーはベッドに俯《うつぶ》せになり、僕は長いあいだその背中をマッサージした。そのあいだ彼女はほとんど口をきかなかった。しかし彼女は枕《まくら》に開いた穴から、三十本ほどの小さな白い羽毛を取り出すことに成功した。僕が疲れてくると、彼女は枕を頭の上にあてて、お腹を下にし、両腕と頭をベッドにぺったりつけ、背中を丸めて胎児のような姿勢をとった。お尻はお祈りをする回教徒のように持ち上げられていた。彼女の声は枕の下から押しつぶされて聞こえてきた。それはとてももごもごと奇妙な響き方をして、すごく遠くに聞こえた。

「私は今、リンポポのジャングルのとても奥深くにいるの。そこには〈魔法草〉と〈夢見芝〉が生えている。そして柔らかな苔《こけ》と〈インド蔓《つる》〉と〈春這《まるま》いもの〉の上を、こっそりと〈愛の王子様〉が進んできて、私を捕まえようとしている。私はね、月光と露のマットレスの上で眠っている〈ムーンチャイルド〉なの。彼は〈笑いとカオス〉の茎で編んだ大きな黄金色の網で私を捕まえようとしている。キスして、王子様、そうすれば私は永遠にあなたのものになりますわ。私は仕事を見つけ、あなたの靴下を繕い、そしてすべてはノーマルになる。私たちは結婚までして、足の指に爪がない鱗翅類研究家の子供たちだって持つかもしれない……」

それから、あろうことか、よりにもよって、彼女は放屁《ほうひ》したのだ。

僕はただただ彼女にうんざりした。そしてその気持ちを伝えるために、何も言わずに彼女のそばを離れ、浴室に鍵《かぎ》をかけて一人で閉じこもった。そして気を静めるために、たっぷり時間をかけてシャワーを浴びた。僕が浴室から出ると、彼女は服を着込んでいた。あぐらを組んでベッドの上に座り、片手にホテルの便せんを一枚持って、もう片方の手に鉛筆を持っていた。顔も上げずに、彼女はそれを読み上げ始めた。彼女の声はフラットで、感情を欠いていた。

ああ、ハイホー、ラヴェンダーの森の中で
卵を産めない郭公《かっこう》が叫んでいる。
ああ、ハイホー、ラヴェンダーの雪の中で
卵を産めない郭公が死んでいる。
かっこう！　かっこう！

かっこう！　かっこう！

彼女の魂の真に暗い夜にあっては
時刻はいつも午前三時だ。
（F・S・フィッツ――P・アダムズ）

「それで終わり？」と僕はベルトを締めながら言った。

「これで終わり」

「それは何を言わんとしているのだろう？」

「何を言おうとしているか？　何も言おうとはしていない」、彼女は紙を丸めて僕に投げつけた。「まったくなあんこも」。それから言った。彼女は鉛筆を二つに折り、それをベッドの脇《わき》のゴミ箱に放って入れた。「ねえ、ジェリー、ひょっとして君は知らないかもしれないけど、私は君のことを愛している。本当よ。君がいなくなったら、私は生きていけないと思う。それなのに、君とはどうやってもうまくやっていけないみたい……」

僕は自分が同じことを言っているのを耳にした。そして気がついたときには、僕らはもう自殺協定を結んでいた。

さて、その朝の混乱が、我が人生の中でも最も感情的に衰微した局面のひとつに、僕を追い込むことになった。僕がその協定に合意したのも、それが原因だったかもしれない。あるいはシャワーが熱すぎて、蒸気のおかげで僕の頭がいくぶん朦朧《もうろう》としていたからかもしれない。それともキングサイズの二日酔いを抱えていて、それを追い払うためには大量の薬が必要だと考えていたのかもしれない。そのへんは自分でもよくわからない。しかしいずれにせよ、プーキーは新しい便せんに、センテンスひとつだけの自殺協定を書き付けた。そこには「僕ら二人は愛ゆえに、このような所行に及ぶ」という趣旨のことが記されていた。そして僕らは本物の血でそこに署名をした。それぞれの指を僕の剃刀《かみそり》で切ったのだ。二人の若き人生を終わらせるために僕らが採用した方法は（僕の提案により）、五十錠入りのアスピリンを二つ用意することだった。

「少なくとも私たち、頭痛で死ぬことはないわね」とプーキーは、僕がアスピリンを買いに出るときに言った。

僕は指をしゃぶりながらエレベーターに乗り、下に降りたらまともな世界に静かに足を踏み出し、そのまま歩き去ってしまうべきなんじゃないかなと、ふと考えた。

　十分後に僕はアスピリンの瓶を手に戻ってきて、それらをデスクの上に並べていた。「五十錠入りの瓶が四つあれば用は足りるだろう」と僕は言った。いったいどのような幻想のせいで、心中をするのが「グッド・アイデア」だなどと考えてしまったりしたのだろうといぶかりつつも。僕はデスク椅子《いす》に腰を下ろし、アスピリンが入っていた紙袋を吹いて膨らませ、叩《たた》いて破裂させた。それから五分かけて袋をくしゃくしゃにし、硬く丸め、ゴミ箱に捨てた。それは金属の底を打ってピンという音を立てた。

「さて、どうする？」とプーキーは言った。「つまり、どうやって飲めばいいの？」、彼女は眼鏡のつるを嚙《か》みながら、インディアン風にベッドの上にあぐらをかいていた。彼女の頬にはひっかき傷がついていて、それは細い涙のあとのように見えた。

「僕にもわからないよ。ごく普通に飲み込むんじゃないのかな」、僕はハウス・パーティーがお開きになったあとの日曜日の夕方を思い出した。女の子たちはみんな帰ってしまったというのに、キャンパスのどこかのポーチでまだ、大きな音でレコード・プレーヤーが鳴っているのが聞こえる。週末を引き延ばせるだけ引き延ばそうとするかのように。

「これをそっくり全部口の中に入れて、それをグラス一杯の水で流し込めっていうんじゃないわよね?」、彼女は眼鏡をかけ、前屈《まえかが》みになった。

「そうじゃなくて、一度に数錠ずつ飲むんだ。二錠か三錠か」

彼女は眼鏡をとって、つるをぱたんと閉じた。そして身を後ろに反らせた。「それじゃ、これだけを飲むには一日かかっちゃうじゃない」、彼女は首を振り、毛布からウールのだまをむしり取り始めた。そしてそれらの毛玉をひとつひとつのボールにまとめたあとで、一列に並べていって、それはやがて一方の膝《ひざ》からもう一方の膝のところまで達する列になった。僕はそれには返事をしなかった。一分間ほど部屋の中に聞こえる音といえば、彼女がウールをちぎるぷちぷちという微《かす》かな音だけだった。

それから彼女は言った。「いっそ、窓から飛び降りちゃった方が簡単かもね」すてきな提案だった。「そんなことをいえば、地下鉄の前に飛び込んだ方がいいんじゃないか。その方がもっと派手に血が飛び散ったりするし」

「どうやらこのアスピリンに関しては私たち、うまく結論が出ないみたいね」、彼女は後ろに手を伸ばして枕を摑《つか》み、それを枕カバーから抜き出し、修理工がタイヤを扱うみたいに膝の上でくるくると回し、穴を見つけ出した。そしてそこから白い羽根を一本つまみ出し、口にあて、ふっと吹いて宙に飛ばした。

「グラスの水に溶かしてそれを飲むというのはどうだろう？」

「やってみれば。私はとくに異議はないけど」

僕は浴室から水を入れたグラスを持ってきて、デスクの上に置き、アスピリンの瓶のひとつを開封した。そしてタブレットをひとつ、水の中に落とした。三秒ばかり何も起こらなかった。でもやがてそれは小さなキノコ雲のように開いて、小さないくつかの白い塊を水面に浮かび上がらせた。それ以外のものはぼろぼろとこぼれて、丸い形にグラスの底に溜《た》まった。そこには何かしら歪《ゆが》んだ、自然ではない印象があった。まるで五秒間で開花する映画の花とか、ミニチュアの原爆の爆発とか、そんな感じだった。

一枚の羽根はずいぶん高くまで上がって、宙に浮かんでいたが、吹き込んだ風にとらえられて、下降しながら浴室に舞い込んでいった。「それ、あまり泡が立たないのね」とプーキーが言った。

「これはアルカ・セルツァーじゃないからね」

「誰がアルカ・セルツァーって言ったのよ？　アルカ・セルツァーのことなんてひと言も言ってないでしょうが。私がアルカ・セルツァーという名前をちょっとでも口にしたかしら？」

「僕はただ君のもつれた頭に向かって説明をおこなおうとしているだけだ。アスピリンはしゅわしゅわと泡を立てないということをね。錠剤の中には泡立つものもあり、泡立たないものもある」

「ロマンスと同じようにね」、彼女はベッドスプレッドの上に羽根で模様を描き始めた。僕はもう一個のアスピリンを水の中に落とした。それは底に沈み、少し間を置いてから、破裂してぼろぼろになった。

「音とか立ちそうなものなのにね」とプーキーは羽根で描いたものから顔をあげることもなく言った。「つまり落としたときのぽとんという音とは別に」

「唄《うた》でも歌ってくれると君は嬉《うれ》しいのかな？」

「嬉しいかもしれないし、嬉しくないかもしれない」と彼女は言って、できた作品を満足げに見ながら首を傾《かし》げた。それは大きな太陽に似たものだった。

「君のぶんのアスピリンを歌う錠剤に換えてもらってこようか？」、僕は彼女の「どうでもいい」という態度にだんだん腹が立ってきた。

「そんな質問に答える気にはなれない」と彼女は偉そうに言った。彼女は前に屈み込んだ。その顔は羽根のデザインから一インチしか離れていなかった。そして思い切り吹いた。羽根が舞い上がって、彼女の顔の周りで渦巻いた。それから彼女は身体《からだ》をさっとまっすぐにした。彼女の目に何か新しい考えがきらりと光った。「うん、そうだわ、ジェリー！　子供向けのキャンディー・アスピリンってどうかしら？　それをこりこり噛んで、それから呑《の》み込むだけでいいの。おいしいから」

子供向けのものはあまり強くないから、大量に飲まなくてはならないのだと僕は説明した。

「わかったわ。じゃあ、バーボンはどう？」

「バーボンがいったいどうなんだ？」

「バーボンを一本買ってきて、それを飲んじゃったら、アスピリンを呑み込むのが少しは楽になるんじゃないかしら」、何本かの羽根が彼女の眉毛《まゆげ》にくっついていた。

「バーボンを一本。おいおい、よしてくれよ」

「そんなに偉そうな言い方をすることはないんじゃない？」、彼女は羽根を取り出した枕の穴に指を突っ込んでかき回し、穴をもっと大きくしていた。

「プーキー、僕らはもう酒は十分すぎるくらい飲んだろう。つまりさ、もしそういうことをするのなら、僕としてはあくまで静かにやりたいんだ。死ぬときくらいすっきりした気分で死にたいと思わないのか？」

「でも普通にやったら痛いんじゃないの？」と彼女は尋ねた。

「アスピリンを飲んで痛いか？」

「ええと……腹痛とかないわけ？」

「プーキー、君は何も感じないよ。約束する」

「そんなの嘘《うそ》よ。ぜったいに腹痛があるはず。お腹《なか》がきりきりと痛んで、とびっきり苦しむのよ。苦しくて苦しくて、二人で床を這《は》いずり回るの。そして泣き叫びながら死に至るの」

「じゃあ、こんなことみんなやめちまおうぜ。まったくもう」

「こんなことみんな？」

「自殺云々《うんぬん》のことだよ」、僕はもう一錠のアスピリンをグラスの中に落とした。

「まあ、ちょっと、そんなに結論を急がないで、ジェリー」、彼女はそれまでこしらえていた白い四角形を一直線に横切るように、毛布に沿って指を進めていった。「どうしていつもそう気が短いの。慌《あわ》てることなんて何もないじゃない。こちらで一分ほど手間取って、あちらで一分ほど寄り道したところで、長い目で見ればそんなに変わりはないでしょう？」

「ああ、何の変わりもないよ。ぜんぜん大丈夫。何ひとつ変わりはないさ。一分でも、一年でも、一世紀だって君の好きにすればいい。僕のことなら気にしないでいい」

「君は本当に気になんかしてないんでしょう。違う？」、彼女は僕を見てはいなかった。しかし彼女の指は羽根の間にパターンを描くのをやめていた。

「僕が何を本当に気になんかしていないっていうんだ、プーキー？」

「どんなことだってよ。君は私たちがどうなろうと、私がどうなろうと、何がどうなろうと、どうでもいいんじゃないの？　それが痛くても痛くなくても、どうだっていいのよ。君は……私に先にそれを飲ませるつもりなのよね、そうでしょ？」、彼女は急に僕を責めるように顔を上げた。「ええ、そうよ、まず私に飲ませておいて、それから自分は逃げ出すのよ。それが君の心づもりなのよね」

僕らの会話がそんなところに流れていくなんて、僕にはまったく信じがたいことだった。しばらくのあいだ僕は呆然《ぼうぜん》として言葉を失っていた。それから僕の頭の中で怒りの大きな泡がぷつんとはじけた。

「ああ、そうだよ。そのとおりだ。まさにそうしようと思っていた！　馬鹿馬鹿《ばかばか》しい！」

「私のことがきっと嫌いなのね」

「そのとおり。それは実にまったく正しいよ。君のことが嫌いか？　そのとおり。君を愛したことなんてあるものか。この二年半のあいだ、僕がやったことといえば、君のヒッゼツに尽くしがたい愚かしいあれこれに辛抱してつきあってきたことくらいだ。君を愛したことなんてあるものか。だから今もこうして冷静そのものでいられるんだ。だから今もこうして、こんなにもとびっきり幸福な気分でいられるんだ！」

「私の愚かしいあれこれに辛抱してつきあってきたですって？　よくもまあそんな偉そうなこと言えたわよね！　みなさん、この小さな天使の言い草をお聴き下さい、ミスタ・ジェリー・ペイン、とっちゃん坊やのみっともない大ぐちたたき！」

「うるさいな。君のきいた風な言い回しにはもう飽き飽きしたよ」

「私が君を飽き飽きさせている？　君のことなんて大嫌いよ、ジェリー・ペイン。もううんざり。君なんて死んでしまえばいいんだ！　死んで、ぐるぐる虫たちと一緒にいればいいんだ……ああ、畜生！　畜生、畜生、畜生！」、彼女は両手で顔を覆《おお》い、ぎゅっと前屈みになって、両肘《りょうひじ》が膝のあいだに差し込まれることになった。

「悪かったよ、プークス……」、でも僕はそれ以上言うべき言葉をみつけられなかった。感覚がなくなってしまったみたいだった。いちばん不思議なことは、僕が無感覚になったのは惨《みじ》めさのためでもなく、怒りのためでもなく、また僕らの愛情関係がとことん台無しになってしまったからでもなかった。それはただ、僕の中で何かのスイッチが一時的に切れてしまったからだった。僕は何ひとつ感じなかった。ついさっき彼女に向かって怒鳴っていたなんて、嘘みたいに思えた。

「ああ、君は悪かったと思っているのね。それはどうもありがとう」、彼女の言葉は手のひらのあいだに挟まれているみたいに、形を崩され、引き延ばされて僕に届いた。

「どう言えばいいのか、僕にはわからないんだ、プーキー」

彼女は両目をごしごしとこすり、まっすぐに僕を見た。「ひょっとして君はにこにこしているのかな?」

「にこにこしている?」

「よく見えないのよ。窓が明るすぎて」

「ああ」と僕は言って、アスピリンの瓶のプラスティックの蓋《ふた》をぱちんと閉め、グラスの水を飲んだ。プーキーはなおも何度か目をこすり、それからセーターについた羽毛に目をとめ、それをむしり取った。でも彼女がふっと吹いても、それは指先に留まったままだった。

「ジェリー、どうして私はただその錠剤を瓶ひとつぶんごっくり飲んじゃって、あっさり死んで天国に行って、天使だかなんだかになることができないのかしら？　どうして私は自分がプーキー・アダムズであることをやめて、ごく普通のシンプルで穏やかで礼儀正しくて幸福な人になることができないのかしら？　どうしてこの世の中には〈幸福ストア〉みたいなものが存在しないのかしら？　当店ではハッピーが三個五セントで買えます、みたいな。ほら、よく昔チューブ入りのフルーツ・ジュースを売りに来たじゃない。いちばん上を嚙み切って、ちゅうちゅう吸えばいいやつ。まったく、そういう具合に幸福が買えればいいのに」

「プーキー、お願いだから少し黙ってくれないか」

「黙る……」、彼女の声はとても小さくて、弱々しかった。「どうしていつもいつも私が黙っていなくちゃならないわけ？」

僕がその答えを持ち合わせていなくてはならないのだろうか？　僕は言った、「僕らはこんなこと、最初から実際にやるつもりはなかったんだ」

「ジェリー、私はそうしたいのよ」

「いや、君はやりたがってはいない。もし君が本当にそうしたかったなら、こんな話はそもそも持ち出されなかったはずだ」

「よくわからないわ」と彼女は片方の手の爪を全部噛み終えて、もう片方に移っていた。

「僕にだってよくわからないさ」

「つまりこれにてコールド・ゲーム、試合は雨降りのため中止ってこと？」

「そのとおり」

プーキーは立ち上がり、そこをどいてと僕に言ってから、四つのアスピリンの瓶を窓辺に一列にとても慎重に並べた。次に窓を開け、人差し指でそれらの瓶を順番に突いて、縁から落とした。ひとつ落とすごとに長い間があり、それから小さく平板な爆発音があった。それから彼女は自殺協定の紙を細かく引きちぎり、瓶のあとを追うように撒《ま》いた。そのあとで窓を閉め、そのガラスの背後に護《まも》られるようにして、僕らは協定の最後の一片がふわふわと歩道に落ちるのを目にした。

「僕らはほかのすべてのものと同じように、これだってきっとしくじったことだろう」と僕は言った。「何かがまずい方向に流れちゃったことだろう」

「おそらくね」

彼女は僕の肩に頬をこすりつけた。冷ややかな心は少し前に僕から去っていた。僕は彼女をじっと正面から見た。彼女の顔を両手で挟むようにして。両手の親指で彼女の口の両端を優しく撫《な》でた。彼女が頭を後ろに傾けると、その顔に僅《わず》かにおかしな表情が浮かんだ。そしてふらふらと彷徨《さまよ》う漠然としたワインのような色合いが彼女の目を満たした。それは涙を超えた何かだった。それは彼女の心よりも更に深いところから、彼女の内部の隠されたどこかから出てきた何かだったかもしれない。そこは彼女のイマジネーションの魔術的で把握不能な柔らかい核心であり、彼女のイマジネーションの夢見る淋《さび》しい核心なのだ。

「ジェリー」と彼女は切り出した。彼女の声は涙を予告するように湿り気を帯びていた。「どうして私は、銀のスプーンでさらっとお星さまでも食べられるような、おしとやかで社交的なお嬢様になれないのかしら？　そうでなければ、アダムズおじいちゃんのところの牛囲い場の柵《さく》に日がな腰掛けて、大きな灰色の感傷的なモンスターたちに向かって小枝を投げつけていられるような娘に？　それともおじいちゃんと一緒に早い朝ご飯を食べながら、ここではややこしいことなんて何ひとつ起こらないんだと心得ていられるような娘に？　ああ、私はニューヨークで暮らしたいものだわ。シルエットと、シルクハットをかぶった御者たちと、ほんのりした霧に包まれたスカイラインの世界で。でもそれと同時に、湿った葉っぱだらけの世界でも暮らしたいの。きらきらと輝くグロリアス甲虫が、次々に葉っぱから滑り落ちて、私の手のひらにぽろぽろと降ってくるような世界で……」、その声はかすれ、彼女は唇のひび割れたところを嚙んだ。「ただひとつの問題はね……そういう種類の世界が……もう存在しないことなのよ。ナンシー・パトナムでさえもう既に存在しないの。以前あったような姿ではね……」

　僕は彼女を引き寄せた。しかし彼女はその頭を僕の顎《あご》の下に休めようとはしなかった。

「ダーリン……」と彼女は言ったが、それは囁《ささや》きに近く、ほとんど聞き取れなかった。そしてそれ以上先を続けることもできなかった。というのはそこで涙がこぼれてきたからだ。涙は大きなくっきりとした真珠となって目の縁からあふれ出し、耳の方に流れていった。あとに残された湿った線は、眼鏡のつるの影といってもよさそうだった。彼女は僕からさっと離れたので、僕は窓際《まどぎわ》の方に向き直った。でも僕には窓ガラスの向こうを見やることはできなかった。それは埃《ほこり》で汚れていたし、ところどころ傷のような雨のあとやら、いくつかの指紋やらがついていた。それらはまるでガラスの中の小さな小宇宙のように見えた。その数秒後にぱふんという音がしたので、僕は振り向いた。

　彼女は枕を天井に向けて投げ上げ、それが破裂したのだ。彼女は背中をこちらに向け、少しだけ前屈みになり、全身を細かく震わせていた。泣くまいと懸命にこらえているのだ。何千本もの小さな羽毛が天井から雪のように舞っていた。それは緩やかでもの悲しい夢の光景の一部のようだった。それらはふわりと彼女の髪の上に落ちた。ゆっくりと彼女の肩の上に落ち、テレビの上に膜となって積もり、ベッドとデスクをほぼそっくり覆った。その数本はアスピリンのために用意した空っぽのグラスにも入った。「愛しているよ、プーキー」という思いで、僕の心は今にも張り裂けそうだった。「愛しているよ、プーキー」は僕の指の先端にあり、僕はその指で彼女に触り、優しく撫でたかった。……でも僕の唇は沈黙したままだった。そして僕には動くこともできなかった。僕にできるのは、最後の羽毛がはらはらと落ちてきて、部屋がしんと静まりかえるのを、ただ手をこまぬいて見ていることだけだった。

「泣くのなんてもううんざりよ……」と彼女はすすり泣きながら言った。「どうしてこんなにしょっちゅう、私は泣いてなくちゃならないの……？」、そしてまたわっと泣き出した。

僕らは九番街のドラッグストアで昼食をとった。ハンバーガーとコークだ。食事のあとで僕らは公園の南東の角に行った。でも最後の瞬間になって、どうして馬車に乗って観光することになけなしの金を使わなくちゃならないんだということになった。

そのかわりに僕らはベンチに座り、汚いアヒルたちが公園の池を泳ぎ回るのを眺めた。そして午後の遅くに動物園に行って、あちこち歩き回り、落花生の殻をしるしのように背後に撒いていった。ときどき僕らはお互いに対してぶつぶつ何か口にしたが、それが僕らのコミュニケーションの全てだった。日が暮れてくると僕らはぶらぶらと公園を横切って戻り、ウェストサイドのいちばん端っこの川べりまで行った。

僕らは突堤の駐車場の縁に立って、灰色の厚い汚泥を見下ろした。そこは古タイヤやら、ドラム缶やら、靴やら、スプリングやら、木ぎれやら、ビールの空き缶やら、得体の知れない鋼鉄の軸みたいなものやらでいっぱいだった。岸辺近くには、灰色の杭《くい》のずんぐりとした先端が、折れた歯のように突き出していた。汚泥のあちこちには、小さな魚でいっぱいになった黒っぽい水たまりがあった。そのほか、何かが沈んで見えなくなってしまった、形のわからない盛り上がりが見受けられた。時折、思いがけないところから、ぬるぬるの泥をかき分けるようにして、あぶくが上がってきた。このような広がりの端の、インクのような色合いの水が、上げ潮となって打ち寄せているあたりには、一羽のみすぼらしいカモメがとまっていた。その鳥の尾には羽毛がなかった。

「これって、昔恐竜がよくはまり込んだといわれる自然のタール坑みたいだね」とプーキーが僕の手を取りながら言った。

強い風が僕らの目に埃を吹き付け、木製の柵と駐車場のあいだの十五センチ幅の空き地に繁《しげ》った、乾いて筋張った雑草をかさかさと揺らせた。僕らの右手の頭上に聳《そび》える高速道路の下には、空っぽのトラック・トレイラーがいくつも置いてあった。そのキャンバスの防水シートは風に吹かれて音を立てていた。雑然と集まったトレイラー群の周りには割れたガラスが散らばり、煉瓦《れんが》のかけらが小さな山になって点在し、緑色の油染《あぶらじ》みた水を張った水たまりがあちこちにできていた。新聞紙が風に吹かれて行き来していた。僕らのほかには人影ひとつ見えなかった。

僕らはその荒廃地の様子に少しばかり圧倒され、じっとそこに立っていた。鐘の音が水面を渡って聞こえてきた。かすかな、ごく当たり前の鐘の音だった。僕らはまた鐘の音が聞こえるんじゃないかと思った。十分待った——鐘の音は聞こえない。二十分待った——鐘の音はやはり聞こえなかった。僕が鼻をかむあいだ、僕らは手を離した。

「思うんだけど」とプーキーは哀《かな》しげに言った。「あの二羽の鶏《にわとり》は、まだモーテルの便所の中にいるんじゃないかしら」、僕は眉をひそめ、何も言わなかった。ただハンカチをポケットに戻しただけだった。彼女がどの二羽の鶏のことを言っているのか、僕には思いも寄らなかった。僕らは歩いてホテルに戻り、昼食をとったのと同じドラッグストアで食事をした。またハンバーガーとコークだった。

とうとう僕らが五十七丁目と九番街の角に立つ宵の一刻がやってきた。そこを横断するべきか、横向きに行くべきか、後戻りするべきか、どうするべきか、僕らは決心することができなくて、信号が三回か四回変わるあいだ、そこに無言のまま立っていた。それから点滅する「ドント・ウォーク」のシグナルを見ながらプーキーは言った。「さあ、これでみんな終わったわね。違う？」と。そうだと思うと僕は言った。彼女は僕の方に顔を向けたが、その唇は震えていた。彼女はなんとか微笑《ほほえ》もうと試みたが、彼女の口はどうしてもそれができなかった。「だから……」と彼女は言った。それから落ち着きを失い、セーターの袖《そで》を拳《こぶし》のところまでぎゅっと引き寄せ、それで涙を拭《ふ》いた。それからもう一度微笑もうと試み、今度はなんとかうまくいった。その数秒のあいだに、彼女の目は赤く腫《は》れ上がっていた。「だから」と彼女は繰り返した。「もうとことんどうしようもないわけよ」

その夜、僕らは別々の映画を見に行った。僕の映画の方が早く終わるので、プーキーのために部屋のドアを閉めないでおくことになっていた。そして僕はそれを実行した。彼女はとても遅くに戻ってきた。夜中の三時頃だと思う。そしてベッドの端っこに腰掛けた。

「ジェリー、起きているんでしょ？」

僕はまだ眠れずにいた。

「バーベキュー・チキンを食べたい？　九番街のデリで買ってきたの。一人じゃ食べきれないから」

僕はその油のしみのついた紙袋を無言のまま受け取った。彼女は部屋を横切り、窓に自分のシルエットを映した。

「バーで一人の男の人に出会って、彼を相手に君がどんなにひどいやつかを話していたの」と彼女は物憂《ものう》げに言った。僕は彼女がそのあと彼の部屋に行ったという話をするのを待っていた。でも彼女はそんな話はしなかった。「長い時間がかかった」

「そうだね……」

彼女はベッドの方に向き直った。暗くて、姿はよく見えなかった。

「私はこれからの人生をバーで会った人々や、カウンターの向こう側にいる人々や、同じバスに乗り合わせた人々を相手に話をすることで費やしていくんでしょうね。そう思わない？」

「僕にはわからないよ、プークス」

「シャンパンのコルクを二十一個ためたら、誰かが私と結婚してくれると思う？」

僕は肩をすくめた。でも彼女の方からは見えないはずだ。「プークス……」

「わかってる……わかってる。顔と手を洗わなくちゃね。髪をブラシして、パジャマに着替えて、みんな忘れて……」

でも彼女は僕と同じベッドには入らなかった。それで僕は、君が一人でベッドに寝ればいいと言った。僕は床で寝るからと。いいえ、私はベッドに入りたくないの、床でいい、と彼女は言った。そのことについて僕らは軽く言い合いをした。少なくとも僕がチキンを囓《かじ》っているあいだはベッドに入っていたらどうだい、と僕は彼女を説得した。彼女は首を横に振り続けた。僕がチキンを食べているあいだ、彼女はデスクの前の椅子に座っていた。それ以上口論をするのにも疲れて、僕は手を洗ってからベッドに入った。

プーキーは床に位置を占めた。両腕を組んでベッドの縁に載せていた。彼女の顎は両腕の上にあった。僕は仰向けになって天井を睨《にら》んでいた。

「枕は弁償するから」と彼女は静かな声で言った。

「別に請求はされないと思うよ」と僕は答えた。

「きれいに掃除もしてくれたわよね？」

「ああ、そうだね」

それからあと、言うべきこともなくなってしまった。沈黙が降りた。ときどき首を曲げると、彼女が目を開けてじっと僕を見ているのが見えた。一時間が過ぎた。あるいは一分間が過ぎた。それから彼女は片手をそっと僕の腕に載せ、やがて眠りに落ちた。でも僕の方は一睡もできなかった。プーキーを起こすのではないかと思って、動くことができなかったのだ。それでも僕はプーキーを起こすことなく、そっとベッドに入れてやる方法があればなと思っていた。彼女の髪の中に羽毛をひとつ見つけ、それをとってやった。それから僕は目を閉じた。僕の瞼《まぶた》の内側をプーキーの姿がひとつの長い流れとなって過ぎていった。あぶなっかしくバランスを保ってつま先立ちしながら、さよならと手を振っているプーキー。地面の上にくちばしの長いスニートの絵を描いているプーキー、僕の先の方で鳥の翼みたいに優雅に腕をばたばたと振っているプーキー、雪の中のプーキー、月光を浴びたプーキー、ぼんやりしたものを振り払うためにソフトに細めた両目をしばたたかせているプーキー、ネジ巻き式の玩具《がんぐ》のように小さなサークルを描いてくるくる回転している裸のプーキー、雪のように降りしきる羽毛を浴びながらひっそりと泣いている不幸なプーキー……。

僕は目を開けて、夜明けの光が窓からゆっくりと差し込んでくるのを見ていた。最初にすべての事物から色を奪い去る灰色の光がやってきた。それから澄んだ光がやってきた。そして最後に太陽が現れた。プーキーはその光で目を覚まし、僕の腕からさっと手を引っ込めた。

彼女は言った。「参ったな、体がこんなかちかちになっちゃって！　なんで私にこんなことさせておいたのよ。やれやれ、口もゆすがなくちゃならないし、脚だって剃《そ》らなくちゃならないし！」、彼女は服をひっつかみ、浴室に駆け込んだ。そしてそこでたっぷり一時間かけて、昨夜被《こうむ》ったダメージを（それが何であれ）修復していた。浴室から出てきて彼女が口にした最初の言葉は、「私はもうこれから学校には戻らない。故郷に帰る。永遠に」というものだった。

それは最終的な決定だった。

# 第十章

そもそもの始めから、たとえば家族とかに駅まで送ってきてもらって、君が電車のプラットフォーム側の席に座っていたりするような場合、別れを告げるにあたって、実に耐え難い、愚かしい沈黙の十五分ばかりをくぐり抜けなくちゃならないわけよ。

僕らがタクシーでグランド・セントラル駅に向かっているあいだ、プーキーは列車の旅のおぞましさについて長広舌をふるっていた。

「だいたい想像つくでしょう」と彼女は続けた。「席について、膝《ひざ》に雑誌を載っけて、窓の外を見るの。お母さんが手を振って、私がにっこりして、向こうもにっこりするわけ。お父さんが手を振って、にっこりして、お母さんがまた手を振って、わけのわからない信号を手真似《てまね》で送ってくるの。そしてお父さんが、お母さんの言おうとしたことをゆっくりともう一度丁寧に繰り返すわけ。こっちは首を振って、口で言葉をつくる。もう消えちゃってよ。でももちろん向こうは、私が何を言っているかなんてわからない。列車ががたんって動き出す。レールが軋《きし》む。全員が熱心に手を振る。列車は前に進み出すんだけど、そこで何かあって、またしゅううっと音を立てて停止してしまう。そして私たちはもう一度お互い顔を見合わせることになる。どうしたのだろう、と。彼らが、自分たちのなすべき責務だと思い込んでいることを痛々しくこなしていることに、こっちもだんだん腹が立ってくる……それからようやく列車が動き始める。窓の外を見ていると、カーブのところで、機関車が半マイルくらい先にいることがわかる。自分がものごとの核心から遠く離れていると感じる。こんなこと言うと馬鹿馬鹿《ばかばか》しく聞こえちゃうかもしれないけど、何かに引っ張られているという考えが、私はどうしても好きになれない」

列車に対する苛立《いらだ》たしい糾弾が駅に着くまでずっと続いた。日曜日の朝だったので、駅の中にそれほど多くの旅行客はいなかった。「戦争の終わったあとの最初の日曜日みたい」とプーキーは言った。「人々はみんな三々五々帰ってしまったのね」

切符を買うあいだ、彼女は僕を相手にしゃべり続けていた。彼女の抱いている夢のひとつは、いつかひどく混み合った駅に機関銃を手に入って、そこにいる全員をなぎ倒すことだった。彼女はそのときの自分の姿を想像するのを好んだ。優雅にスカートを持ち上げ、床に敷き詰められた血だらけの死体をまたいで歩く。死体たちはときどきげっぷを出して、あぶくのような蜜色《みついろ》の魂を、硝煙立ちこめる天井へと送り出している。彼女のおしゃべりは通常の二倍くらいのスピードに早まっていた。

西行きの列車はあることにはあるが、出発まで一時間以上待たなくてはならないことが判明した。だからプーキーが切符を買ったあと、僕らは中央案内所のブースの隣にスーツケースを放り出して、そこに座り込んで一時間を陰気に過ごす態勢を整えた。一度彼女はマガジン・スタンドに行って、あらゆるものを買い込んできた。『タイム』から『トゥルー・ロマンス』から漫画本『アーチー』まで。

「待っているあいだ実験みたいなのをやろうよ」とプーキーが言い出した。「持っている一セント《ペニー》玉を全部出して」

二人の持っていたペニーを合わせると十二セントあった。プーキーはそれを僕らの座った場所から少し離れたところにばらまいた。「拾った人に、誰であれ一ドル進呈するのよ」と彼女は言った。そして最後の一枚の札を札入れから取り出した。それが彼女の最後の持ち金であることを知って、僕は彼女にいくらか貸そうと申し出た。しかし彼女はそれを拒否した。この列車が駅を離れる時点で、私はもうあなたとの繋《つな》がりみたいなものをこれっぽっちも持っていたくないの、と彼女は言った。

信じてもらえないかもしれないが、僕らの撒《ま》いた餌《えさ》にひっかかる人間が現れるまでにずいぶん長い時間がかかった。たくさんの人たちが足を止めて、そこに散らばった小銭を疑わしそうな目でちらりと見たが、そのまま行ってしまった。そしてようやく一人の、ピンストライプのダブルの背広を着た、頭の禿《は》げた太った小男が、身をかがめてせっせと小銭を拾い集め始めた。しかしちょっと不思議なことになった。彼はペニーを六枚だけ拾うと、そこで背筋を伸ばし、背広の襟を正し、ギャング映画のシーンみたいに両側を見回し、足早に歩き去ったのだ。彼に追いつくために、僕らは走らなくてはならなかった。

「おめでとうございます。あなたは一ドルの賞金を獲得なさいました！」とプーキーは番組司会者のような狂乱した声で叫んだ。そして一ドル札を男の手にねじ込んだ。

「おれが一ドルの賞金を獲得した？　なんでおれがそんなものを獲得するんだね？」、彼はたぶん怯《おび》えていたのだと思う。

「あなたはペニーを拾い集めましたね？」

彼の顔が明るくなった。「ああ、おれは確かに小銭を拾ったよ。そうだ、それがおれのやったことだ」、そして彼は握った手を開き、六枚の銅貨を見せた。

「ひとつだけ伺いたいのですが」とプーキーは言った。「なぜ六枚だけを拾われたのですか？」

「どうして六枚だけか……？」、彼はぽりぽりと頭を掻《か》いた。「考えてみりゃそいつはいい質問だな。なぜ六枚だけか？　実を言うと、おれにもそれはよくわからんよ。おれはそこで小銭が落ちているのを見て、屈《かが》み込んでそれを拾っていたんだが、そのときふと思ったんだ。『やれやれ。おれは何のためにこんなしょうもないことをやってるんだ』って。だからおれはそこで立ち上がった。それで、おれは一ドルを獲得したんだって？　いったいなんのことなんだ？　考えてみりゃ、ペニーがあそこに散らばっているのって、なんだか罠《わな》みたいだよな……」

プーキーは、もう一度彼と握手をした。僕も彼と握手をした（それが最初だ）。僕は肩をすくめ、プーキーに向けて肯《うなず》き、この一件に僕はまったく絡《から》んでいないのだということを彼に示唆《しさ》した。プーキーに向けて肯き、この一件に僕はまったく絡んでいないのだと

いうことを彼に示唆した。僕らが鞄《かばん》を置いたところに戻ったとき、とても長い汚れたオーバーコートを着た、鼠《ねずみ》のような顔をしたとても小さな男が、ちょうど僕らの鞄を持ち去ろうとしているところだった。彼はそれらが自分の鞄だと主張した。僕らはそれらは僕らの鞄だと主張した。すると彼は、わかったよ、おれが間違えたかもな、と言った。

「私たち、また最後でしくじるかも」とプーキーは言った。僕らは後生大事に鞄の上

にまたがっていた。「天井が急にぼこっと落ちてくるとか、それとも機関車のブレーキが故障して、ロビーを突っ切って今私たちが座っているところにまっすぐ突っ込んでくるとか」

急に僕はがっくりと疲れてしまった。それ以上頭を上げていることができなくなった。目を閉じ、半ば無意識の世界にふらふらと入っていった。それでも僕は、その最後の半時間のあいだに彼女が僕に向かって口にしたことを、すべて聴き取ることができた。そしてまた、彼女は実に多くを口にしたのだ。

最初に彼女は、故郷に向かう自分の旅がどのようなものになるかを描写した。最初のうちは彼女は一人きりで座席に座っていることだろう。彼女のそばにいるのは窓に映った彼女の黄色い反映だけだ。大きな丸々とした虫たちが、雪のひらのようにぴしゃぴしゃと窓にぶつかってくることだろう。旅のあいだずっと、お腹《なか》はぺこぺこになっているだろう。でも彼女は自分が無一文であることにすごく感謝することだろう。というのは彼女は〈アーモンド・ジョイ〉や気の抜けたようなオレンジエイドを嫌っていたからだ。そしてそのようなジャンク・フードの値段が法外だと思っていた。財布が自分と同じくらい空っぽであることがわかれば、彼女のお腹だって不平を言うことをあきらめるだろう。

しばらくして、一人の年取った女の人（魔女みたいなばあさん）がどこからともなく現れて彼女の隣に座る。いつだってそういうのが登場するのだ。そして彼女たちは常にリンゴを食べている。そして常にその歯は悲劇的様相を呈している。そして彼女たちは常にリンゴを食べている。そして常にその歯は悲劇的様相を呈している。だからリンゴを一度齧《かじ》るたびに、一時間かそこらくしゃくしゃ口を動かしていなくてはならない。でも彼女たちは決してあきらめない。その気分が悪くなるような時代遅れのドレスのよれよれの前面には、リンゴのかすがくっついている。しかし最後には彼女はなんとかリンゴを食べ終える。

メリットに到着したら、もし彼女が連絡を入れていればだが、何があろうと父親が駅まで出迎えに来ているはずだ。たぶん雨がざあざあ降っているだろうから、彼はこれまでになく気むずかしくなっているはずだ。そのあとに両親と「このあとどうするか」という協議が始まるころだろう。避けがたく。両親はべらべらと際限なくしゃべりまくり、父親の不動産業の仕事を手伝うのが彼女のためにはいちばん有益であるということになるだろう。少なくとも大学に復学しようという気になるまでは（そんなつもりは彼女にはまったくないのだが）。

余った時間——夏から秋にかけて——彼女は街や田舎を、こんなのぜんぜん間違っているとぶつくさ文句を言いながら、あてもなく歩き回ることだろう。そして春になったら、ある日花を買って、それをジョー・グラブナーのお墓に置くことだろう。でもどうなるかな、それはわからない。おそらく彼女は墓石の近くの草むらに花を突っ込んで、そのまま帰ってくるだろう。それだけ。花なんか持ってきたことを、なんとなく恥ずかしがりながら。

彼女の声はだんだん小さくなって、ずっと遠くから聞こえるみたいになった。「問題はね」と彼女は言った。「人生の素敵な出来事は一度にまとめて起こっちゃうということなの——つまり、積み重なるということよ。夢、アダムズおじいちゃん、グロリアス甲虫、バスタブ、恋に落ちる……七十年の人生の最後に（もし君がそんなに長生きしたらだけど）、椅子《いす》に腰を下ろして、リンゴをくしゃくしゃと食べながら、君はきっとこんな計算をするんじゃないかな。私は人生のうちの三十五年間を眠って過ごした。五年間をバスルームの中で過ごした。十九年間をとくに好きでもない仕事をして過ごした。八千七百五十九時間を電話で話をすることに費やし、五十九分間を瞬《まばた》きすることに費やした……そして今、この一分間だ——六十秒だ。あるいはおそらく……あるいはそんな一分間だって君は持てやしないかもしれない。うちの両親なんて、そういう一分間なんて持てっこないでしょうね。そんなのぜんぜん持てないと思うな。あの人たちは不注意で、いつだって何かを見逃しているのよ。ブリューゲルの『イカロスの墜落』に描かれているあの有名な、鋤《すき》を引く農夫のようにね。でも私だってそうなるかもしれないわね、ジェリー。私も、注意を払うべきときにきちんと注意を払わなかったので、それでいつもいつもしくじってきたのかもね。その合間、私は瞬きばかりしていたのかもしれない……ああ、でももうどうでもいいのよ。なんだってかまわない」

それから僕は、彼女の声がこう言うのを聞いた。ずっと遠くでほとんどまともには聞こえなかったけれど。「こんなことしてたら、三週間のあいだに三回セイリが来ちゃいそうね……」、それから「私はしゃべりすぎるから、きっと死んだときには、静かにさせるために唇を縫い合わされちゃうわね……」、それから「ぱん、ぱん、ぱん、君は冷蔵庫だよ……」、そして最後に「しっかり眠りなさい、チャーリー・チャップリンの国からやってきたみすぼらしい坊や。どこかはしらないけど、とにかく私はやってきた……」

そして僕は彼女が小さなスーツケースを手に、白い砂の長い坂道を歩いて行くのを目にした。彼女の向かって行く遠くの方は、静かな霧がしっかりと垂れ込めて、ほとんど見分けのつかない影のようになっていた。僕が見ていると、彼女はスローモーションのダンスのようなことを始め、すらりと宙に跳び上がり、何ももっていない方の腕を、長い白い翼のように優しく外に向けて伸ばした。そして微《かす》かに、ほんの微かに、僕は彼女が笑う声が聞こえた。それから、腐った卵……ジェリー・ペインは腐った卵……「おい！」と僕はそのあとから叫んだ。「おい、プーキー、いくつあるんだ？」。しかし返答はなかった。彼女は踊りながら霧の中にまっすぐ入っていった。影の中に。そして消えてしまった。

僕のスーツケースはひっくり返って、僕はあらっぽく床に尻餅《しりもち》をついた。そして彼女はもういなくなっていた。とうとういなくなってしまったのだ。僕はそれから長いあいだ、行き来する人混みの中に彼女の姿をただ空《むな》しく探し求めた。僕の彷徨《さまよ》う視線は最後に床の上に落ちて、そこに六枚のペニーを見つけた。それはまだそこにあった。落ちたままになっていたのだ。

僕はそれらを拾い集めた。それから大きく息をついて、大学に戻るための切符を買い求めた。

同じ日の夕刻、フラタニティー・ハウスに戻ってから、僕はうとうと眠っていたのだが、スクーンズのがっしりとした手が僕の肩に置かれ、それで目が覚めた。ぷんぷん酒の匂《にお》いがした。

「ブーマガ」と不鮮明な声で彼は言った。「起こるべきことが起こってしまった」

「いったい何が?」

「入れ歯だよ。なくしちまったんだ。消えてしまった。どこかに、永遠に。ららら……」

僕は言った。「いいからもう放っておいてくれ。少しは身なりをきれいにしたらどうだい?」

「おいおい、おまえ、いつからそんな良い子になったんだ?」

「頼むから、スクーンズ」

「おれが歯をなくしても、そんなことちっとも気にもならないみたいじゃないか」

「ああ、そのとおりだよ」

彼は目をぱちくりさせて、僕のすぐそばまで前屈みになった。唇はすぼめられ、その目は眉間のしわで重くなっていた。彼は息を殺していた。少しのあいだ彼の目は空白になっていた。それからその目は焦点を結び、戸惑いの色を浮かべていた。まるで僕の目の中に何か異質な、名状しがたいものを見いだしたみたいに。それから彼はゆっくりと肺の中を空にした。酒の混じった温かい空気の流れが僕の頬にあたった。彼の顔全体に、認められた事実に対する敵意が浮かんだ。

「わかったよ」と彼は言った。後ろに下がって、背中をまっすぐにし、片手で「どうでもいいさ」というようなぎこちない動作をした。「ああ、別に同情してくれなくてもいいさ、ペイン。どうだっていいことだもんな」。戸口で彼はドアの枠に向かってもう一度姿勢を立て直した。そして僕に向けて指を振り、口を開けて何かを言おうとしたが、結局何も言わないことにした。そしてとびっきり盛大にふんと鼻を鳴らし、部屋を出て行った。

僕はそこに身を起こし、肩から大きな重荷が下ろされたようなさっぱりした気分を味わった。煙草《たばこ》に火をつけ、這《は》うようにして窓からバックポーチの屋根に出た。一人で、物思いに耽《ふけ》りながら煙草を吸った。日がとっぷりと暮れて、眼下の野原に置かれたストックカーが闇《やみ》の中に見えなくなっていった。その車からあまり離れていない、擦り切れた草むらには鳥の小さな群れがいた。チドリだ。きらきらと光るガラスの破片の間に彼らはとてもひっそりと立っていた。その哀《かな》しげにびくびくした鳴き声は、黄昏《たそがれ》の中をまるで幽霊のようにひそかに抜けていった。今もまだ故郷に向けて、大嫌いな列車の旅を続けているであろうプーキーのことを思うと（大きな虫たちが列車の窓にびしゃびしゃとぶつかっていることだろう）、胸が詰まりそうになった。

しかし少し後で横になり、目を閉じて星も見えなくなると、僕のそんな情感もおおかた消えてしまった。プープシクが玄関のドアのところで、中に入れてもらいたがっている音が微かに聞こえたが、そのうちに僕は寝入ってしまった。

# 第十一章

それから一年近く経《た》って、生物学の口頭総合試験を受けることになっている前日の朝、僕はプーキーからの便りを受け取った。それは短く、どちらかというと切羽詰まった手紙だった。

ジェリー

私の前の机の上には睡眠薬が何錠か置いてあります。実を言えば長い間そこに置いてあったのだけど、ついにそれを飲もうと心を決めました。とことん全部。だから君がこの手紙を読む頃には、私はもうぼろぼろのクッキーみたいになっているはずです。この手紙は実質的に私の自殺の書き置きみたいになっています。私はあの素敵な両親に向けて何かを書き残そうという気持ちには、どうしてもなれませんでした。二人に祝福あれ。そしてボブ叔父さんにも書けない。つらいことがあると本当に心を痛める人だから。君に何かをしてもらおうと思っているわけではありません。ただ誰かにさよならを言いたかっただけ。考えてみたら、あの朝グランド・セントラル駅でさよならも言い損ねたし。ときどき私のことを思い出してね。

遅くなったけど、さよなら

プーキー

僕の最初の反応は、「メリット・ガゼット」紙に手紙を書いて、プーキーの手紙に記された日付の翌日の新聞を送ってもらうことだった。でも結局手紙は書かなかった。そんなことを知って、何がどうなるだろう。何もかもわからないままそっとしておくのがいい。プーキーもきっとそれを望んでいるに違いない。何が確かなことかなんておかまいなく、いつも好奇心に満ち、常に頭に疑問を抱いており、人に尋ねようという気持ちだって少しはあった。

僕はこのように思いたい。彼女は本当は自殺なんかしなかった。そして今では有名な作家だか女優だか、あるいは有名な運動選手の奥さんになっていて、引用価値のある発言をしまくる人生を送っている。ずっとずっと先になって、僕は間違いなくそういう話を耳にするだろうと。僕が彼女と恋に落ちた日、彼女は将来そんな人生を送ることについて僕に話してくれたっけ……。なにしろプーキーはいつだってプーキーのままなのだ。彼女は見知らぬ人々を相手に自らの物語を永遠に語り続けるのだ。

【解説セッション】村上春樹 × 柴田元幸

# 青春小説って、すごく大事なジャンルだと思う

## 大学生の時に出会った本

**村上** ジョン・ニコルズのこの作品は、早川書房から『くちづけ』というタイトルで一九七〇年に出ているんです。

**柴田** 原作は一九六五年に出版されていますね。

**村上** この本を読んだのは二〇歳ぐらいの時かな。僕も大学生だったし、アメリカの大学生活が書かれていて、ずいぶん違うもんだなと思った。少なくとも早稲田《わせだ》とはずいぶん違う（笑）。それ以後、とくに読み返したりはしなかったんだけど、なかなか面白い小説だったという記憶があって、そのまま手元に取ってありました。

**柴田** この人の本でアメリカで一番よく知られているのは、たぶん七四年に出た『ミラグロ豆畑戦争 The Milagro Beanfield War』ですね。これもめっぽう面白い小説です。

**村上** ニューメキシコ三部作の一冊ですね。あとの二冊は全然知られていないけど。

**柴田**　悲劇を語ってもコミカルな要素があって、変わった魅力的なキャラクターがたくさん出てくる。ちょっとジョン・アーヴィングを思わせます。

**村上**　『ミラグロ／奇跡の地』というタイトルで、一九八八年にロバート・レッドフォードが監督して映画になっています。僕はこのころアメリカにいたので映画館で見ました。

**柴田**　僕も最近見ましたが、面白かったです。原作は六〇〇ページくらいあるんだけど、それを実にコンパクトに、過度に削らずに、うまく圧縮しています。

**村上**　寓話《ぐうわ》的な話ですよね、とても。

**柴田**　そうですね。『卵を産めない郭公 The Sterile Cuckoo』の後で、実力が一気に開花したような作品です。

**村上**　六六年に『The Wizard of Loneliness』という本を書いて、八八年には『さよなら魔法使い』というタイトルで、ルーカス・ハースが出る映画になってる。結構、興行的にも成功をおさめたらしい。この人は映画の脚本の仕事もしていて、コスタ・ガヴラスの『ミッシング』で脚本を書いて、アカデミー賞を取っているんです。ただ、脚本家組合《ライターズ・ギルド》の関係で彼の名前では出ていないみたいだけど。

**柴田**　器用さもある人なんですね。

村上　ちょっと調べたら、今はニューメキシコ州のタオスに住んで、ソーシャルアクティビストとしても活動しているみたいですね。ソーシャルアクティビストって、社会活動家って訳すのかな。

柴田　そうですね。

村上　それから、この人を主人公にしたドキュメンタリー映画が撮られているんですよ。『The Milagro Man: The Irrepressible Multicultural Life and Literary Times of John Nichols』。三分二十秒のトレイラーがあって、結構、自分の生い立ちとかを語っている。

柴田　この人自身は白人で、アングロサクソン系ですが、『ミラグロ豆畑戦争』ではメキシコ系の移民のことを内側から無理なく書いている。

村上　それから、ニューメキシコをテーマにしたノンフィクションをたくさん書いているんです。『秋の最後の美しい日々』と『もし山が死ぬなら』。ヘンリー・ソローの『ウォルデン』に似たいい文章だと、片岡義男さんが褒めています。最近はニューメキシコを扱ったノンフィクションというか、環境保護みたいなものに力を入れているみたいですね。

柴田　僕は、この「郭公」と「ミラグロ」と二冊しか読んでないですけど、十分残るに値する小説ですね。

**村上**　そうですね。『卵を産めない郭公』はずっと途切れずに出版されているし、立派なものだと思う。

ジョン・ニコルズは一九六二年に、ハミルトンカレッジというニューヨーク北部にあるリベラルアーツの大学を卒業しています。小さいけど良い大学で難関校です。リベラルアーツの小さい大学って、日本だと該当する所はあまりないですよね。

**柴田**　ダートマス大学とか、ああいう感じの大学でしょうか。

**村上**　ダートマスよりもっと小さいんです。日本では、プリンストンやハーバード、あるいはイェールなどに目が行くけど、アメリカではこういうリベラルアーツの文化というのはとても大事にされている。このハミルトンカレッジは、詩人のエズラ・パウンドも在籍していたことがあるんですね。たぶんこの小説は、ニコルズが卒業して三年後ぐらいに書かれたのではないかと。

**柴田**　二十五歳くらいでしょうか。

**村上**　おそらく自分の実体験が入っているからでしょうが、非常にすらすら書けています。とにかく書きたい気持ちが高まっていて、どんどん書き進めたんだろうという気がしますね。

## 六〇年代の青春

**村上**　今回、僕も柴田さんも当時の若者ことばなんかでわからないものがいっぱいあって、テッド・グーセン（註＊村上春樹作品の英訳者）に相談したんです。テッドも六〇年代に大学時代を送った人だからと思ったんだけど、彼でもわからない言葉は結構ありましたね。卒業が六〇年代より後だし、ボキャブラリーがかなり違ったみたいです。

**柴田**　この小説で描かれている時代は、まだやっぱりお酒ですが、テッドの時代はもうドラッグです。この小説は六五年に出版されていて、舞台は六〇年代前半。若者の文化としては、エアポケット的なところですよね。

**村上**　そう、そう。ベトナム戦争が深刻化していくのは六〇年代半ば以降です。テッドのようにベトナム戦争の渦中にいた人たちの多くは、みんな髪の毛を伸ばしてマリファナを吸って……というカウンター・カルチャーに入り込んでいったわけです。でも、それ以前は、ドラッグはやらなくて、クリーンなアイビースタイルで、お酒を飲んで、結婚まではなるべくセックスはしないという文化なんです。そのへんはまったく違う。

**柴田**　五〇年代まで遡《さかのぼ》ると、『キャッチャー・イン・ザ・ライ』（一九五一年）がありますが、ここまで戻るとまた全然別の時代です。「キャッチャー」の女性版とも言うべきシルヴィア・プラスの『ベル・ジャー』は一九六三年刊ですが、これも時代の気分としては少し前に属していて、もっと大人の文化の締め付けがきついです。若者文化というのは、まだ生まれたばかりで、自由を求めてはいても、どうしたらいいか全然わからない。選択肢が見えないという息苦しさがある。

**村上**　五〇年代は、そういった締め付けに抵抗するビートニク文化とか、ロックンロール文化とか、そういうのが出てきたんだけど、この小説の舞台である六〇年から六三年までというのは、ほとんど無風に近い状態だった。

**柴田**　なるほど。ビートニク文化は西海岸だし、東海岸のこういうエスタブリッシュメントに近いところでは、まだどうしたらいいかわからないという状態が続いていたんですね。後知恵的に見ると、「このあとに爆発が来るんだな」ということを予感させる小説ですが。

**村上**　この小説には政治性というものがほとんど影も形もない。

**柴田**　たしかに、そうですね。

**村上**　まだ深刻な政治的なジレンマが生まれていない。そもそもハミルトンカレッジというのは、学生数が一八〇〇人ぐらいで、生徒と先生の比率が九対一ぐらい。ある意味で、非常にリッチな学校なんです。ちょっと調べてみたんですが、現在の授業料(tuition)が四万八〇〇〇ドル。それで寮費と食費が一万三〇〇〇ドル。年間六万一〇〇〇ドルで、すごく高い(笑)。四年で二五万ドルかかる。普通の中産階級の家には出せない額かもしれないです。この大学はオナイダ郡クリントン村の中にあるんですが、貧しい地区だと一世帯の平均所得が三万七〇〇〇ドルです。大学は丘の上にあって、その下の人たちが町民です。この小説の中にもある程度出てくるけど、学生と周りの町民が圧倒的に違う。地域の中では浮いた存在だったと思います。

**柴田** ジョン・ニコルズは、今も社会的なものを書いているわけですが、さっき挙げた「ミラグロ」にしても、レジャーランドをつくろうとする白人の一握りの金持ちとスペイン系の貧しい庶民たちという構図がはっきりあって、庶民の側からしっかり書いている作品です。でも「郭公」はそういう社会性で勝負している本ではないですね。

**村上** ジョン・ニコルズ自身もかなりいい家の生まれみたいですね。

**柴田** だからあんまりお金のこととか、心配しないで大学生活を送ったんでしょう。

**村上** この作品に出てくるプーキーもバーモントの女子大に通っています。ニューヨーク北部のハミルトンカレッジとその女子大を車で行き来していますから、たぶんべニントンカレッジじゃないかと推測されます。ベニントンは六九年までは女子大で、その後男女共学になります。ニューヨーク州とバーモント州の境にあって、やはりエリート校なんです。そして、すごくお金がかかる。ベニントンというのは、女性の作家ドナ・タートの出身校で、ジョナサン・リーセムとかブレット・イーストン・エリスもそうです。

**柴田**　バーナード・マラマッドも教えていたところじゃないですかね、たしか。六一年から八〇年代初頭まで。

**村上**　ブレット・イーストン・エリスは、『ルールズ・オブ・アトラクション』という小説で、おそらくベニントンをモデルにした大学生活のことを書いています。あれは、面白い小説です。エリスはドナ・タートと仲が良かったと聞きました。そういう風に考えていくと、じゃあ要するに、『卵を産めない郭公』という小説は、エリートお金持ち大学に通って好き勝手なことをしている、いいうちの男の子といいうちの女の子の話に過ぎないじゃないか、ということになってしまうわけで、血みどろのベトナム戦争に直面せざるを得なかったあとの世代からしたら、「ふん、気楽なものだよな」ということになるんだろうけど、でもそれぞれの世代はそれぞれの時代をそれぞれ切実に生きて行かなくちゃならないわけで、その「切実さ」には上下の差みたいなのはないはずだというのが僕の意見です。そしてこの小説からはその切実さが確実に感じとれる。

## サリンジャーとはどこが違うか

**柴田** サリンジャーの『フラニーとズーイ』は五〇年代が舞台ですよね（＊五五年と五七年にニューヨーカー誌に発表、六一年刊行）。五〇年代のあの息苦しさから見ると、締め付けが緩んできたこっちの時代の気楽さが見えて、六〇年代後半から見ると、政治的な意味での気楽さが見える。誰から見ても六〇年代初めは呑気《のんき》だと見えたんじゃないかなと思う。

**村上** そうでしょうね。

**柴田** でも今では、政治的にシリアスだったとか、あるいは五〇年代の青春のきつい苦悩とかいうのを、何というか、眉に唾《つば》つけて見るようになったというか、少なくとも自動的に英雄視はしなくなっているので、呑気だから価値がないというふうには思えない。ニコルズは、『フラニーとズーイ』をはじめとしてサリンジャーをすごく意識している気がします。書き出しの調子なんか、女の子がしゃべりまくって、語り手

の男の子はそれを生々しく伝えて、自分の言葉は間接話法で簡潔に報告するだけとい
う書き方です。サリンジャーの『ナイン・ストーリーズ』の中の『エズメ』の会話に
通じるものがあると思いました。一流校の大学生男女が週末に会いに行きあう、とい
う構図も『フラニー』と同じだし。フラニーたちは、もっとエスタブリッシュメント
の真ん中のほうにいるわけですが。

**村上**　結局この話は、主人公が一人称です。アメリカでは一人称小説って多いですよ
ね。一人称の主人公は、基本的にあんまりしゃべらない。饒舌《じょうぜつ》な人がいて、その饒舌
な人を観察し、記録するというのが、主人公の役目なんです。そういうのが伝統的と
言ったらいいかもしれない。この小説の第一章なんて、ほとんどプーキーのおしゃべ
りです。それを主人公の大学生ジェリー・ペインが一所懸命、書きとっている。そう
いう面で第一章というのは、訳していてとても面白かった。でもかなり難しかったん
ですよ、第一章を訳すのは。

**柴田**　いや、もうこのプーキーの言葉がね、大変です。

**村上**　どういうふうに訳していくか、彼女のロジックの回し方になかなか慣れなくて、
それが結構大変だった。あとは割にスラスラ訳せるんだけど。

**柴田**　あと、ボキャブラリー的にも、今じゃ聞かないような言い方が多いですよね。

村上　それから、勝手に言葉をつくっているわけ。詩とか、手紙とか、やたらすごいんですよね。そういう独特のプーキー語みたいなのがあって、これは手ごわかった。一番手こずったのはなんといってもナンセンス詩でした。正確に訳そうとしても訳しようがないので、開き直って自由にやらせてもらいましたが。

柴田　語り手の男の子が大学に入ってから、すこし物語が停滞しますが、プーキーが出てきて、また動き出すという感じですね。

村上　そうですね。

柴田　聞き手兼当事者として、主人公のジェリー・ペインがいるわけだけど、やっぱり彼が聞き手になっているときが本領発揮という気がしました。

村上　成長していく青春物のパターンで、物語の流れの中でいろんな揺れがあるんだけど、その揺れ方がちょっと極端というか、今一つ説得力に欠ける部分がなくもないんですね。小説としての弱さみたいなのはところどころに見受けられる。でも読み終えたあとに、空気の塊みたいなものが、ポコポコッと頭の中に残ります。青春小説という括弧付きのジャンルで言えば、それはすごく大事なことなんです。

柴田　なるほど。

村上　こういう小説はぴたっとうまく書く必要はなくて、何かがあとに残ればいいものなんだと、僕は思います。大学時代、僕が二十歳ぐらいで読んで今でも記憶にちゃんと残っているというのは、この小説に何かそういう塊みたいなものがしっかりあったからだろうなという気がします。

**柴田**　最初はすごくコミカルに始まりますが、最後は二人の関係が行き詰ってすごく暗いところに行く。しかしそこでも、ふとコメディが顔を出したりしますよね。そういうところがいい。いったん暗くなったら、ひたすら真面目《まじめ》な話に収斂《しゅうれん》してしまうというんじゃなくて。

**村上**　そうですね。この人のユーモアの感覚が、なかなかいいんです。

**柴田**　そのへんも、ジョン・アーヴィングの前にジョン・アーヴィング的作家がいたのかみたいな感じです。

**村上**　そうだ、この最後にセントラルパークの回転木馬が出てくるじゃないですか。あれはサリンジャーだなと思って。

**柴田**　サリンジャーに喧嘩《けんか》を売っているのか、オマージュなのかわかんないけど、どっちかというと、喧嘩を売っている感じがしました（笑）。

**村上**　でも、この世代の人って、サリンジャーの影響を抜きにしては、この手の小説は書けなかったんでしょうね。

**柴田** いや、ほんとにそうだと思います。

**村上** ただ、サリンジャーは主人公ホールデン・コールフィールドが饒舌なわけですけど、この小説ではその役目がプーキーのほうに行っているわけです。そこはずいぶん違う。

**柴田** サリンジャーだと、どんどん一人の人間の中で煮詰まっていく感じがしますが、これは何ていうか、もっと風通しがいいです。

**村上** ただ、「キャッチャー」の場合は、小説の主体が分裂していって、もう収拾がつかなくなるという話です。こちらはプーキーという客体が分裂していって、収拾がつかなくなるというのを、主人公の男の子が見ているという設定なんだけど、そのへんの捌《さば》き方はいささか甘いかもしれない。分裂して収拾つかなくなっていく人格の、パセティックさみたいなものが今ひとつ描ききれていないと思うんです。「キャッチャー」の場合は、しっかりそれが描かれている。ニコルズの小説はそういうところが甘いと言えば甘いし、柴田さんが言うように、風通しがいいと言えば、風通しがいい。

**柴田** そのあたりの男の子の態度は、あっけにとられるぐらい正直だと思いました。主人公の男の子が結局生き残るわけだから。

**村上** 青春時代というのは、もともとエゴイスティックなものだし、自分を客体化するということがなかなかできない。だから彼が経験する混乱というのは、たしかにそれ自体正直なものかもしれない。ただフィクションという形にするときには、やはりそこに一本、しっかり小説的に芯の通ったものが必要になる。「キャッチャー」には、やはりそれはあると思うんですよ。だから時代によっていくぶんの浮き沈みがあったとしても、あの本はやっぱりしっかりクラシックとして残る。とはいえ、この「郭公」には独自の素敵な持ち味はあるし、それは逆に「キャッチャー」には求めがたいものです。

## 時代が変わっても、青春小説は変わらない

**柴田**　僕はこの小説の映画版は見てないんですけど、プーキー役はデビューしたてのライザ・ミネリ。ピッタリだろうなと思います。

**村上**　うん。イメージ的にはすごくピッタリだったけど、当時のハリウッドだから『ティファニーで朝食を』を作り替えたような感じで、話の細部はしばしと作り替えられています（笑）。

**柴田**　映画の主題歌を聞くと、なんかマイルドなサウンドで……。

**村上**　お金持ちの大学での男女の恋愛シーンが、とても美しく映像化されていた。

柴田　そうですね。なんかトレイラーを見るだけで、「ああ、この次に『ある愛の詩』が来るわけね」と思いました。(笑)

村上　映画では、セクシャルな初々《ういうい》しさというのかな。そういうのがすごく良く出ていたよね。結局、二人ともバージンなわけですよ、たぶん。プーキーとジェリー、二人が初めてセックスする場面なんか、とてもきれいに撮れていて、好感が持てました。

柴田　そのあたり、やっぱり今の小説では、まずありえないですね、そういうのをきれいに書くということ自体が(笑)。

村上　ありえないです。

柴田　良いとか悪いとかはまったく抜きにして、六五年に書かれたという時代性は感じますね。

村上　でも、この手の小説というのは、僕は時代が変わっても、シチュエーションが変化しても、本質はそんなに変わらないと思うんです。

柴田　例えば、今こういう青春小説を書いたら、もっと固有名詞がずらずら出てきますよね。歌や映画の題名とか、バンド名、商品名とか。人間と人間を差異化するのに、こいつはどういう音楽を聞いて、どういう映画を見ていてという話になると思いますが、ここではまだ商品で人を語らない。そこが、やっぱり今とずいぶん違います。でもそれはそんなに本質的なことじゃないかもしれない。

**村上** この時代の田舎のリベラルアーツの大学はほとんどが寮生活だし、かなり純度は高かったと思います。今みたいにインターネットもないし、町に出ても遊ぶところもない。狭いコミュニティの中で肩寄せ合って生きている。

**柴田** 六五年って、ピンチョンが『競売ナンバー49の叫び』を出版した年ですね。

**村上** そうなんだ。

**柴田** 「競売ナンバー」にはたぶん次の時代を予見したようなところがあると思いますけど、今ふうに固有名詞を羅列するというようなことは、やってないですね。

**村上** 消費文化と言うまでには行っていない世界の話なんですね。

**柴田** いわゆる高度資本主義みたいなところまでは、行ってませんね。

**村上** あるいは、そういうものから隔離された大学での四年間が、ある種のユートピアとして目指されていたのかもしれない。もうあとになると、隔離されなくなっちゃいますよね。セックスもフリーになりドラッグなんかもどんどん入ってくるし。

**柴田** そうですね。

**村上** 僕は『ノルウェイの森』で、二十歳前後の大学生を主人公に書いたわけだけど、六九年、七〇年あたりです。でも、この時代のアメリカとは全然違いますよね。

柴田　プーキー的な魅力を持った登場人物は、「ノルウェイ」にも出てくる気もしますが、ちょっと違う……。

村上　そういう人ってどこにでもいるんです。僕の小説の主人公というのは、この小説の主人公に似ているとまでは言わないけれど、どっちかっていうと無口で、自分がしゃべるよりは、人の話を聞いて周りの人を観察するというタイプです。だから、どうしてもプーキー的な存在は必要になってきます。話をしっかりかき回す存在。それから、『ノルウェイの森』の永沢さんみたいな、自分というのを強く持っていて、すべてのことに自分なりの論理を、一家言を持っているような人も必要です。小説には出るべくして、そういうキャラクターが出てくるわけです。この小説の場合は、プーキーがそうだし、それから寮の仲間の二人組とか、ああいうとんでもない人々が必要になってくる。それはひとつのパターンなんですね。

柴田　たしかにそうですね。

村上　「青春小説」という括《くく》りの中でどんな世代にも、「俺がこいつを書いてやるんだ」という人は必ず出てきます。例えば、僕の前には村上龍の『限りなく透明に近いブルー』がありました。ロックとセックスの、ロックとファックの話ですよね。少しあとでは田中康夫の『なんとなく、クリスタル』。あれも徹底的に固有名詞を羅列していきます。そういうのも、自分の世代の固有の宣言なんですよね。

**柴田** 同じ青春小説でも、この二十年後のブレット・イーストン・エリスの『レス・ザン・ゼロ』あたりまで下ると、やはり結構変わっている気もします。

**村上** イノセントな状況みたいなものが、もうリアルな商品として成立しなくなったんでしょうね。大学生活ももうユートピア的な状況ではなくなってしまった。

**柴田** 若者が主人公でも、家族をテーマにしたものが圧倒的に増えてくるし。

**村上** 今の小説ってだんだん壊れていく話じゃなくて、壊れている人というのは初めから壊れているんですね。段階的に人間が成長していく話みたいなのは、書きづらいのかなという気はする。

**柴田** なるほど。

**村上** この小説の中で手紙が来るのを待つシーンがありますよね。今じゃ、ありえない（笑）。

**柴田** ありえないですね。それはもう、いつも思います、手紙を待つとか、電話を待つとか。

**村上** フェイスブックとか、メールとかがパッパッと来て、パパッと返事して、ケータイで連絡を取り合ってる。そういう状況だと、ある種の「心の溜《た》め」みたいなものは、なかなか描きにくいんです。たとえば詩を書いても、メールでは送りにくい。
**柴田**　たしかにそうですね。
**村上**　あと、セックスは六〇年代にはすごく貴重なものなんですよ。大事にしなくちゃいけないものだった。訳していて、それはずいぶん違うなという感じを持ちました。二人が週末をすごく楽しみに待っている（笑）。この楽しみ感が、いいなぁと思って。
**柴田**　いいですよね。
**村上**　今はこんなふうに書いても、リアルにならない。
**柴田**　今日の十代、二十代がこの本をどう読むのか、ちょっと見当もつかないです。
**村上**　それから、この二人はすごく一所懸命話しているんです。話すネタなくなっちゃうんじゃないかなと思うくらいに。今度会ったら、こういう話をしようとかずっと溜めているんです。だから二時間でも、三時間でも話せる。でも今、レストランに行っても、カップルはそれぞれケータイしてますよね。ほとんど話をしてない（笑）。今回この本を訳していて思ったのは、この時代の男女はほんとにしっかり話すよなと。
**柴田**　会話がこの小説の肝ですね。あまり普段はそういうことを言わないようにしてるんですけど、今回の小説の会話は、原書よりも村上さんの日本語のほうが生き生きしていると思いました。これはほんとに訳者によって変わってくるなと思った。

村上　そう言われるとね、心苦しい。（笑）

柴田　いや、もうとにかくノリで、勢い良くやらないとダメな本だと思いました。それから、タイトルなんかどうなんでしょうか。このなんか外したタイトルは。

村上　『卵を産めない郭公』。プーキーの詩から取ったフレーズですが、プーキーという女性を表わす言葉としては的を射ていると思う。

柴田　あ、そうか……そこはまっすぐ取って、いいんですね。

村上　僕はそう思いますね。彼女が不妊症だったということではないです。

柴田　なんかこう、彼女には先がない感じはありますが……。

村上　あくまで寓意的で象徴的にだけど、そういうなんか根本的なところが機能しないということを暗示しているかもしれません。一種のメタファーとして。僕はそう感じているんですけど。

柴田　最後のほうになって、この言葉が「こう出てくるか」という感じで現われますよね。そこから、ラストへの展開はとてもいいと思います。でも実はこの小説は、書き出しの一番最初の段落で、一番最後のことを書いているんですよね。

村上　そうですね。

柴田　何年か前に、こうこうこういうことがあったって。

村上　しっかりネタバレから始まっているんですよね。

柴田　そういうことなんです。これがおもしろい。最初読んだときは、何のことか全然わからないけど、最後まで読んでから出だしに戻ると「ああ、そうか」と。ポール・オースターもこの手をよく使いますけど。そういえばオースターの自伝的文章でも、やっぱりオンボロ車でガールフレンドのところに出掛けていくという展開が出てきて、この小説と同じような青春をやっています（笑）。

## 一九六五年をめぐって

柴田　アメリカには、カレッジ・ノヴェルという分類がサブジャンルとしてあります。それだけ作品が多いんですね。研究書も何冊かありますが、基本的に男子学生と女子学生と教師しかいないわけですから、物語は限定的になってしまう。女子学生が、最初は男性教師を崇《あが》めているんだけど、そのうちにろくでもない男だということがわかり……当たり前だろと思うんだけど（笑）。

村上　ドナ・タートの『シークレット・ヒストリー』という作品も大学の話ですよね。カレッジ・ノヴェルというよりミステリーですけど。

柴田　ジョン・バースの『やぎ少年ジャイルズ』は、ユニバーシティを一種のユニバースと見立てて、一つの大学を神話世界として組み立てたという点、すごく野心的です。ちょっと機械的、図式的な感じはあるんですが。
村上　いろいろあるんですね。
柴田　ちょっと戻りますけど、やっぱり僕は一九六五年あたりの時代は、エアポケットだという点がすごく面白いです。年表を見ると、まだアガサ・クリスティとか、現役で書いているんです。ノーマン・メイラーはこの時代に現役バリバリです。
村上　カポーティも書いてますね?
柴田　カポーティも、まだ書いていますね。
村上　サリンジャーも、まだ書いてる?
柴田　サリンジャーの最後が『ハプワース』。あれが『ニューヨーカー』の一冊をほぼ占めるのがこの年です。
村上　サリンジャーが書いた最後の年ですね。
柴田　そう、最後の年です。
村上　ヘミングウェイが自殺したのは六一年でしたか。
柴田　はい。モダニズムの巨人たちがいなくなって、次にいったい何が出てくるのか、まだ見えてきていない時代です。

**村上** あのころは、ノーマン・メイラーが一番有望株でしたね。メイラーとゴア・ヴィダル。

**柴田** そうですね。とにかくサリンジャーが何を書くんだろうとみんなが思っていて。アップダイクは着実に書いていますが。

**村上** 『ケンタウロス』が六三年だから、もう出ていたんだ。

**柴田** だから、そのあたりが一番新しくて、もうちょっとすると、それまでひっそり書いていたカート・ヴォネガットやブローティガンが脚光を浴びます。

**村上** あと、ジョン・バースとか六〇年代後半になってくると、いわゆる実験小説的なものが出て来る。カーヴァーの嫌いな（笑）。

**柴田** バースは五〇年代から書いてますが、さっき言った『やぎ少年ジャイルズ』で一気に実験性を前面に出したのが一九六六年、ドナルド・バーセルミの最初の短篇集が六四年です。まあカーヴァーも「バーセルミだけはいい」と言っていますが（笑）。

**村上** ちょうど六五年というと、ビーチボーイズが出てきて少ししたころですね。

**柴田** 「サーフィン・U.S.A.」が六三年三月リリースです。

**村上** 六六年が「ペット・サウンズ」。

柴田　ビートルズがアメリカに進出したのが六四年。このへんが分岐点ですね。
村上　いわゆるブリティッシュ・インベージョン。
柴田　だからもう、ロックは確実に新しいものが始まっている感じがするんですよね。
村上　でも、この小説にはそういう音楽シーンはまったく出てこない。
柴田　やっぱり小説に音楽が出てくるのって、ちょっと時間がかかるんですね。六五年に出たピンチョンの『競売ナンバー49の叫び』にもロックバンドが出てくるんですが、作るんですよね。架空のバンドを。ピンチョンらしく、バンド名は「ザ・パラノイズ」（笑）。でも、二〇〇九年に『LAヴァイス』を出したときは、同じような時代を描いても、もうビートルズとか、現実の固有名詞をそのまま出していますね。
村上　エルビス・プレスリー、リック・ネルソン。それからニール・セダカとか、あいうポップソングがこのころは流行《はや》っていて、あるいはフォークソングのブームがあって、ギトギトしたロックンロールはあまり見向きされなくなっていた。そこにブリティッシュ・インベージョンが起こり、荒々しく洗練された響きを持つリバプールサウンドが入ってきて、全米を席巻《せっけん》します。そういう面では、六〇年代前半、六三年ぐらいまでは、アメリカにとっては言うなれば小春日和のような時代だった。政治的にいえば、ちょうどケネディーが大統領だった時期にあたります。服装も当時は、政治的にいえば、ちょうどケネディーが大統領だった時期にあたります。

タンダウンシャツで、クルーカットみたいな穏やかなものでした。それが、ケネディーが暗殺され、ベトナム戦争が激化するにしたがって、あっという間に長髪でヒゲを生やした感じに変わってしまいます。まさに激動の時代です。

**柴田**　ほんとにそうですね。いまだから言えるのかもしれませんが、小春日和独特の緊張感を感じます。

**この小説を訳せて良かった**

**村上**　でも、さっき柴田さんが言ったけど、この小説の中には五〇年代の社会的抑制というものが、あまり感じられませんよね。

**柴田**　世界のたがが外れかけているんじゃないでしょうか。何らかの壁があって、壁に体当たりしても始まらないという気分はまだあるけど。

**村上**　上から抑えつける権威みたいなのが、ここにはまったく書かれていない。親はいるけど、体制的な圧迫みたいなものは描かれていないんです。例えば、サリンジャーの「フラニー」には彼女を痛めつけている、ある種の観念とか、そういう何か漠然としたものというのがあるわけです。戦わなくちゃいけないものがある。でも、プーキーにはそういうものもありません。

**柴田** ないですね。

**村上** プーキーももちろん何かと戦ってはいるんだろうけど、それは戦いという視線では、捉《とら》えられていないんじゃないかな。

**柴田** フラニーにしても、ホールデンにしても、周りの連中が大人も同世代も空虚な言葉を振り回していることが、もうイヤでしょうがないという気持ちがあるけど、そういう空虚な言葉もこの小説ではそれほど飛び交っていませんね。

**村上** 大人そのものが、ほとんど出てきませんよね。導いてくれるものが一人も現れない。

**柴田** 導く人、抑圧する人、どっちもいませんね。

**村上** この『The Sterile Cuckoo』はなかなかいいタイトルだと思いますね。最初はドキッとするんだけど。

**柴田** ケン・キージーの『カッコーの巣の上で』が六二年です。"One Flew Over the Cuckoo's Nest"。六三年から六四年にはブロードウェイの芝居にもなっているし、これを出したころは、たぶん、みんなの頭にあったと思うんです。

**村上** サリンジャーに喧嘩を売っているだけじゃなくて……（笑）。

**柴田**　勝手な想像ですけど、編集者とかは、ちょっとケン・キージーに似すぎていませんかとか、言ったかもしれませんね。もっとも、『カッコーの巣の上で』が爆発的に読まれるようになるのは、ヒッピー文化が出てきてからだし、映画も七五年ですが。

**村上**　そうなんですね。

**柴田**　小説で六〇年代の若者の三大バイブルと言われたのは、『キャッチ＝22』と『カッコーの巣の上で』と『キャッチャー・イン・ザ・ライ』です。でもこの三冊で誰もが連想するのは、やっぱり六〇年代後半の激動期ですね。この六三年、四年あたりはまだちょっと違う空気。

**村上**　でも今回、この小説を訳せて良かった。ずっと気になっていた小説だったんだけど、なかなか新訳するきっかけがなくて。これは本当にいい機会でした。

**柴田**　僕も今回、ずっと翻訳したかったナサニエル・ウエストを訳すことができました。《村上柴田翻訳堂》で新訳・復刊したい作品はまだまだあるし、また候補を出し合いましょう。

（二〇一七年一月三十一日、新潮社クラブにて）

本書は、村上春樹・柴田元幸両氏が選んだ作品を新訳・復刊する新潮文庫《村上柴田翻訳堂》シリーズの一冊として新たに訳し下されたものである。

# 卵《たまご》を産《う》めない郭公《かっこう》

新潮文庫　む - 6 - 9

*Published 2017 in Japan*
*by Shinchosha Company*

平成二十九年五月一日発行

訳者　村《むら》上《かみ》春《はる》樹《き》

発行者　佐藤隆信

発行所　株式会社新潮社

郵便番号　一六二―八七一一
東京都新宿区矢来町七一
電話　編集部(〇三)三二六六―五四四〇
　　　読者係(〇三)三二六六―五一一一
http://www.shinchosha.co.jp

価格はカバーに表示してあります。

乱丁・落丁本は、ご面倒ですが小社読者係宛ご送付ください。送料小社負担にてお取替えいたします。

印刷・錦明印刷株式会社　製本・錦明印刷株式会社



ISBN978-4-10-220091-9　C0197

Shinchosha